U0134746

2011 不求人文化

2009 懶鬼子英日語

2005 意識文化

2005 易富文化

2003 我識地球村

2001 我識出版社

2011 不求人文化

2009 懶鬼子英日語

I'm 我識出版教育集團
I'm Publishing Edu. Group
www.17buy.com.tw

2005 意識文化

2005 易富文化

2003 我識地球村

2001 我識出版社

用老外的方式說英文

神問、神回、零思考
打造英語腦！

| 使用說明 |

User's Guide

Day by Day 達到神一般的境界

全書共分為 3 大章，每一章有數天的學習內容，劉婕老師為讀者精心設計，從「初階→中階→高階」由淺入深、循序漸進的安排，不到 3 週保證讓你達到「零思考」就能開口說英語的境界。

Chapter 1
神回的口說原理
認識英語口說的基本元素

Day 1 細數你的所見所聞 | 單數及複數
Day 2 你的、我的、他的 | 所有格
Day 3 讓你的句子活在當下 | 現在簡單式
Day 4 說故事用的句子 | 過去簡單式
Day 5 持續向前進吧！ | 進行式

生活周遭的人、事、物

有發現嗎？圍繞我們生活周遭是由千千萬萬的人、事、物所組成的，當我們用中文來表達時，你可能會發現，其實在英語中，有些事物是不可以數的，然而有些東西卻又是可以細數，如果你對此感到困惑時，讓我們先來做個小實驗：

STEP 1 想像一下，你正坐在教室內，環顧四周，你一定可以說出許多具有實體的物品：

1. 黑板

blackboard

2. 電腦

computer

3. 書籍

book

4. 桌子
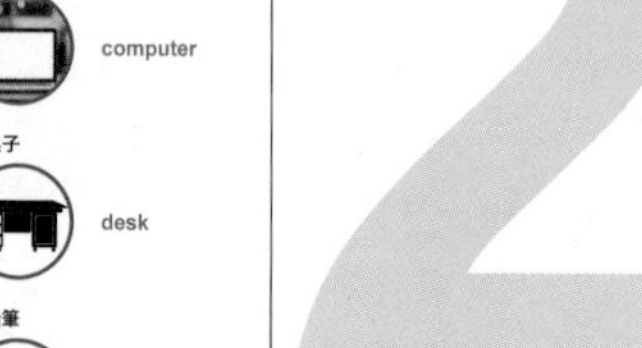
desk

5. 椅子

6. 鉛筆

零思考一秒開口說

跳脫一般密密麻麻的英語口說工具書，本書搭配「實景圖」，看到各個詞彙相對應的圖片，讓你無須思考就能馬上開口說，藉由「實景圖」來練習英語口說，輕鬆學習無負擔，更能加深對每個字彙的印象。

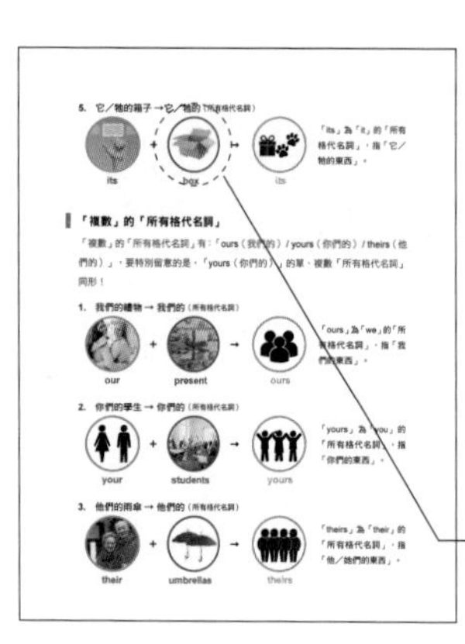

「詞性」佐「顏色」，超搭！

說英語時，是否有時會忘記某個單字的詞性，但是怎麼想就是想不起來？又或者當下想知道某單字的詞性，卻還得上網查找、翻字典翻半天？本書搭配「實景圖」的單字，會依照詞性選用不同的顏色來代表，除了用顏色表示詞性外，更特別的是，每種顏色由深到淺，表示該詞性的出現頻率，較常出現的詞性選用深色；反之，則使用較淺的顏色。

舉例

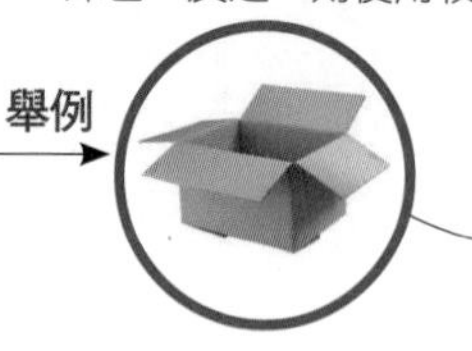

→ 紅色，所以是「名詞」！

詞性顏色對照表

● 名詞 ● 代名詞 ● 受詞 ● be 動詞 ● 動詞 ● 現在分詞 ● 形容詞 ● 副詞 ● 數量詞
● 定冠詞 ● 冠詞 ● 助動詞 ● 連接詞 ● 介系詞 ● 疑問詞

Give it a try!
試著開口說說看！

學完一章後，腦袋的記憶容量累積了多少呢？趕快來試試，看著實景圖，你是否也能說出完整的英語句呢？不要擔心說錯，放心大膽的嘗試，才能知道自己真正懂多少。每一道題目於頁面下方都會附上正確的說法及中文意思，仍有不懂的地方，趕緊翻回前面的內容，好好複習一下囉！

能聽也能跟著說的 MP3

本書針對練習題的部分，特別邀請外籍教師錄製英語口說內容，除了能跟著 MP3 開口說出道地的英語發音、語調及語速外，也能一併增強英聽力。隨時隨地戴起耳機打造屬於自己的英語小教室。

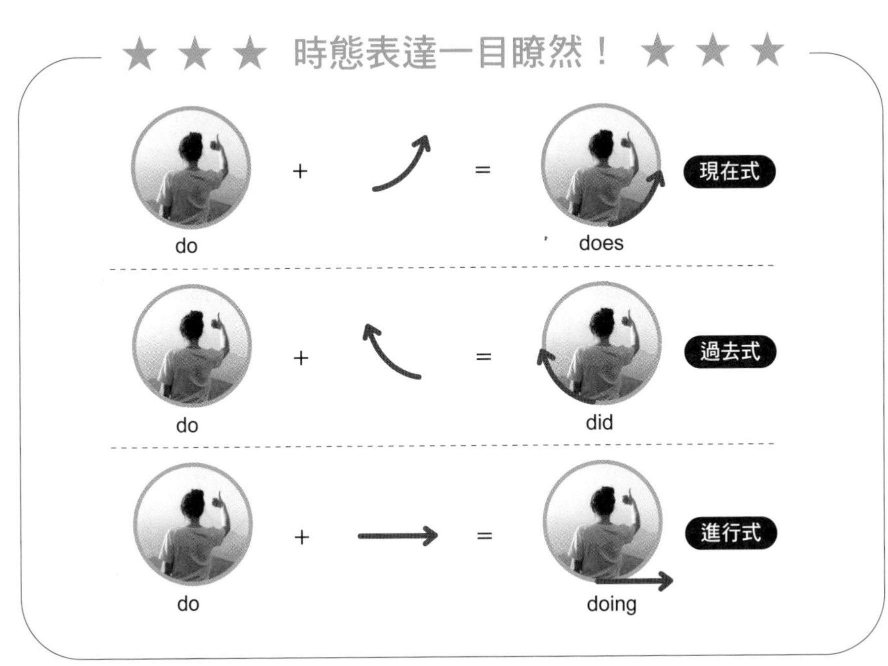

| 作者序 |

Preface

英文不僅是學校必修的科目，也是一門能讓你受用無窮的語言。在補習班教書十餘年來，我一直灌輸這樣的觀念給我教的孩子們：「英文本來就不只是征服考試，更是未來影響你前進和工作的重要一環，也是讓你認識世界的鑰匙！」

台灣的學生因為考試取向，著重單字背誦、文法解題和閱讀理解；上了高中後，才開始強調聽力和寫作部分。所以英文的「聽、說、讀、寫」裡，大部分的台灣學生在「口說」英文方面是最弱的。這也就是為什麼明明字彙量夠多，但是一遇到外國人就變成啞巴的緣故囉！因此，我決定寫一本不一樣的會話書，讓讀者能跳脫學習的框架，看得更遠、學得更廣。

本書擺脫一般會話書和教科書裡，常出現的「A、B 情境式對話」。運用「大量彩色照片」加上「詞性顏色標示」，共三個章節，由淺入深，手把手教你用英文邏輯思考，從基礎文法解釋到會話原理，超好學超好記，輕鬆建立老外邏輯，會話、文法學習一次到位。其實，只要你願意敞開心胸與外國人交流，相信他們都會很樂於回應你的。希望讀者在看完本書後都能夠學以致用，讓英文改變你的一生。正如十餘年前孜孜不倦，愛上英文的劉婕老師──也正因此，改變了一生。

本書改版自 2017 年 1 月出版的《神問、神回、零思考一秒開口說英語》，期許以新的樣子和更多讀者相遇。之所以誕生此書，要感謝我識出版社和主編的熱情邀稿，讓我能多接觸一個新的領域，以不同的形式從事我熱愛的教學工作。而我的家人和學生們對我的支持與鼓勵，是我在教學忙碌之餘，還能持續編寫書籍的動力。此外，本書能夠順利出版，幕後的編輯、排版、校對人員等等更是缺一不可。我們每個人都投注了非常多心力在這本書上，也希望讀者在讀完本書後都能收穫滿滿囉！

2020. 06

| 編輯部的話 |

Preface

很開心能邀請劉婕老師來撰寫《用老外的方式說英文：神問、神回、零思考打造英語腦！》一書，劉婕老師擁有多年的補教教學經驗，將其教學精華全部轉化於此書中。有鑑於許多會話的工具書，多半是密密麻麻的文字串連一起，看完以後，到底學了多少？又能記得什麼？因此，與劉婕老師多次討論後，希望能出版一本圖文並茂，且具功能性的會話書。

《用老外的方式說英文：神問、神回、零思考打造英語腦！》每一句會話中的單字都搭配一張實景圖，讓讀者看到實景圖就能馬上聯想到與其相關的英語詞彙，而每張實景圖的圓圈外框佐以代表其詞性的顏色，每種詞性以不同的顏色來區分，在學習英語會話的同時，也能一併學習相關字彙與其詞性。

劉婕老師以多年的教學經驗指出，許多人對英語感到抗拒與排斥，大多是因為文法過於複雜、艱澀而產生卻步。因此，劉婕老師於《用老外的方式說英文：神問、神回、零思考打造英語腦！》中，將原本艱深難懂的文法轉化成圖示，再搭配相對應的實景圖，相信可以拉近與學習者的距離，讓讀者以英文母語者的視角來學習英語，依照每日的學習進度，循序漸進，不到三週就能學會一秒開口說的神技。

其實，想學好英語口說，莫過於多仔細聆聽，並放心大膽的開口說，《用老外的方式說英文：神問、神回、零思考打造英語腦！》中的練習題，特別邀請美籍教師親自錄製，讓學習者能透過書籍附贈的 MP3 學習到最準確、道地的發音，反覆練習後，不僅提升英語口說能力，發音技巧也能有所進步。

本書改版自 2017 年 1 月出版的《神問、神回、零思考一秒開口說英語》，希望以新的樣子與更多讀者相見。最後，期許《用老外的方式說英文：神問、神回、零思考打造英語腦！》能引領學習者，跳脫既有學習英語的框架，唯有如此，才能看得更遠、學得更廣。

編輯部

2020. 06

| 目錄 |

Contents

I

love

you

Contents

Chapter 3 零思考的對答如流 用英語分享你的大小事！ 271

salad

medium steak

drinks

ice cream

Chapter 1

神回的口說原理

認識英語口說的基本元素

DAY 1

細數你的所見所聞

｜單數及複數｜

生活周遭的人、事、物

有發現嗎？圍繞我們生活周遭是由千千萬萬的人、事、物所組成的，當我們用中文來表達時，你可能會發現，其實在英語中，有些事物是不可以數的，然而有些東西卻又是可以細數，如果你對此感到困惑時，讓我們先來做個小實驗：

STEP 1 想像一下，你正坐在教室內，環顧四周，你一定可以說出許多具有實體的物品：

1. 黑板

blackboard

2. 電腦

computer

3. 書籍

book

4. 桌子

desk

5. 椅子

chair

6. 鉛筆

pencil

STEP 2 現在，你再說出一些屬於教室本身一部份的東西：

1. 天花板

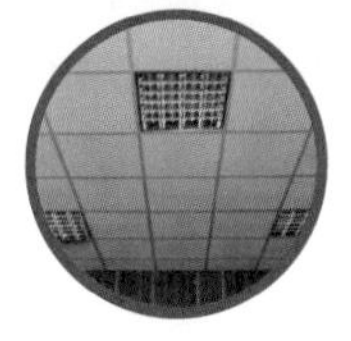

ceiling

2. 地板

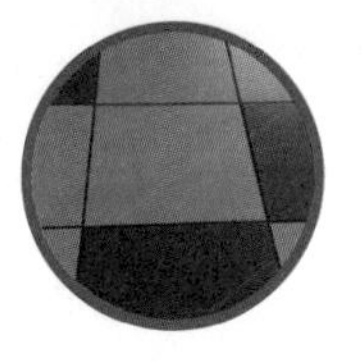

floor

3. 門

door

4. 窗戶

window

STEP 3 想想上述你所說出的每樣東西，例如：blackboard（黑板）、chair（椅子）、desk（桌子）、pencil（鉛筆）、ceiling（天花板）、window（窗戶），若這些事物都超過一項的時候，是長什麼樣子？又該如何表示呢？雖然你要有一間以上的教室，才可能會有一個以上的地板或天花板。但上述你所說的這些都屬於「可數名詞」。什麼是「可數名詞」呢？在中文裡，我們沒有這種用法，但是當我們用英語表達時，就有可能遇到此用法。「可數名詞」依照字面上的翻譯，就是指「可以計數」的事物。

STEP 4 在句子中若使用「單數可數名詞」時，前面一定要有「限定詞」，例如：我們會說「一位」男孩，但英語的「一位」要用「a」來表達，正確的說法是：「a boy」；若有特別指定是哪一位男孩，那麼英語要用「the boy」，這些是亞洲人在英語口說中最容易犯的錯誤，就是在單數可數名詞前遺漏掉「冠詞」或其他「限定詞」，以下會針對「限定詞」做進一步的說明，請繼續前進到下一個頁面喔！

常見的「限定詞」有哪些？

最常見的「限定詞」就是「a / an / the（冠詞）」，這也是非母語人士經常用錯的一環，因為常常會分不清楚它們個別代表什麼意思，可能也常混淆它們的使用方式。你是否也有這樣的困擾呢？以下會詳細介紹「a / an / the（冠詞）」的不同之處，讓大家能一次學會，並將此概念納入長期記憶中。

不定冠詞：a / an

「a / an」我們稱之為「不定冠詞」，用在非特定的名詞前，它們的意思相當於中文的「一個、一張、一枝、一本、一輛」……等，「a」後方所搭配的名詞，首字字母不可以出現「母音」，但現在問題來了，「母音」是什麼？對英語初學者來說，要辨識和記憶所有的母音和子音，是件相當不容易的事，所以現在教各位一個比較簡單的辨別方式，雖說不是百分之百，但應該可以達到 90% 以上。「母音」的辨別方式：亦即「a」後方的那個單字，其首字字母不可以為「a / e / i / o / u（母音）」；但是，當「a」後方的那個單字，首字字母為「a / e / i / o / u（母音）」時，則應該將前方的「a」改為「an」，以下舉例說明，讓大家更清楚明瞭：

a・book 一本書

★「book（書籍）」的首字字母非「a / e / i / o / u（母音）」，所以前方用「a」。

an・apple 一顆蘋果

★「apple（蘋果）」的首字字母為「a」，屬於「a / e / i / o / u（母音）」，故前方用「an」，而非「a」。

定冠詞：the

「the」被稱為「定冠詞」，聽說是英文中最常出現的字，「the」代表：「這（個）、那（個）、這些、那些」等意思，只要英語中的「名詞」有「限定、特定、指定」的成份時，要於該「名詞」的前方加上「the」。

the・book 這／那本書

★ 這裡有特定指哪一本書，所以前方搭配「the」。

the・boy 這／那個男孩

★ 這裡有特定指哪一個男孩，所以前方搭配「the」。

the・dog 這／那隻狗

★ 這裡有特定指哪一隻狗，所以前方搭配「the」。

the・window 這／那扇窗

★ 這裡有特定指哪一扇窗，所以前方搭配「the」。

兩或兩者以上的表達方式

前面提到限定詞「a / an」通常用於「單數」，也就是只有「一個、一張、一枝、一本、一輛」……等的時候使用。但我們生活周遭常會出現不僅只有一樣東西時，該如何用英語表達呢？在英語中，遇到兩或兩者以上的事物，我們稱之為「複數」。而「複數」有 5 種不同的呈現方式：

沒有特殊情況，「名詞」後方直接加「-s」

此類的「可數複數名詞」屬於「規則變化」，由單數變為複數時，直接於「名詞」的後方加上「-s」，沒有其他的任何變化，是較為單純、簡單的複數形變化。

1. 書籍

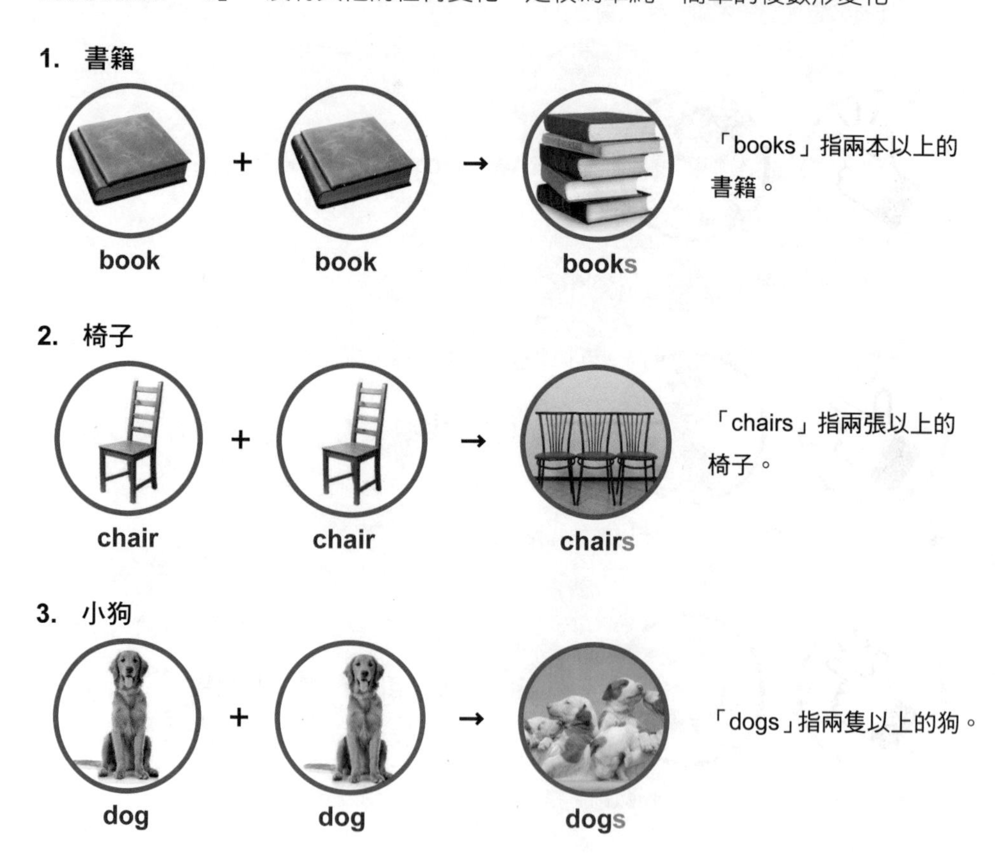

「books」指兩本以上的書籍。

2. 椅子

「chairs」指兩張以上的椅子。

3. 小狗

「dogs」指兩隻以上的狗。

單字字尾是「s / z / sh / ch / x」時，「名詞」加上「-es」

單字字尾加上「-es」也是蠻常見的「複數形」，記得要以單字字尾的字母來區分要加上「-s」或「-es」。

1. 刷子

「brushes」指兩支以上的刷子。

2. 手錶

「watches」指兩支以上的手錶。

單字字尾是「子音 + y」時，去「-y」加上「-ies」

單字字尾是「子音 + y」時，去掉「-y」加上「-ies」；若是「母音 + y」時，加上「-s」即可，不用做特別的變化（字母的母音是：a / e / i / o / u）。

1. 櫻桃

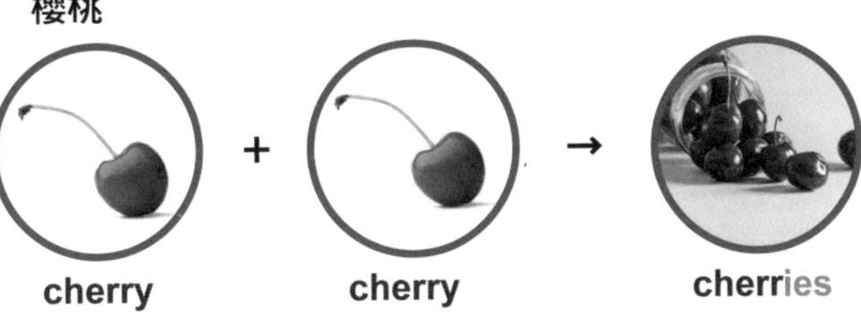

「cherries」指兩顆以上的櫻桃。

2. 鑰匙

「keys」指兩把以上的鑰匙。

單字字尾是「o」時，加上「-s / -es」

單字字尾若是「o」時，會比較複雜，有加「-s」或「-es」的情況，甚至有幾個單字可同時加「-s」或「-es」皆可。

1. 番茄

「tomatoes」指兩顆以上的番茄。

2. 鋼琴

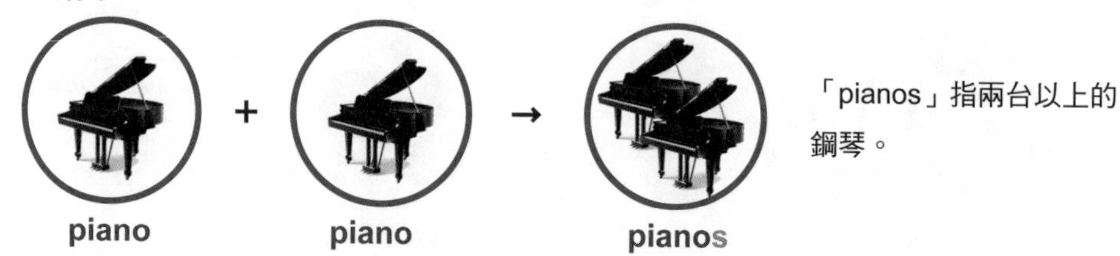

「pianos」指兩台以上的鋼琴。

單字字尾是「-f / -fe」時，加上「-s」或去「-f / -fe」，加上「-ves」

單字字尾若是「-f / -fe」時，有兩種變化：一是加上「-s」即可；二是去掉「-f / -fe」，加上「-ves」。

1. 樹葉

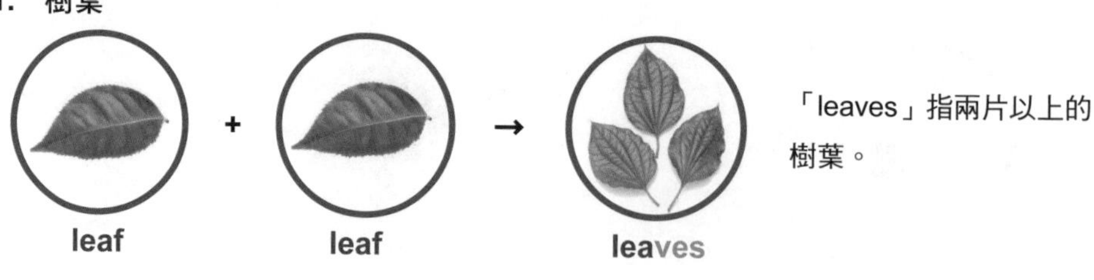

「leaves」指兩片以上的樹葉。

2. 刀子

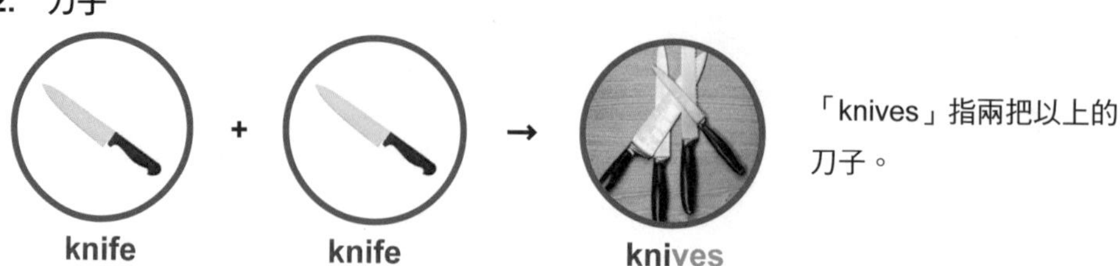

「knives」指兩把以上的刀子。

Practice！ 跟著說｜不定冠詞：a

★ 讓我們一起開口說說看吧！

1 一張椅子

a · chair

2 一扇門

a · door

3 一個夢想

a · dream

4 一個禮物

a · present

5 一則故事

a · story

Practice! 跟著說｜不定冠詞：an

★ 讓我們一起開口說說看吧！

1 一位太空人

an・astronaut

2 一頭大象

an・elephant

3 一間冰屋

an・igloo

4 一顆柳橙

an・orange

5 一把雨傘

an・umbrella

Practice！ 跟著說｜定冠詞：the

★ 讓我們一起開口說說看吧！

1 這／那個箱子

the · box

2 這／那張椅子

the · chair

3 這／那台電腦

the · computer

4 這／那個杯子

the · cup

5 這／那台跑車

the · sports car

Practice！ 跟著說｜字尾加上「-s」

★ 讓我們一起開口說說看吧！

1 椅子

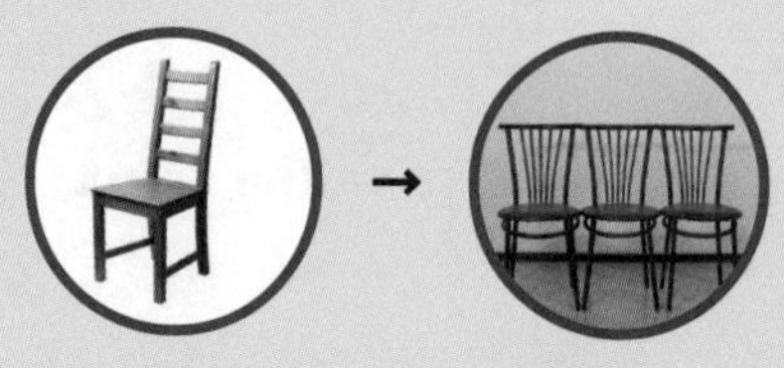

chair → chairs

2 玫瑰花

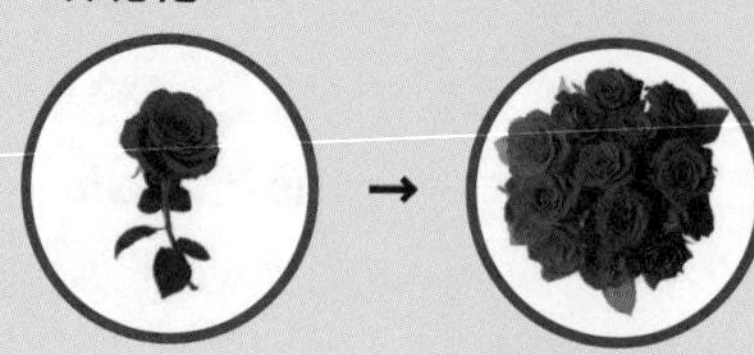

rose → roses

3 柳橙

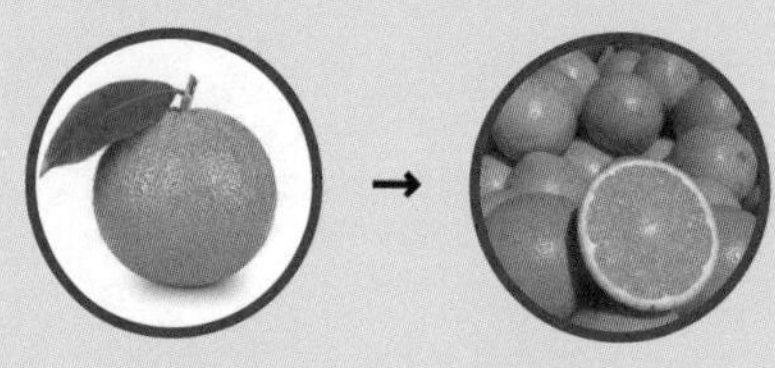

orange → oranges

4 相片

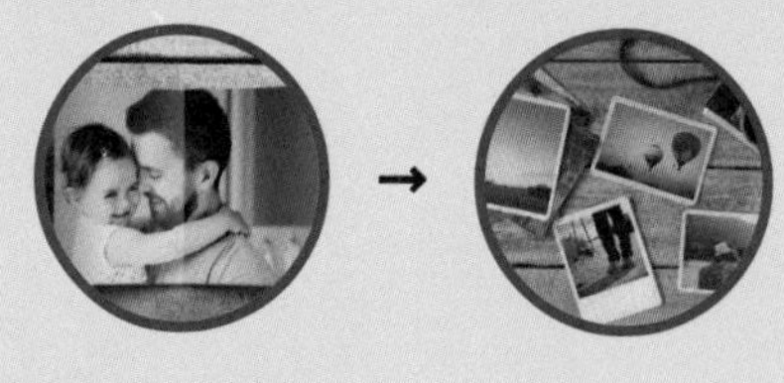

photo → photos

5 杯子

cup → cups

Practice! 跟著說｜字尾加上「-es」

★ 讓我們一起開口說說看吧！

1 公車

bus → buses

2 盤子

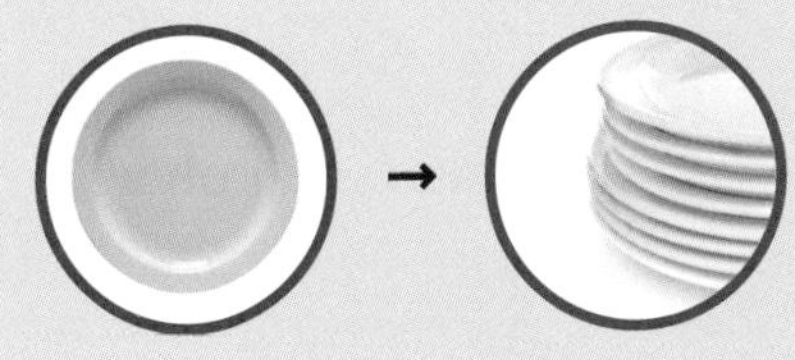

dish → dishes

3 玻璃杯

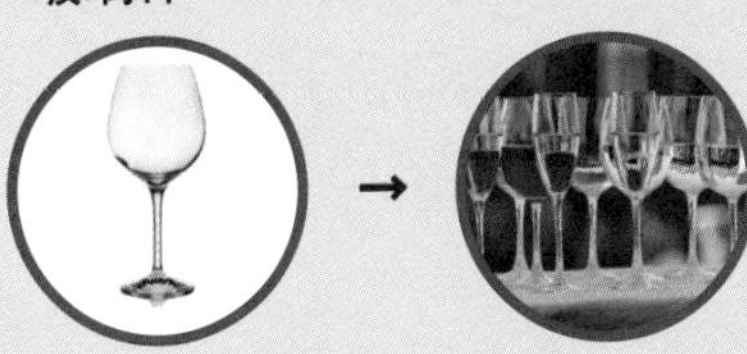

glass → glasses

4 三明治

sandwich → sandwiches

5 英雄

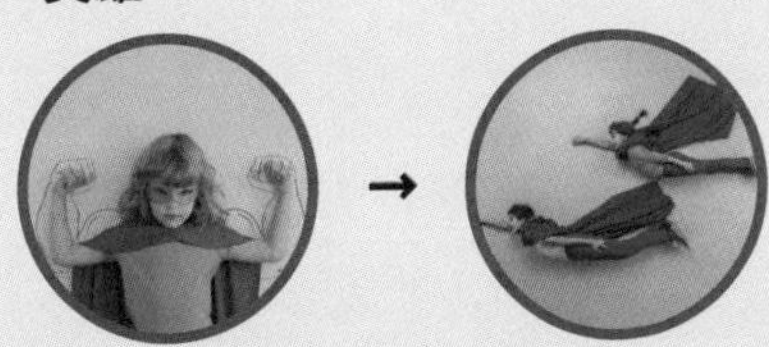

hero → heroes

Practice！ 跟著說｜字尾加上「-ies / -ves」

★ 讓我們一起開口說說看吧！

1 嬰兒

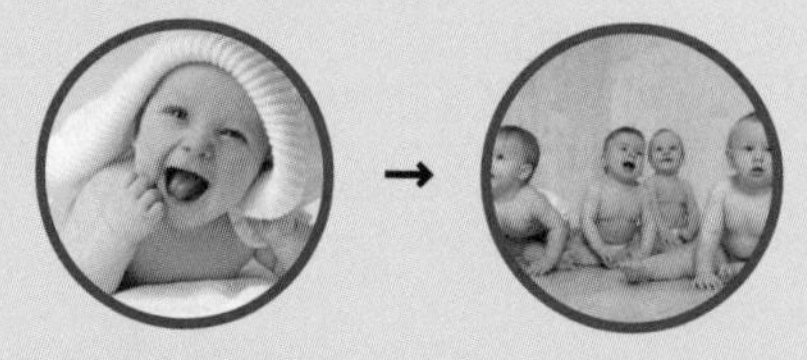

baby → babies

2 狼

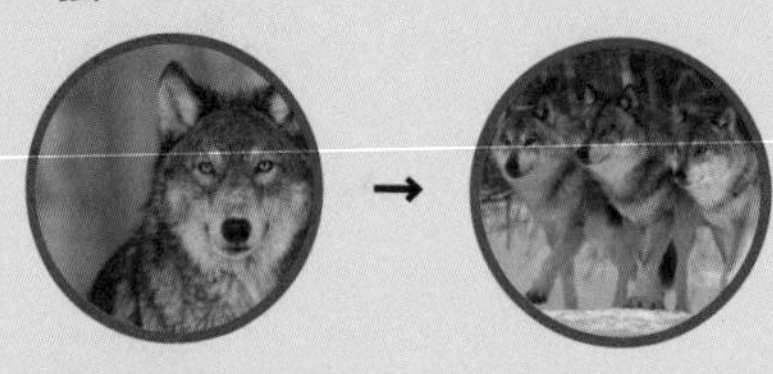

wolf → wolves

3 小偷

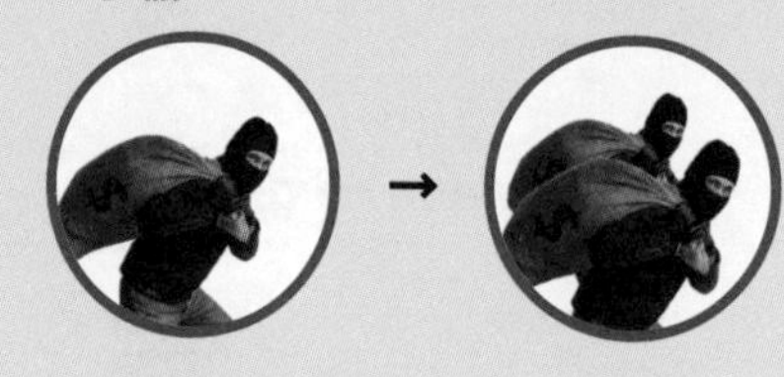

thief → thieves

4 蝴蝶

butterfly → butterflies

5 一便士硬幣

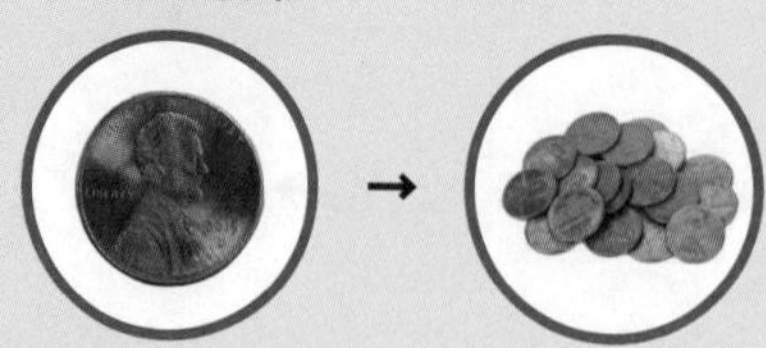

penny → pennies

GIVE IT A TRY

★ 請看以下的圖示，試著開口說出相對應的英語句。

1

2

3

4

1 a • present　一個禮物
2 a • dream　一個夢想
3 an • apple　一顆蘋果
4 an • igloo　一間冰屋

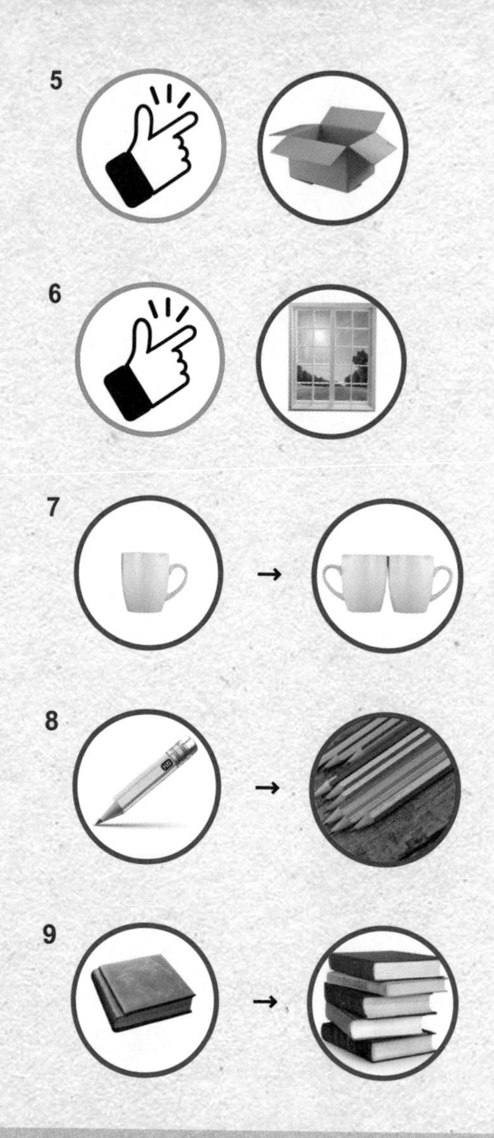

5 the • box 這／那個箱子

6 the • window 這／那扇窗

7 cup → cups 杯子

8 pencil → pencils 鉛筆

9 book → books 書籍

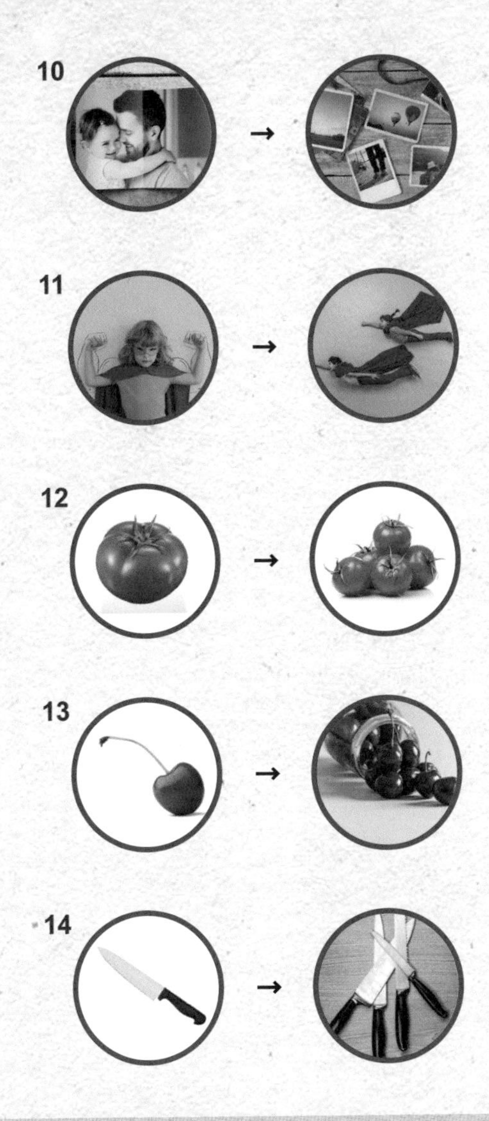

10 photo → photos　相片

11 hero → heroes　英雄

12 tomato → tomatoes　番茄

13 cherry → cherries　櫻桃

14 knife → knives　刀子

15 brush → brushes 刷子

16 key → keys 鑰匙

17 leaf → leaves 葉子

18 dish → dishes 盤子

19 wolf → wolves 狼

DAY 2 你的、我的、他的

所有格

「所有格」用來表示所有權

凡是表示「所有權」的名詞都是「所有格」，例如：第一人稱「我的」、第二人稱「你的」和第三人稱「他／她／它／牠的」，此三種為最基本的人稱所有格。若想表達與自己或包含自己在內的事情或事物時，即可用「第一人稱所有格」來表示。

第一人稱所有格

從「自己」算起，「my（我的）」和「our（我們的）」是「第一人稱所有格」。

my 我的

our 我們的

第二人稱所有格

指對方時，會說「你的」或「你們的」，「第二人稱所有格」較特別的地方是，單數和複數都是用「your」來表示，下次用「your」時，要稍微留意一下想表示的為「單數」還是「複數」喔！

your 你的

your 你們的

第三人稱所有格

除「第一、二人稱」之外的，都稱之為「第三人稱」，所以「第三人稱所有格」是數量最多的一族。

his 他的

her 她的

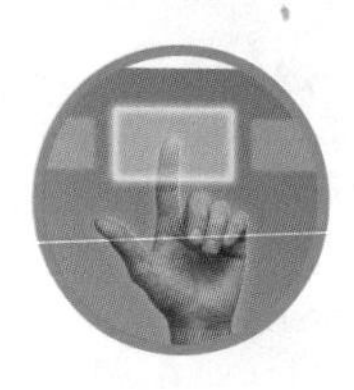

its 它／牠的

their 他／她們的

★「it」通常可以指「有生命」或「無生命」的事物。

「單數名詞」的「所有格」

「單數可數名詞」的「所有格」很簡單，只要在「名詞」的字尾後方加上「's」就可以囉！説的更直接一點就是：「's」等同於中文的「的」，例如：

賈思敏（名字）的鉛筆

Jasmine's

pencil

另外，還有其他一般單數名詞的所有格，像是：Japan's（日本的）、Taipei's（台北的）；若單數名詞本身的字尾為「-s」時，只須在字尾加上「's」，例如：waitress's（女服務生的）、witness's（目擊者的）。

「複數名詞」的「所有格」

「複數名詞」所有格的表現方式與「單數名詞」有些許不同，依照其字尾或字群劃分為 3 大類：複數名詞字尾有「-(e)s」、複數名詞字尾沒有「-s」、複合名詞或字群，以下分別介紹各類別的不同之處：

複數名詞字尾有「-(e)s」

當「複數名詞」的字尾出現「-(e)s」時，只須在其字尾加上「'」，即可代表「所有格」的意思。

1. 學生們的

students'

2. 醫生們的

doctors'

3. 小狗們的

dogs'

4. 朋友們的

friends'

複數名詞字尾沒有「-s」

當「複數名詞」的字尾沒有「-s」時，仍須於其字尾加上「's」，以表示「所有格」，來看以下的例子，就會更清楚囉！

1. 女人們的

women's

2. 男人們的

men's

「複合名詞」或「字群」

遇到「複合名詞」或「字群」時，於最後一個字的字尾加上「's」，就可以表示其「所有格」。

1. 我岳父的車

my

father-in-law's

sports car

人物為「father-in-law」，故把「's（所有格）」放於後方。

2. 這名女僕的媽媽

the

maid-servant's

mom

人物為「maid-servant」，故把「's（所有格）」放於後方。

「人稱所有格」的用法

英語中，常見的「my（我的）/ your（你／你們的）/ his（他的）/ her（她的）/ its（它／牠的）/ our（我們的）/ their（他／她們的）」為「人稱所有格」，它們都是「形容詞」，所以後方一定要搭配「名詞」，來讓它們修飾。

「單數」的「人稱所有格」

「單數」的「人稱所有格」有第一人稱的「my（我的）」；第二人稱的「your（你／你們的）」；第三人稱的「his（他的）」、「her（她的）」和「its（它／牠的）」，皆表示單獨由某一人稱所擁有。

1. 我的書

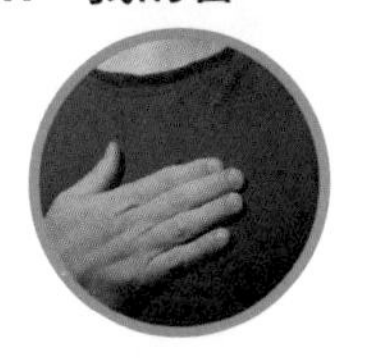
my

book

「my（我的）」用來修飾名詞「book（書籍）」。

2. 你的鉛筆

your

pencil

「your（你的）」用來修飾名詞「pencil（鉛筆）」。

3. 他的跑車

his

sports car

「his（他的）」用來修飾名詞「sports car（跑車）」。

4. 她的手錶

her

watch

「her（她的）」用來修飾名詞「watch（手錶）」。

5. 它／牠的箱子

its

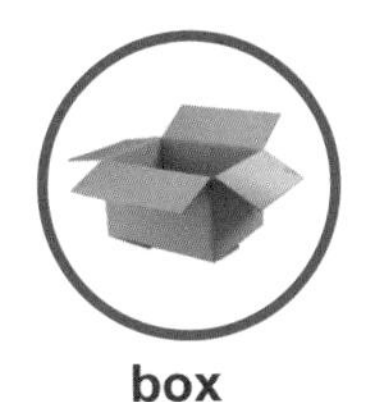
box

「its（它／牠的）」用來修飾名詞「box（箱子）」。

「複數」的「人稱所有格」

「複數」的「人稱所有格」有：「our（我們的）/ your（你們的）/ their（他 / 她們的）」，其中「your」的單、複數同形，要特別注意喔！

1. 我們的禮物

our

present

「our（我們的）」用來修飾名詞「present（禮物）」。

2. 你們的學生

your

students

「your（你們的）」用來修飾名詞「students（學生）」。

3. 他們的雨傘

their

umbrellas

「their（他們的）」用來修飾名詞「umbrellas（雨傘）」。

「所有格代名詞」的用法

前面提到「人稱代名詞」的「所有格」後方一定要有「名詞」；而此部分的「所有格代名詞」的後方則不能再有「名詞」。「人稱代名詞」的「所有格」與「所有格代名詞」要如何區分呢？通常是：「所有格 + 名詞」會等於「所有格代名詞」。以下搭配圖示的方法來說明，可以加深印象喔！

「單數」的「所有格代名詞」

「單數」的「所有格代名詞」有：「mine（我的）/ yours（你的）/ his（他的）/ hers（她的）/ its（它／牠的）」，這些「所有格代名詞」後方都不能再接「名詞」喔！

1. 我的書 → 我的（所有格代名詞）

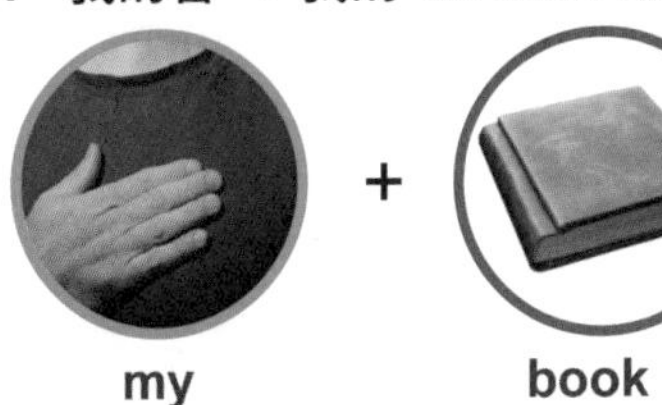

+ →

my　book　mine

「mine」為「I」的「所有格代名詞」，指「我的東西」。

2. 你的鉛筆 → 你的（所有格代名詞）

+

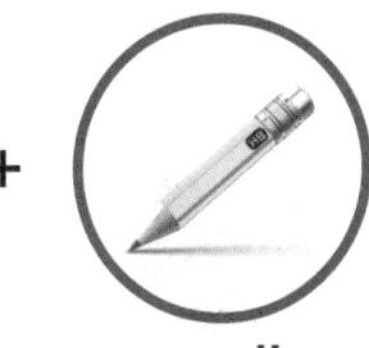

→

your　pencil　yours

「yours」為「you」的「所有格代名詞」，指「你的東西」。

3. 他的跑車 → 他的（所有格代名詞）

+

→

his　sports car　his

「his」為「he」的「所有格代名詞」，指「他的東西」。

4. 她的手錶 → 她的（所有格代名詞）

+

→

her　watch　hers

「her」為「she」的「所有格代名詞」，指「她的東西」。

5.　它／牠的箱子 →它／牠的（所有格代名詞）

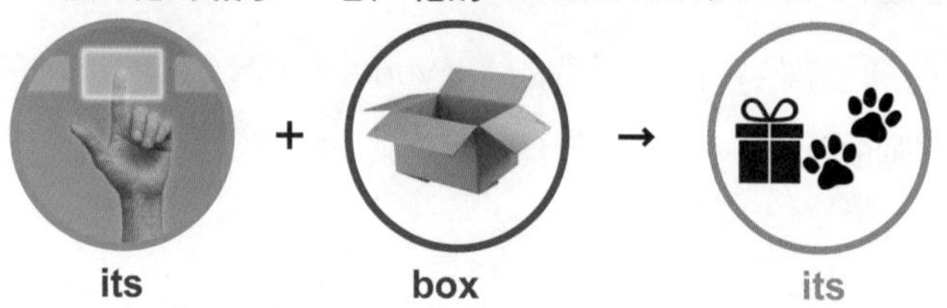

「its」為「it」的「所有格代名詞」，指「它／牠的東西」。

「複數」的「所有格代名詞」

「複數」的「所有格代名詞」有：「ours（我們的）/ yours（你們的）/ theirs（他/她們的）」，要特別留意的是，「yours（你們的）」的單、複數「所有格代名詞」同形！

1.　我們的禮物 → 我們的（所有格代名詞）

「ours」為「we」的「所有格代名詞」，指「我們的東西」。

2.　你們的學生 → 你們的（所有格代名詞）

「yours」為「you」的「所有格代名詞」，指「你們的東西」。

3.　他們的雨傘 → 他們的（所有格代名詞）

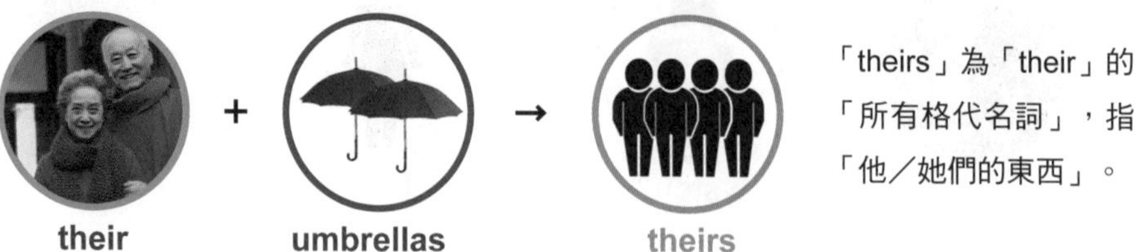

「theirs」為「their」的「所有格代名詞」，指「他／她們的東西」。

Practice! 跟著說｜my（我的）

★ 讓我們一起開口說說看吧！

1 我的椅子

my・chair

★ 此處的「my（我的）」為「形容詞」，修飾後方的名詞「chair（椅子）」。

2 我的夢想

my・dream

★ 此處的「my（我的）」為「形容詞」，修飾後方的名詞「dream（夢想）」。

3 我的鑰匙

my・key

★ 此處的「my（我的）」為「形容詞」，修飾後方的名詞「key（鑰匙）」。

4 我的禮物

my・present

★ 此處的「my（我的）」為「形容詞」，修飾後方的名詞「present（禮物）」。

Practice！ 跟著說｜our（我們的）

★ 讓我們一起開口說說看吧！

1 我們的椅子

our・chair

★ 此處的「our（我們的）」為「形容詞」，修飾後方的名詞「chair（椅子）」。

2 我們的椅子們

our・chairs

★ 此處的「our（我們的）」為「形容詞」，修飾後方的複數名詞「chairs（椅子們）」。

3 我們的鉛筆

our・pencil

★ 此處的「our（我們的）」為「形容詞」，修飾後方名詞「pencil（鉛筆）」。

4 我們的鉛筆們

our・pencils

★ 此處的「our（我們的）」為「形容詞」，修飾後方的複數名詞「pencils（鉛筆們）」。

Practice! 跟著說 | your（你的）

★ 讓我們一起開口說說看吧！

1 你的老師

your · teacher

★ 此處的「your（你的）」為「形容詞」，修飾後方的名詞「teacher（老師）」。

2 你的爸爸

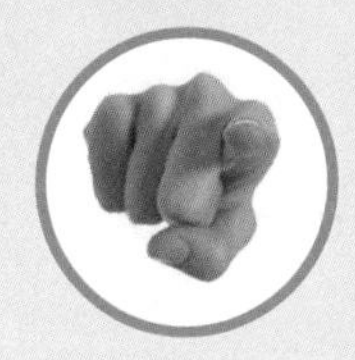

your · dad

★ 此處的「your（你的）」為「形容詞」，修飾後方的名詞「dad（爸爸）」。

3 你的家人

your · family

★ 此處的「your（你的）」為「形容詞」，修飾後方的名詞「family（家人）」。

4 你的杯子

your · cup

★ 此處的「your（你的）」為「形容詞」，修飾後方的名詞「cup（杯子）」。

Practice！跟著說｜your（你們的）

讓我們一起開口說說看吧！

1 你們的書

your · book

★ 此處的「your（你們的）」為「形容詞」，修飾後方的名詞「book（書籍）」。

2 你們的書籍們

your · books

★ 此處的「your（你們的）」為「形容詞」，修飾後方的複數名詞「books（書籍們）」。

3 你們的手錶

your · watch

★ 此處的「your（你們的）」為「形容詞」，修飾後方的名詞「watch（手錶）」。

4 你們的手錶們

your · watches

★ 此處的「your（你們的）」為「形容詞」，修飾後方的複數名詞「watches（手錶們）」。

Practice！ 跟著說｜his（他的）

★ 讓我們一起開口說說看吧！

1 他的電腦

his・computer

★ 此處的「his（他的）」為「形容詞」，修飾後方的名詞「computer（電腦）」。

2 他的刷子

his・brush

★ 此處的「his（他的）」為「形容詞」，修飾後方的名詞「brush（刷子）」。

3 他的貓

his・cat

★ 此處的「his（他的）」為「形容詞」，修飾後方的名詞「cat（貓）」。

4 他的跑車

his・sports car

★ 此處的「his（他的）」為「形容詞」，修飾後方的名詞「sports car（跑車）」。

Practice！ 跟著說｜her（她的）

★ 讓我們一起開口說說看吧！

1 她的相片們

her・photos

★ 此處的「her（她的）」為「形容詞」，修飾後方的複數名詞「photos（相片們）」。

2 她的蘋果

her・apple

★ 此處的「her（她的）」為「形容詞」，修飾後方的名詞「apple（蘋果）」。

3 她的鋼琴

her・piano

★ 此處的「her（她的）」為「形容詞」，修飾後方的名詞「piano（鋼琴）」。

4 她的箱子們

her・boxes

★ 此處的「her（她的）」為「形容詞」，修飾後方的複數名詞「boxes（箱子們）」。

Practice! 跟著說｜its（它／牠的）

★ 讓我們一起開口說說看吧！

1 它的鍵盤

its・keyboard

★ 此處的「its（它的）」為「形容詞」，修飾後方的名詞「keyboard（鍵盤）」。

2 它的工具們

its・tools

★ 此處的「its（它的）」為「形容詞」，修飾後方的複數名詞「tools（工具們）」。

3 牠的羽毛

its・feather

★ 此處的「its（牠的）」為「形容詞」，修飾後方的名詞「feather（羽毛）」。

4 牠的紅蘿蔔們

its・carrots

★ 此處的「its（牠的）」為「形容詞」，修飾後方的複數名詞「carrots（紅蘿蔔們）」。

Practice！跟著說｜their（他們的）

★ 讓我們一起開口說說看吧！

1 他們的狗們

their · dogs

★ 此處的「their（他們的）」為「形容詞」，修飾後方的複數名詞「dogs（狗們）」。

2 他們的學校

their · school

★ 此處的「their（他們的）」為「形容詞」，修飾後方的名詞「school（學校）」。

3 他們的英雄

their · hero

★ 此處的「their（他們的）」為「形容詞」，修飾後方的名詞「hero（英雄）」。

4 他們的玻璃杯們

their · glasses

★ 此處的「their（他們的）」為「形容詞」，修飾後方的複數名詞「glasses（玻璃杯們）」。

Practice! 跟著說｜mine（我的）

★ 讓我們一起開口說說看吧！

1 我的刷子

 +  → 

my + brush → mine

2 我的手錶們

 +  → 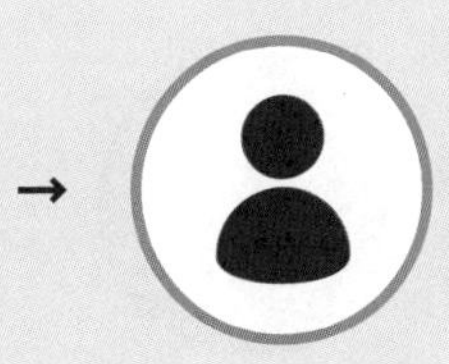

my + watches → mine

3 我的信

 +  → 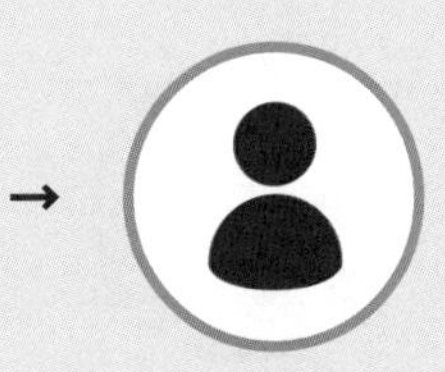

my + letter → mine

4 我的朋友們

 +  → 

my + friends → mine

Practice！ 跟著說｜ours（我們的）

★ 讓我們一起開口說說看吧！

1 我們的作業

our + homework → ours

2 我們的城市

our + city → ours

3 我們的三明治們

our + sandwiches → ours

4 我們的學校

our + school → ours

Practice! 跟著說 | yours（你的）

★ 讓我們一起開口說說看吧！

1 你的跑車

 +  → 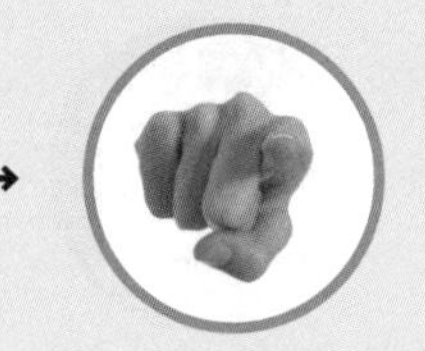

your + sports car → yours

2 你的小說

 +  → 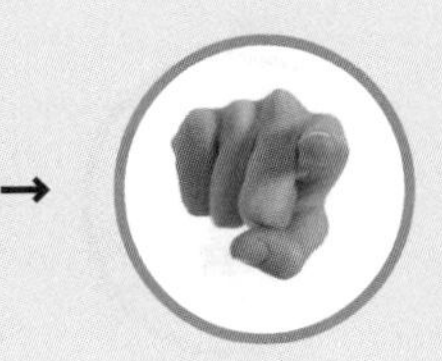

your + novel → yours

3 你的書籍們

 +  → 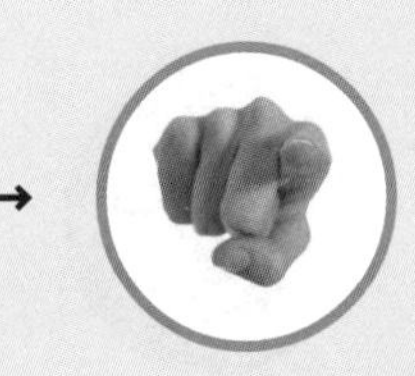

your + books → yours

4 你的雨傘

 +  → 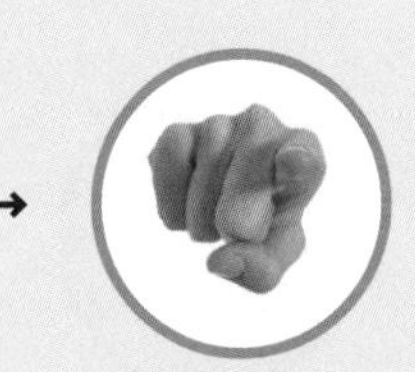

your + umbrella → yours

Practice! 跟著說｜yours（你們的）

★ 讓我們一起開口說說看吧！

1 你們的電腦

your + computer → yours

2 你們的貓

your + cat → yours

3 你們的老師

your + teacher → yours

4 你們的夢想

your + dream → yours

Practice！ 跟著說｜his（他的）

★ 讓我們一起開口說說看吧！

1 他的箱子

 + 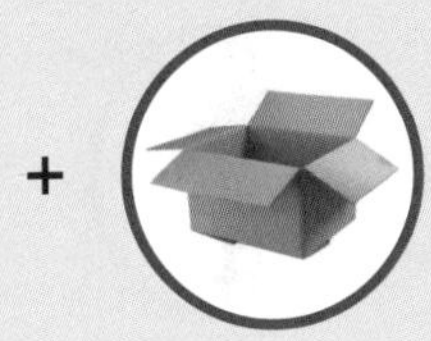 → 

his + box → his

2 他的狗

 +  → 

his + dog → his

3 他的鑰匙們

 +  → 

his + keys → his

4 他的杯子們

 +  → 

his + cups → his

5 他的英雄

 +  → 

his + hero → his

Practice！ 跟著說｜hers（她的）

★ 讓我們一起開口說說看吧！

1 她的玫瑰花們

her + roses → hers

2 她的衣服們

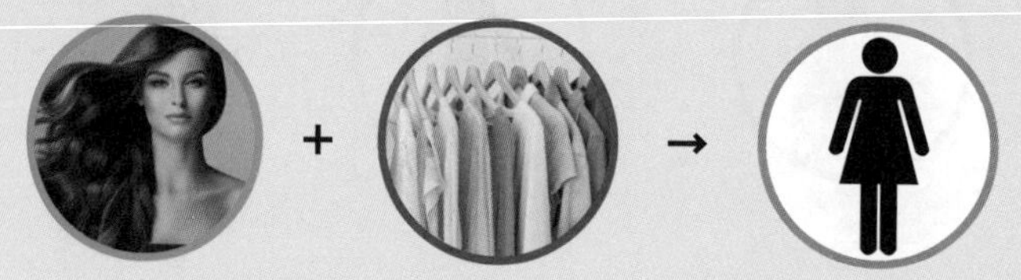

her + clothes → hers

3 她的咖啡

her + coffee → hers

4 她的國家

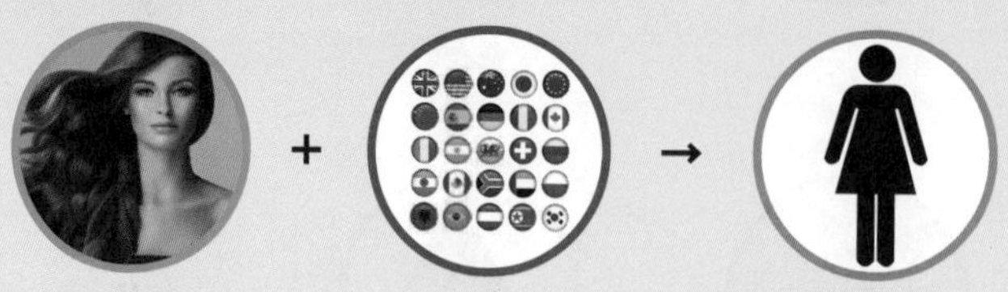

her + country → hers

Practice！ 跟著說｜its（它／牠的）

★ 讓我們一起開口說說看吧！

1 它的樹葉們

 +  → 

its + leaves → its

2 它的圖表們

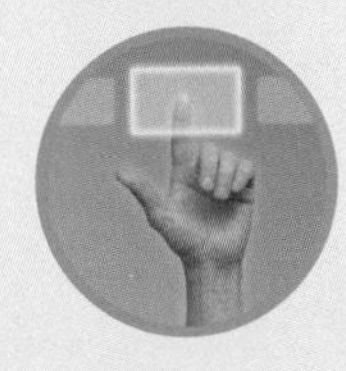 +  → 

its + charts → its

3 牠的箱子

 + 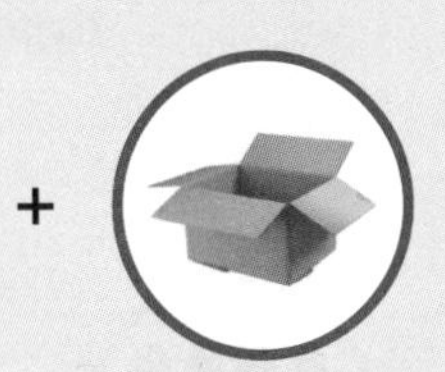 → 

its + box → its

4 牠的球

 +  → 

its + ball → its

5 牠的毛毯

 +  → 

its + blanket → its

Practice！ 跟著說｜theirs（他們的）

★ 讓我們一起開口說說看吧！

1 他們的房子

their + house → theirs

2 他們的故事

their + story → theirs

3 他們的書籍們

their + books → theirs

4 他們的學生們

their + students → theirs

GIVE IT A TRY

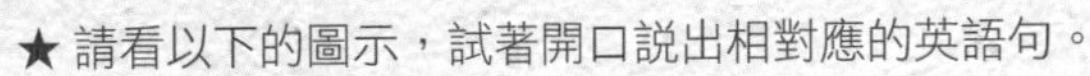
★ 請看以下的圖示，試著開口說出相對應的英語句。

1

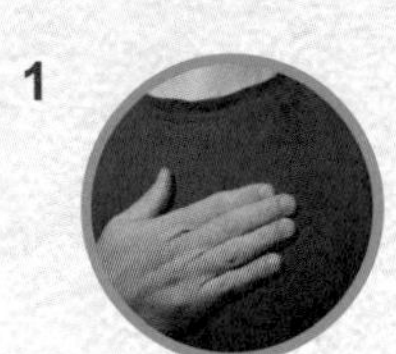

2

3

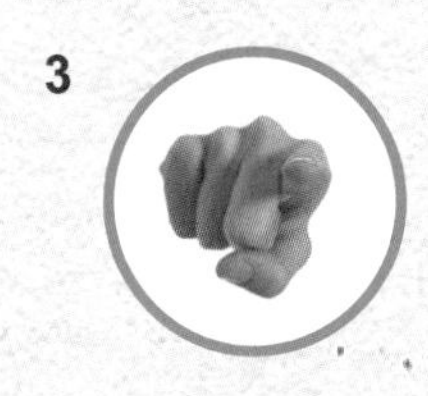

4

1 my • dream 我的夢想
2 our • pencils 我們的鉛筆們
3 your • family 你的家人
4 your • books 你們的書籍們

5 his • computer 他的電腦
6 our • chair 我們的椅子
7 her • piano 她的鋼琴
8 its • feather 牠的羽毛
9 their • glasses 他們的玻璃杯們

10

11

12

13

14

10 my + brush → mine 我的刷子

11 our + homework → ours 我們的作業

12 your + umbrella → yours 你的雨傘

13 your + teacher → yours 你們的老師

14 his + keys → his 他的鑰匙們

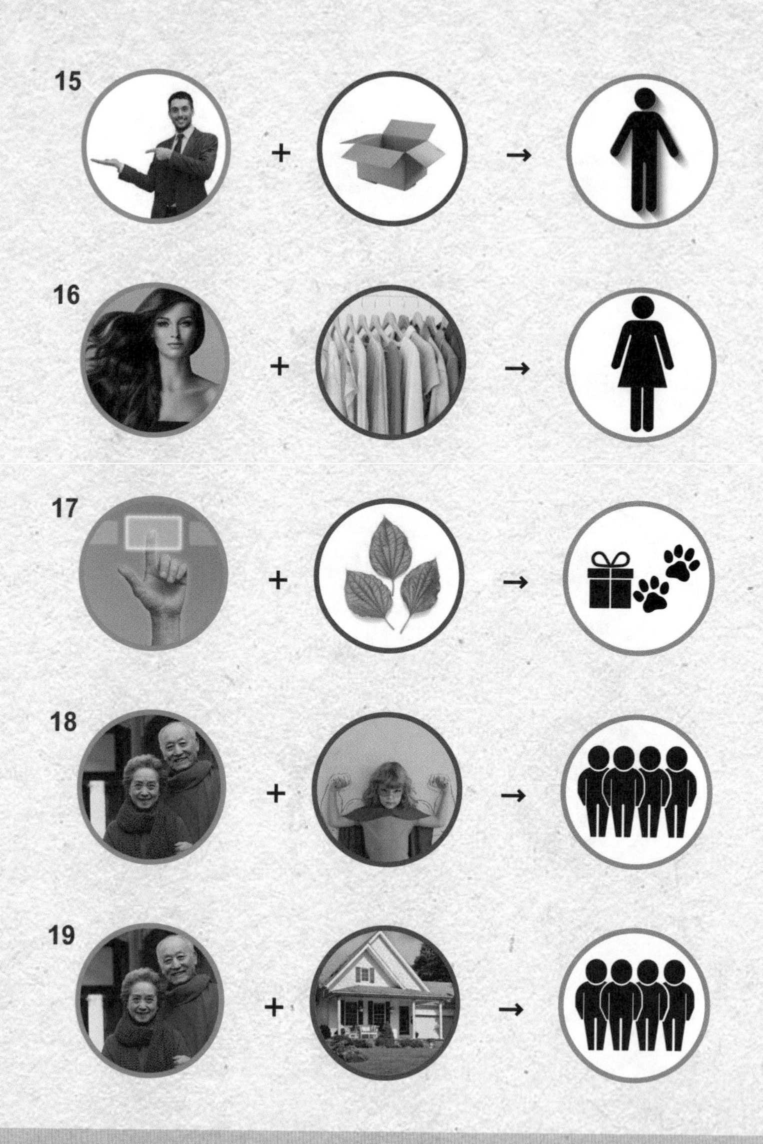

15 his + box → his 他的箱子

16 her + clothes → hers 她的衣服們

17 its + leaves → its 它的樹葉們

18 their + hero → theirs 他們的英雄

19 their + house → theirs 他們的房子

DAY 3
讓你的句子活在當下
｜現在簡單式｜

人稱

「人稱」是語言中和行為動作相關的話語角色。話語角色的確定取決於具體的事情，因此，「人稱」是進入句子很重要的入門關鍵喔！在英文中，「人稱」分為三種，例如：「我愛你，但是你愛他／她／它／牠。」其中，說話者的「我」是「第一人稱」；聽話者的「你」是「第二人稱」；而被提及的「他／她／它／牠」則屬於「第三人稱」。

第一人稱

從「自己」算起，「I（我）」和「we（我們）」皆屬於「第一人稱」。

1. 我

I

2. 我們

we

第二人稱

指對方時，會說「你」或「你們」，這兩者稱之為「第二人稱」。需要留意的是，「you」可以泛指單數及複數的「你」或「你們」。

1. 你

you

2. 你們

you

第三人稱

除「第一、二人稱」之外的，都稱之為「第三人稱」，所以「第三人稱」是數量最多的一族。

1. 他

he

2. 她

she

3. 它／牠

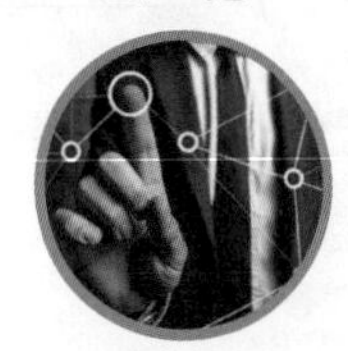

it

★「it」通常可以指「有生命」或「無生命」的事物。

4. 他們

they

「主詞」與「動詞」

句子中「執行動作的詞」，稱為「主詞」；表示「動作」或「狀態」的詞，稱為「動詞」，例如：「媽媽吃蛋糕」，句子中的「主詞」是「媽媽」；「動詞」是「吃」這個動作。有了這個概念後，我們就進入「be 動詞」的介紹囉！

媽媽吃蛋糕。

Mom

eats

the

cake

「be 動詞」

「主詞」和「動詞」的概念非常重要，英語中經常會使用到，接著要介紹的「be 動詞」用法，也是頗為重要的部分。初次接觸英語的讀者，可以多次反覆練習，將既定的規則，納入腦海中的長期記憶裡。

「be 動詞」：is

「現在簡單式」的「is（be 動詞）」，通常搭配的「主詞」有哪些呢？最常與其搭配的「主詞」莫過於「第三人稱單數」，其中包含：he（他）/ she（她）/ it（它／牠），或者「人名」。

1. 他是

he

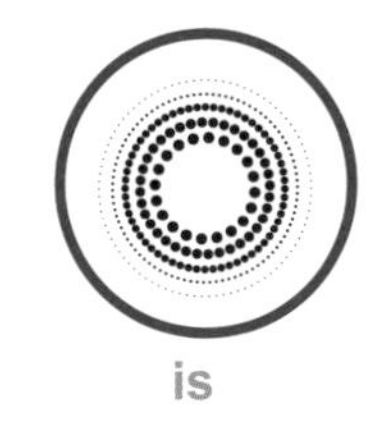

is

「he」為「主詞」，搭配「is（be 動詞）」。

2. 她是

she

is

「she」為「主詞」，搭配「is（be 動詞）」。

3. 它／牠是

it

is

「it」為「主詞」，搭配「is（be 動詞）」。

4. 賈思敏（名字）**是**

Jasmine

is

「Jasmine」為「主詞」，搭配「is（be 動詞）」。

★ 若為「男生名」其代名詞為「he」；「女生名」的代名詞為「she」，故視為「第三人稱單數」。

「be 動詞」：am

「現在簡單式」的「am（be 動詞）」，搭配的「主詞」較為單純，僅只有一個，一定要好好記牢喔！

1. 我是

I

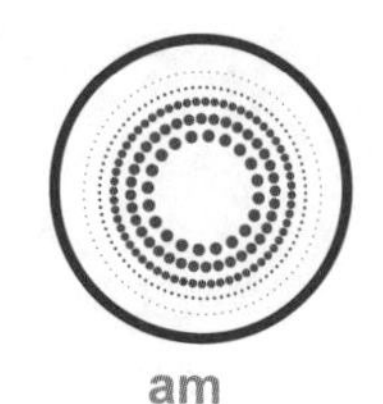

am

「I」為「主詞」，搭配「am（be 動詞）」；「I」指「我」的時候，一定要用「大寫」來表示；「I am」可以縮寫成「I'm」。

「be 動詞」：are

「現在簡單式」的「are（be 動詞）」，通常搭配的「主詞」有：「you（你／你們）/ we（我們）/ they（他們）」以及「複數名詞」。

1. 你是

you

are

「you」為「主詞」，搭配「are（be動詞）」。

2. 你們是

you

are

「you」為「主詞」，搭配「are（be動詞）」；此處的「you」為「複數」，指「你們」的意思。

3. 我們是

we

are

「we」為「主詞」，搭配「are（be動詞）」。

4. 他們是

they

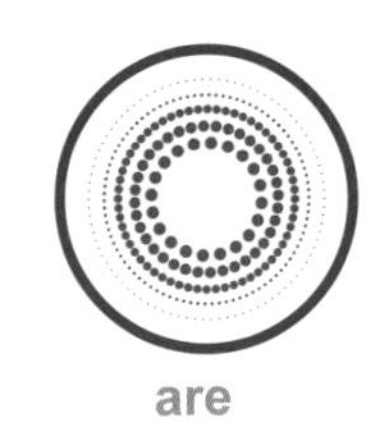
are

「they」為「主詞」，搭配「are（be 動詞）」。

「現在簡單式」的「主要句型」

「現在簡單式」的「主要句型」為：「主詞 + 現在式動詞」，但若主詞為「第三人稱單數」，也就是「he / she / it / name（名字）」，且為「肯定句」時，「動詞」就要加上「-s」、「-es」或「-ies」。除了「be 動詞」以外，我們都稱之為「一般動詞」。

「現在簡單式」的「動詞字尾」變化

於「現在簡單式」中，當「主詞」為「第三人稱單數（三單）」時，「動詞」的字尾會有變化，什麼時候要加「-s」？什麼時候又該用「-es / -ies」？以下彙整了動詞變化的規則，大家要反覆練習，才能牢牢記住喔！

動詞字尾加上「-s」

此為最基本的「動詞變化」，遇到「第三人稱單數（三單）」於「動詞」後方直接加上「-s」，不做其餘的變化。

get

+

=

gets

1. get → gets

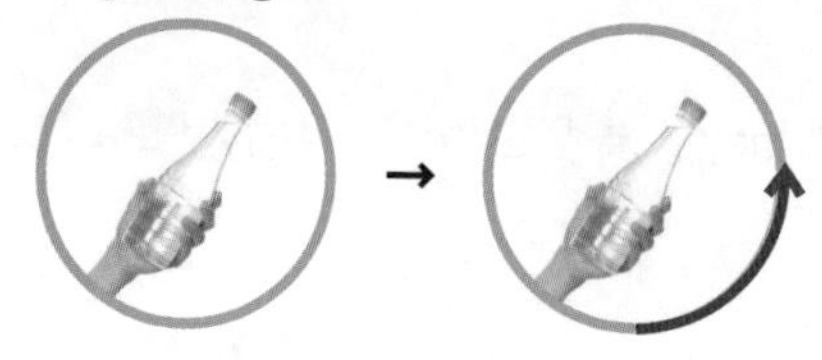

指「獲得，贏得」的意思。

2. run → runs

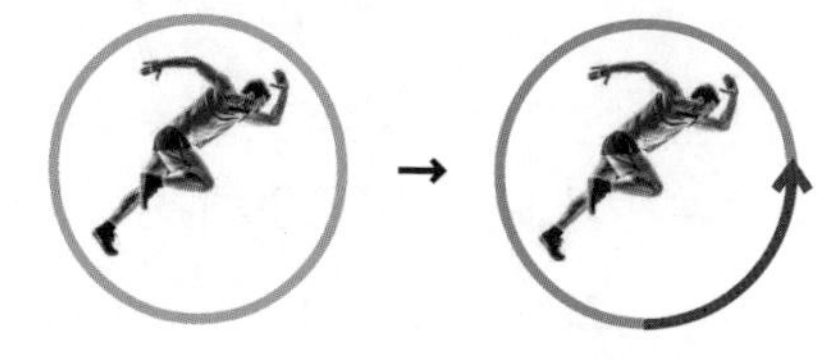

指「跑，奔」的意思。

3. walk → walks

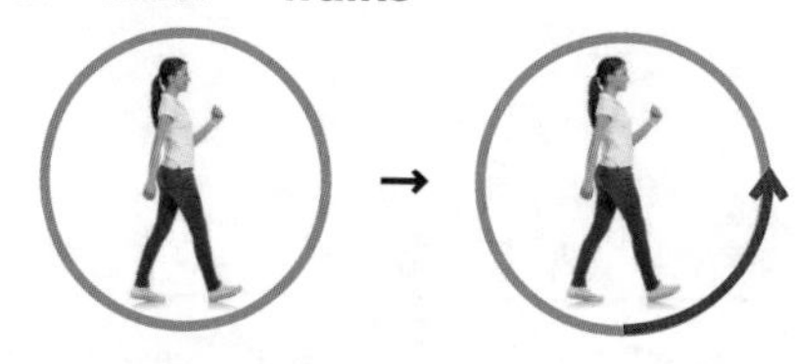

指「走，散步」的意思。

4. drive → drives

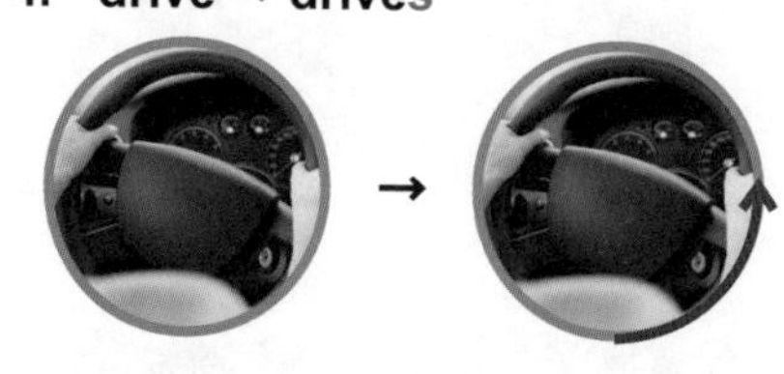

指「駕駛（汽車等）」的意思。

5. look → looks

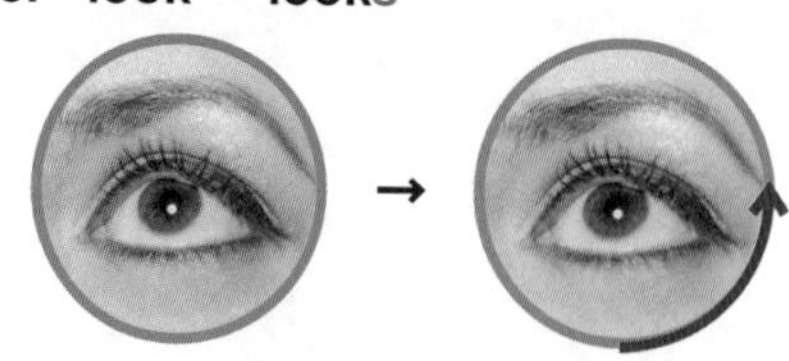

指「看，注意」的意思。

6. listen → listens

 → 

指「聽，傾聽」的意思。

7. talk → talks

 → 

指「講話，談話」的意思。

8. swim → swims

 → 

指「游泳」的意思。

9. eat → eats

 → 

指「吃，進食」的意思。

10. drink → drinks

 → 

指「飲，喝」的意思。

11. like → likes

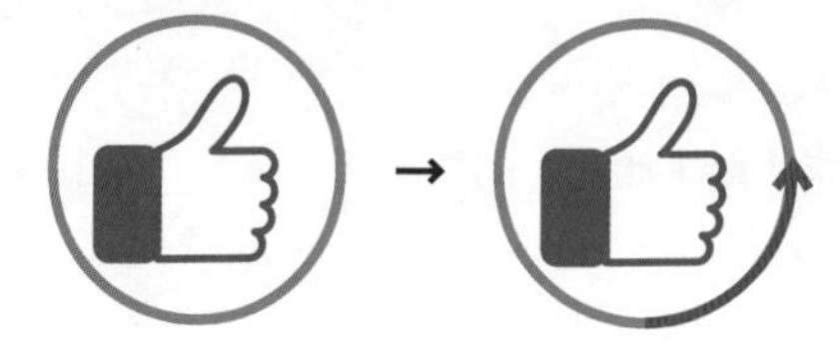

指「喜歡」的意思。

12. read → reads

指「閱讀」的意思。

13. write → writes

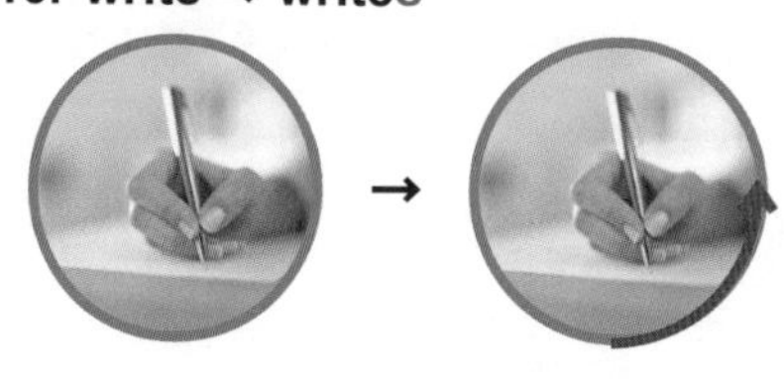

指「書寫」的意思。

原動詞的字尾為「-s / -o / -x / -ch / -sh」時

要特別留意此變化，遇到有特殊動詞字尾「-s / -o / -x / -ch / -sh」時，於動詞後方加上「-es」，而非「-s」，所以要做現在式「動詞」變化時，先確認單字的字尾字母為何，依其字母做適當的變化。而特殊動詞字尾「-s / -o / -x / -ch / -sh」，也是蠻常見的「動詞變化」。

1. do → does

指「做，實行，扮演（角色）」的意思。

2. go → goes

指「去，行走」的意思。

3. wash → washes

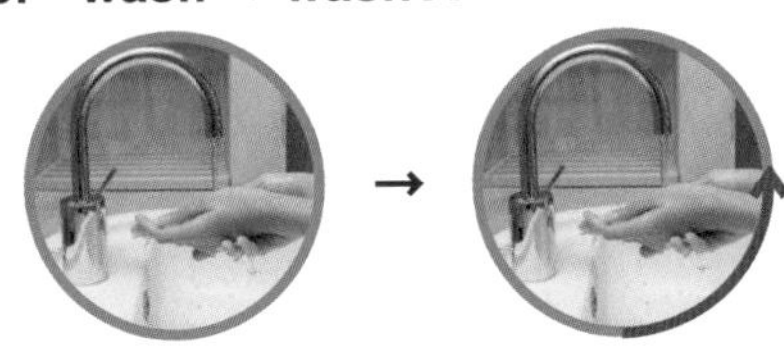

指「洗，洗滌」的意思。

4. brush → brushes

指「刷」的意思。

5. watch → watches

指「觀看，注視」的意思。

6. fix → fixes

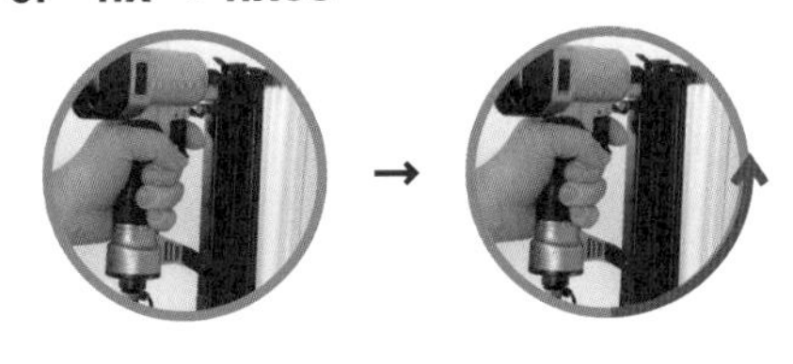

指「修理」的意思。

7. teach → teaches

指「教導，講授」的意思。

8. catch → catches

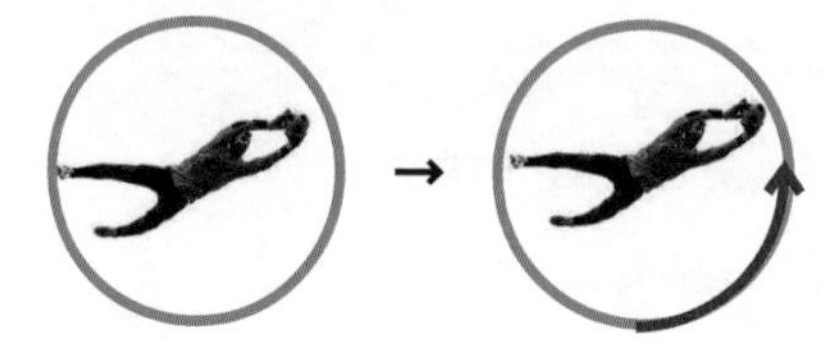

指「抓住，捕獲」的意思。

9. push → pushes

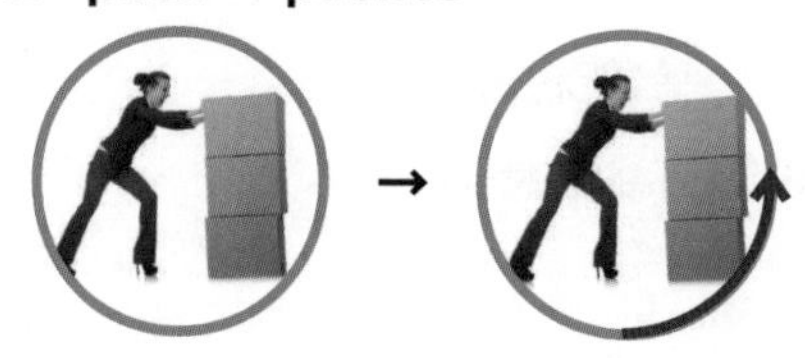

指「推，推開」的意思。

原動詞字尾為「-y」時

若遇到有動詞為母音（也就是a / e / i / o / u）加上「-y」當字尾時，直接加上「-s」；若字尾是子音加上「-y」，要把動詞字尾的「-y」去掉，再加上「-ies」，而非「-s」；算是「特殊形」的「動詞變化」。

1. play → plays

指「玩耍，表演，彈奏」的意思。

2. pay → pays

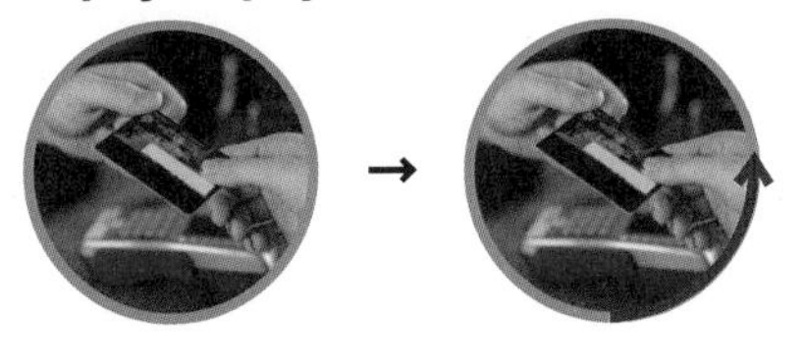

指「支付，付款」的意思。

3. enjoy → enjoys

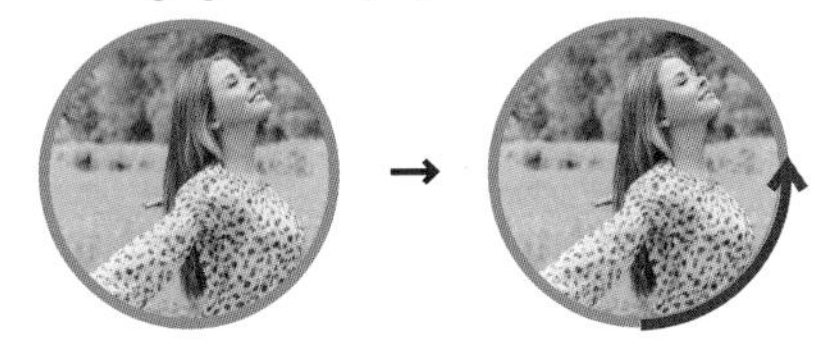

指「欣賞，享受」的意思。

4. study → studies

指「學習，研究，用功」的意思。

5. carry → carries

指「攜帶，搬運」的意思。

6. fly → flies

指「飛，飛行」的意思。

7. **cry → cries**

指「哭，叫喊」的意思。

8. **hurry → hurries**

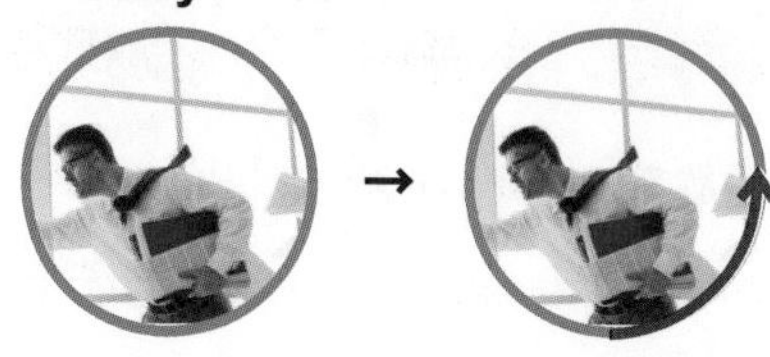

指「趕緊，匆忙」的意思。

「現在簡單式」：描述「現在的狀況」

「現在簡單式」常用於描述「現在的狀況、狀態和事情」，例如：「我是一位老師」用以表示現在的職業；「我很開心」用以表達當下的心情；「我喜歡游泳」用以表示自己的喜好，以上三句都是屬於描述自己「現在的情況」，所以皆屬於「現在簡單式」的句子，那麼這些會話句該如何用英語表達呢？好比遇到認識的朋友時，想要自我介紹，你可以這麼說：

我是一位老師。

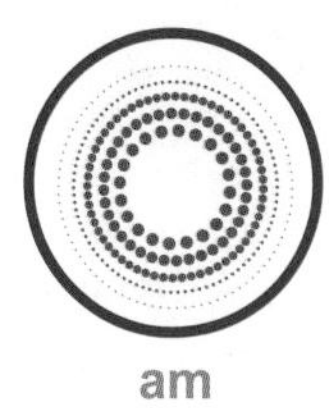

I am a teacher

上方的「I am a teacher.」用現在式 be 動詞「am」來表示「現在的狀況」，所以可以得知，說話者現在的職業為「老師」。而「現在簡單式」除了描述「現在的狀況」之外，還能用以描述什麼呢？讓我們繼續往下看。

「現在簡單式」：描述「不變的真理」或「格言諺語」

凡是表達不變的「真理」或普遍認知的「事實」，也就是從過去到現在依然如此，即便未來也不會改變的一般性事實，都是用「現在簡單式」來表達喔！舉例來說，我們要說「太陽從東方升起」這個不變的真理，可以這麼說：

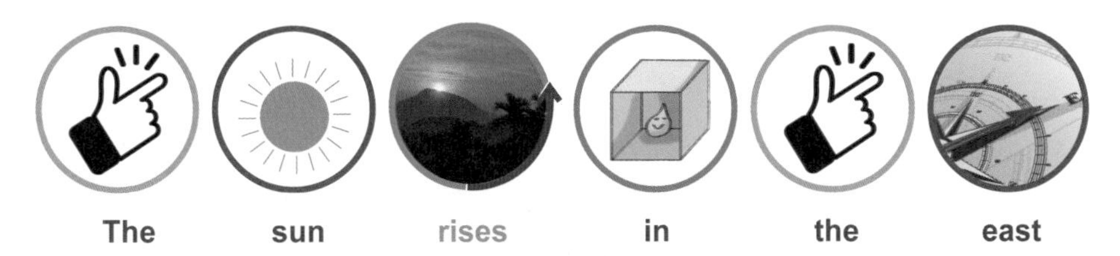

★ 此句使用「現在簡單式」的「rises（一般動詞）」來表示「不變的真理」。

「現在簡單式」：描述「現在仍存在，且每一段時間都會發生的事實」

「現在簡單式」通常表達現在的習慣，且一直會出現的動作，例如：每天早上都會去游泳、固定禮拜日早上到教堂做禮拜或每天都走路去上學……等，這些都是平日習慣會做的動作，所以，表達「現在的習慣」或「反覆的動作」，就要使用「現在簡單式」來表達。

1. 他走路去上學。

2. 她開車去上班。

3. 我在早上游泳。

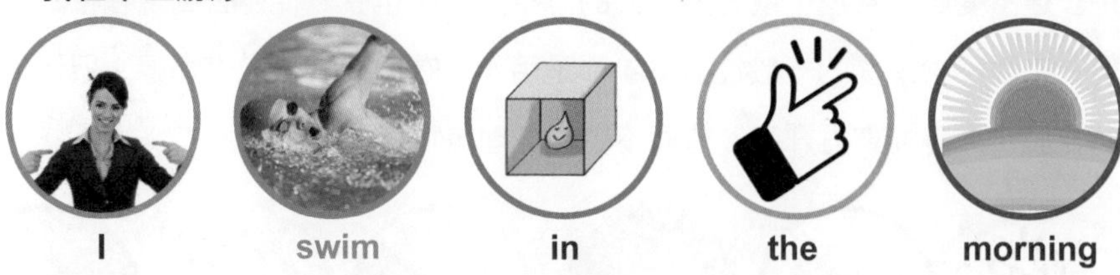

4. 媽媽刷牙。

5. 爸爸在晚上慢跑。

6. 你在早上跑步。

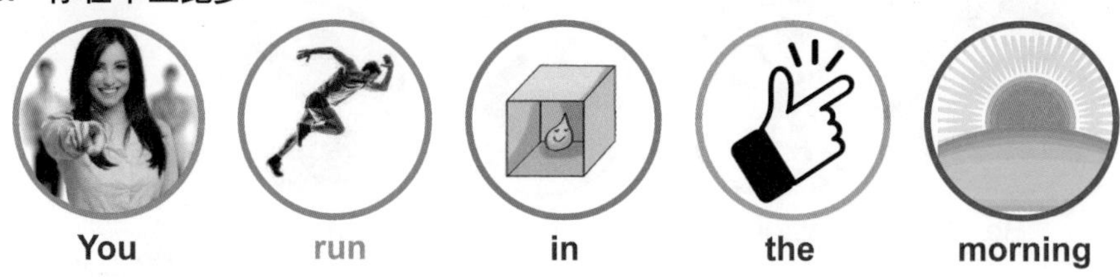

7. 他們喜歡狗。

Practice！ 跟著說｜be 動詞

★ 讓我們一起開口說說看吧！

1 我是一位老師。

 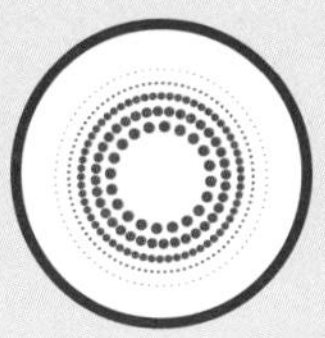  

I・am・a・teacher.

2 你是一位護士。

 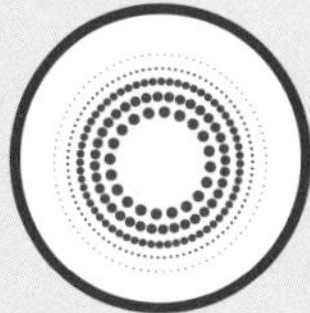  

You・are・a・nurse.

3 他是一位警察。

 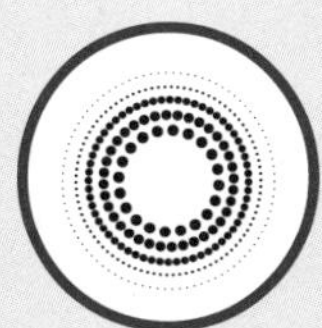  

He・is・a・police officer.

4 爸爸是一位醫生。

 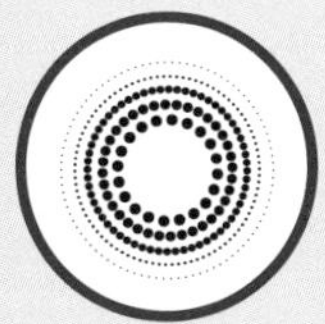  

Dad・is・a・doctor.

Practice！ 跟著說｜do

★ 讓我們一起開口說說看吧！

1 我去洗碗。

I・do・the・dishes.

2 你去洗衣服。

You・do・the・laundry.

3 她去寫作業。

She・does・the・homework.

4 媽媽去做飯。

Mom・does・the・cooking.

Practice! 跟著說 | get / run / walk

★ 讓我們一起開口說說看吧！

1 我起床了。

I · get · up.

2 你到家了。

You · get · home.

3 他跑去學校。

He · runs · to · school.

4 她走路去上班。

She · walks · to · work.

Practice! 跟著說 | talk / swim / drive / look

★ 讓我們一起開口説説看吧！

1 我和我的朋友們說話。

I・talk・to・my・friends.

2 爸爸早上游泳。

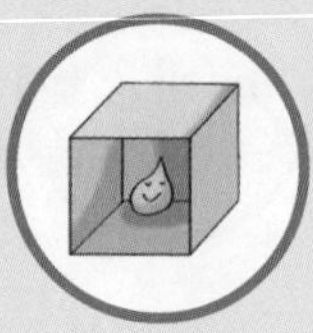

Dad・swims・in・the・morning.

3 媽媽開車回家。

Mom・drives・home.

4 賈思敏（人名）看起來很冷。

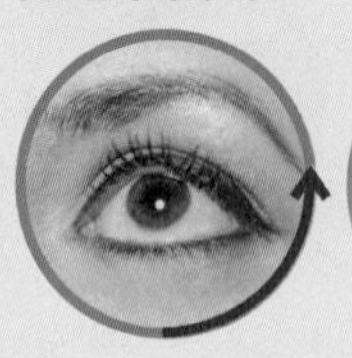
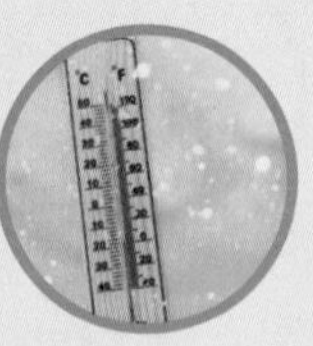

Jasmine・looks・cold.

Practice ! 跟著說 | eat / drink / listen

★ 讓我們一起開口說說看吧！

1 他們吃三明治。

They・eat・the・sandwiches.

2 我喝茶。

I・drink・the・tea.

3 媽媽聽音樂。

Mom・listens・to・the・music.

4 他聽收音機。

He・listens・to・the・radio.

Practice！ 跟著說｜like / read / write

★ 讓我們一起開口說說看吧！

1 這名嬰兒喜歡狗。

The・baby・likes・dogs.

2 賈思敏（人名）喜歡台北。

Jasmine・likes・Taipei.

3 醫生讀這則故事。

The・doctor・reads・the・story.

4 媽媽寫一封信。

Mom・writes・a・letter.

Practice! 跟著說｜wash / brush / watch / fix

★ 讓我們一起開口說說看吧！

1 這個女孩在洗碗。

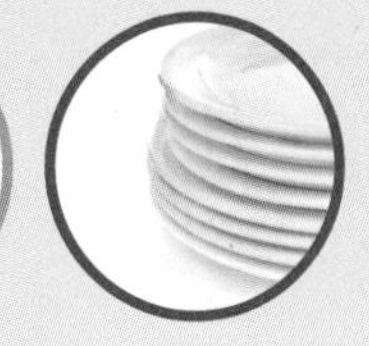

The · girl · washes · the · dishes.

2 這名護士在刷牙。

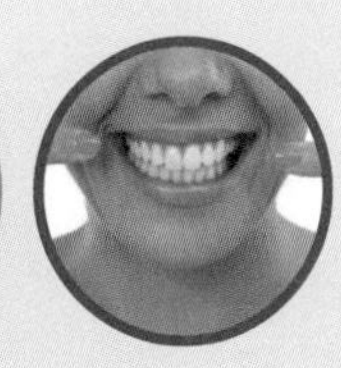

The · nurse · brushes · her · teeth.

3 我在看電視。

I · watch · TV.

4 爸爸在修理這扇門。

Dad · fixes · the · door.

Practice! 跟著說 | teach / catch / push / play

★ 讓我們一起開口説説看吧！

1 這名老師在教學生。

The · teacher · teaches · the · students.

2 這個男孩接到球。

The · boy · catches · the · ball.

3 他在推這張椅子。

He · pushes · the · chair.

4 我彈奏鋼琴。

I · play · the · piano.

Practice！ 跟著說｜pay / study / carry

★ 讓我們一起開口説説看吧！

1 他們付現。

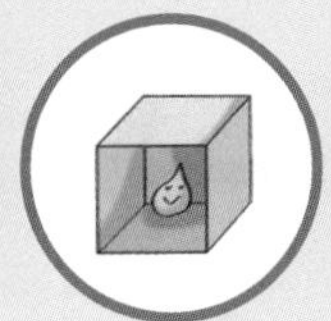

They · pay · in · cash.

2 他唸英文。

He · studies · English.

3 賈思敏（人名）唸數學。

Jasmine · studies · Math.

4 媽媽提一個包包。

Mom · carries · a · bag.

Practice! 跟著說 | fly / cry / hurry

★ 讓我們一起開口說說看吧！

1 我飛去學校。

I · fly · to · school.

2 寶寶在哭。

The · baby · cries.

3 媽媽匆忙趕回家。

Mom · hurries · home.

4 賈思敏（人名）匆忙趕到學校。

Jasmine · hurries · to · school.

GIVE IT A TRY

★ 請看以下的圖示，試著開口說出相對應的英語句。

1

 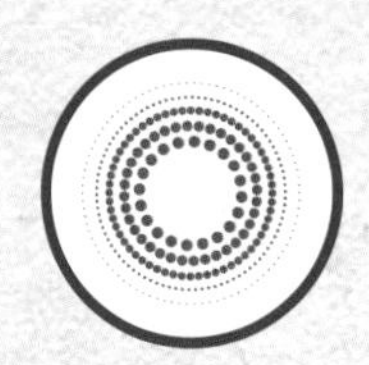  

2

 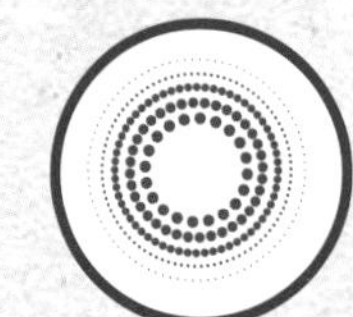  

3

4

1 I • am • a • teacher. 我是一位老師。

2 You • are • a • nurse. 你是一位護士。

3 Dad • is • a • doctor. 爸爸是一位醫生。

4 I • do • the • dishes. 我去洗碗。

5 She • does • the • homework. 她寫作業。

6 He • runs • to • school. 他跑去學校。

7 Mom • drives • home. 媽媽開車回家。

8 They • eat • the • sandwiches. 他們吃三明治。

9 Mom • carries • a • bag. 媽媽提一個包包。

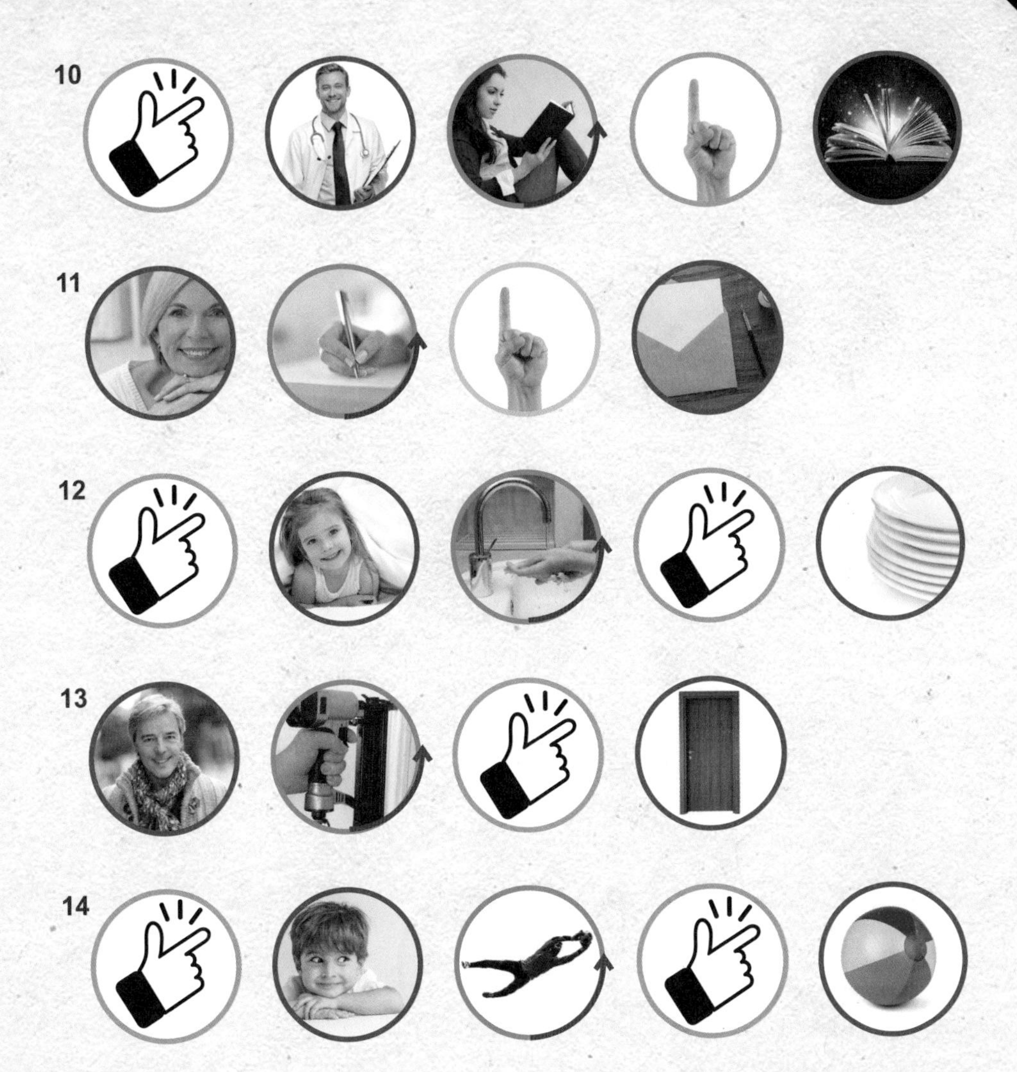

10 The • doctor • reads • a • story. 醫生讀一則故事。

11 Mom • writes • a • letter. 媽媽寫一封信。

12 The • girl • washes • the • dishes. 這個女孩在洗碗。

13 Dad • fixes • the • door. 爸爸在修理這扇門。

14 The • boy • catches • the • ball. 這個男孩接到球。

15 Jasmine • studies • Math.　賈思敏（人名）唸數學。

16 They • pay • in • cash.　他們付現。

17 The • baby • cries.　寶寶在哭。

18 Mom • hurries • home.　媽媽匆忙趕回家。

19 I • like • Taipei.　我喜歡台北。

DAY 4 說故事用的句子
｜過去簡單式｜

敘述過去發生的種種

當你想和朋友分享昨天去看電影的趣事，或是小時候發生的糗事時，在英語句中都要用「過去簡單式」來表達。因為昨天去「看」電影和小時候「發生」的糗事，這兩個動作都屬於「發生在過去（時間）的動作」，而且這個動作在過去的那個時間點就已經結束了。因此，現在要介紹的「過去簡單式」和「現在簡單式」，最大的不同就在於「動詞」變化。舉例來說，先比較以下兩個句子：

1. 我是高興的。

I am happy

★ 使用「現在簡單式」，表示現在的情緒是高興的。

2. 我昨天是高興的。

★ 使用過去簡單式的「was（be 動詞）」，表示過去的那個時間點「昨天」高興的情緒。

「過去簡單式」與「現在簡單式」的不同

剛開始接觸英語時，最容易混淆的地方莫過於「時態」，相信很多人一聽到「時態」兩個字，就開始產生抗拒的心理。現在，擺脱以往學英語的刻板觀念，我們改用「圖示」的方式，來解釋「過去簡單式」和「現在簡單式」的不同點，先能區分兩者的不同，才能建立紮實的基礎概念。「過去簡單式」和「現在簡單式」最大的不同點之一在於「be 動詞」，還記得「現在簡單式」的「be 動詞」有哪三個嗎？

「現在簡單式」的「be 動詞」

「現在簡單式」的「be 動詞」依照「人稱」來分有三個，其各別搭配不同的「主詞」，依其「主詞」來選擇合適的「be 動詞」。讓我們一起來複習一下吧！

1. is

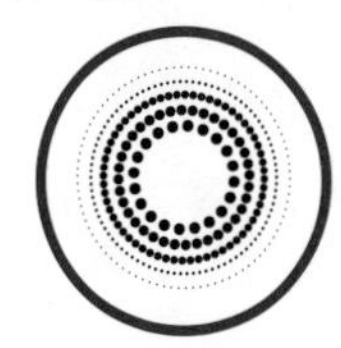

「is」為「第三人稱」或「單數」名詞的「be 動詞」，其搭配的「主詞」有：「he（他）/ she（她）/ it（它／牠）/ name（名字）」。

2. am

「am」為「第一人稱」的「be 動詞」，其搭配的「主詞」只能是：「I（我）」。要留意，「I（我）」需要「大寫」。

3. are

「are」為「複數」名詞的「be 動詞」，其搭配的「主詞」有：「you（你／你們）/ we（我們）/ they（他們）」。

「過去簡單式」的「be 動詞」

複習完「現在簡單式」的「be 動詞」後，緊接著要開始學習新東西囉！直接進入主題「過去簡單式」的「be 動詞」，它們只有兩個，也是會依照其「主詞」來搭配適當的「be 動詞」喔！

1. was

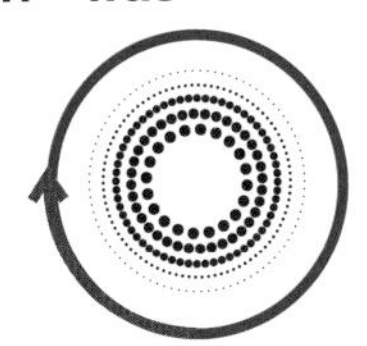

「was」為「第一、三人稱」或「單數」名詞的「be 動詞」，其搭配的「主詞」有：「I（我）/ he（他）/ she（她）/ it（它／牠）/ name（名字）」。

2. were

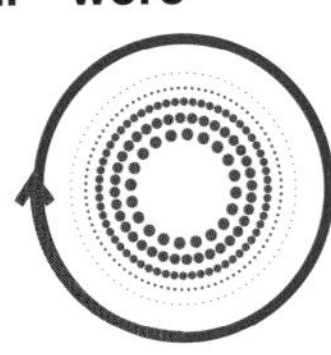

「were」為「複數」名詞的「be 動詞」，其搭配的「主詞」有：「you（你／你們）/ we（我們）/ they（他們）」。

be 動詞「was」的用法

「過去簡單式」的「was（be 動詞）」就是「現在簡單式」「am」和「is」的過去式，通常會搭配的「主詞」有「第一人稱單數」和「第三人稱單數」，其中包含：I（我）/ he（他）/ she（她）/ it（它／牠）/ name（名字）。

1. 我以前是

I

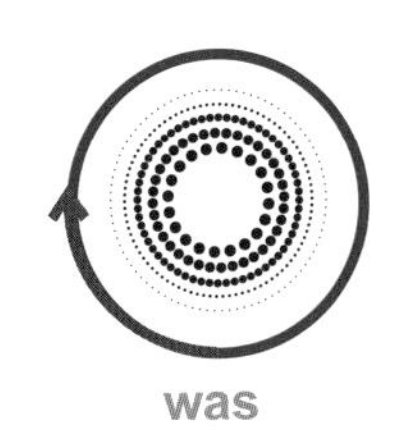
was

「I」為「主詞」，搭配「was（be 動詞）」。

★「I」指「我」的時候，一定要用「大寫」來表示。

2. 他以前是

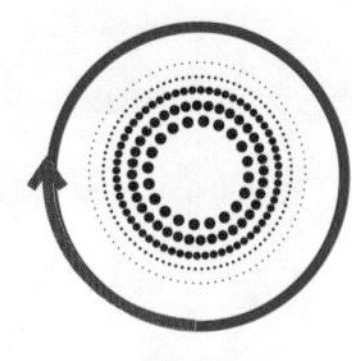

「he」為「主詞」，搭配「was（be 動詞）」。

3. 她以前是

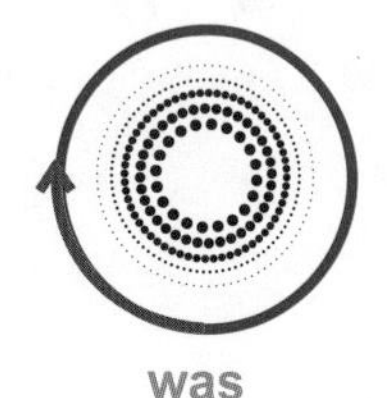

「she」為「主詞」，搭配「was（be 動詞）」。

4. 它／牠以前是

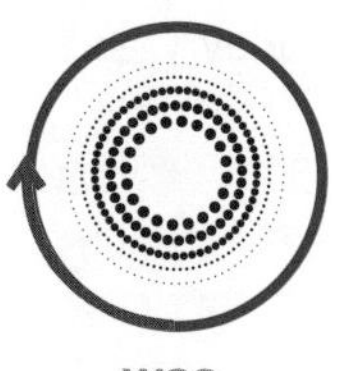

「it」為「主詞」，搭配「was（be 動詞）」。

5. 賈思敏（名字）**以前是**

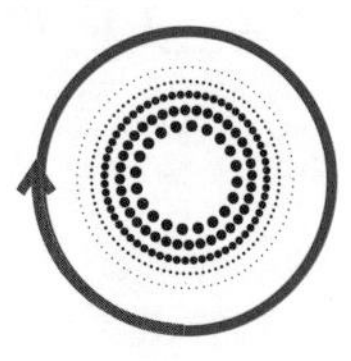

「Jasmine」為「主詞」，搭配「was（be 動詞）」。

be 動詞「were」的用法

「過去簡單式」的「were（be 動詞）」就是「現在簡單式」「are」的過去式，通常搭配的「主詞」有「第一人稱複數：we（我們）」、「第二人稱：you（你／你們）」、「第三人稱複數：they（他們）」和「複數」名詞。

1. 你以前是

you

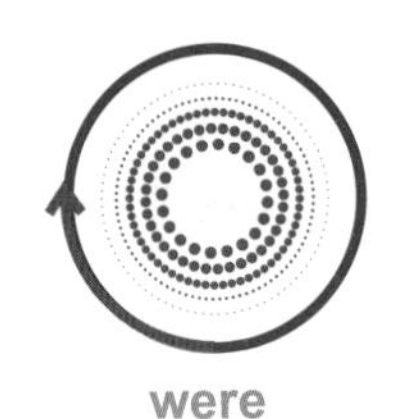
were

「you」為「主詞」，搭配「were（be 動詞）」。

2. 你們以前是

you

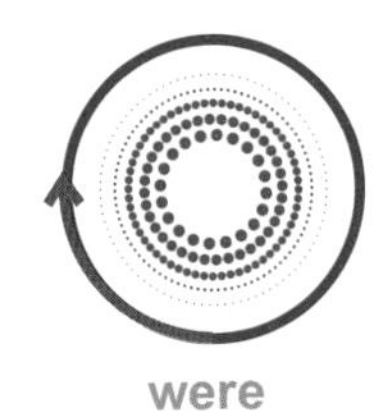
were

「you」為「主詞」，搭配「were（be 動詞）」。

3. 我們以前是

we

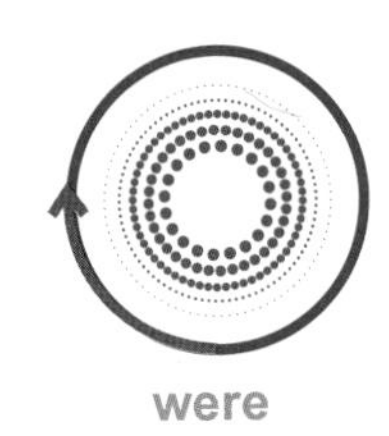
were

「we」為「主詞」，搭配「were（be 動詞）」。

4. 他們以前是

they

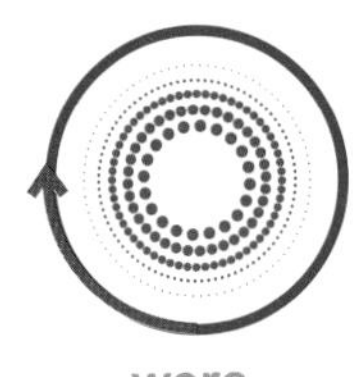
were

「they」為「主詞」，搭配「were（be 動詞）」。

從以上的例子中，我們可以發現，「be 動詞」的使用，是依照「主詞」的不同來做變化的，和「現在簡單式」的「be 動詞」用法大致雷同。最主要的差別在於：am（現在式 be 動詞）的用法在「過去簡單式」裡也是用「was」，這些基本概念多多練習及複習，搭配輔助記憶的「實景圖」來加深印象，並輕鬆提升學習效果。

「過去簡單式」的「主要句型」

「過去簡單式」的「主要句型」為：「主詞 + 過去式動詞」。除了前頁介紹的「be 動詞」外，於「過去簡單式」的會話句中，「一般動詞」也要改用「過去式」喔！以下會介紹「過去式動詞」的「規則」與「不規則」變化。

「過去式動詞」的「規則變化」

「過去式動詞」的「規則變化」有 4 種情況：字尾加上「-ed」；字尾若已有「-e」，直接加上「-d」；字尾為「子音」加上「-y」，則需先去掉「-y」，再加上「-ied」；字尾為「子音 + 母音 + 子音」排列（簡稱為「子母子」排列）時，則須重覆字尾，再加「-ed」。

動詞字尾加上「-ed」

動詞字尾加上「-ed」為最基本的「動詞變化」，此為直接於「動詞」後方，加上「-ed」，不做其餘的變化。

1. open → opened

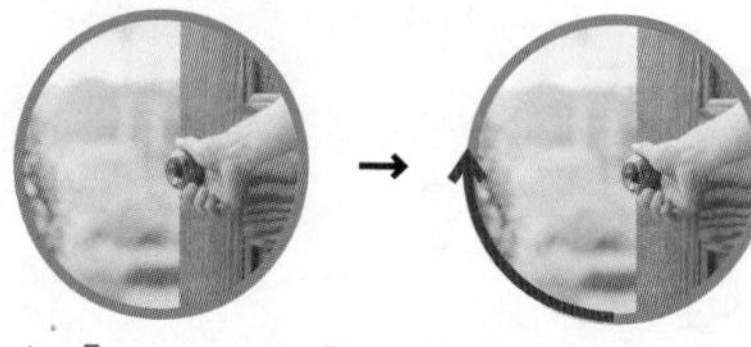

指「打開」的意思。

★「open」的「n」為「有聲子音」，故「-ed」的發音為 [d]。

2. listen → listened

指「聽，傾聽」的意思。

★「listen」的「n」為「有聲子音」，故「-ed」的發音為 [d]。

3. call → called

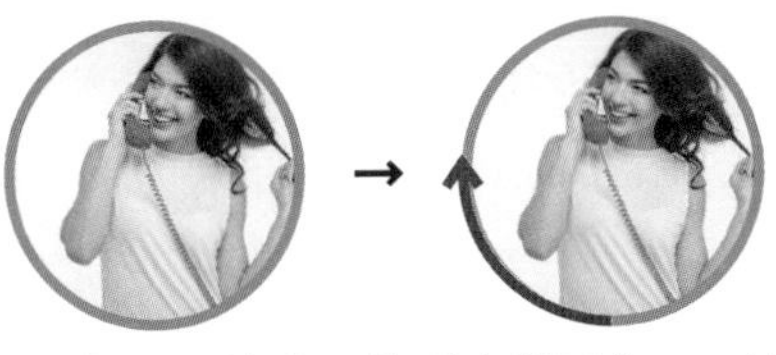

指「打電話」的意思。

★「call」的「l」為「有聲子音」，故「-ed」的發音為 [d]。

4. start → started

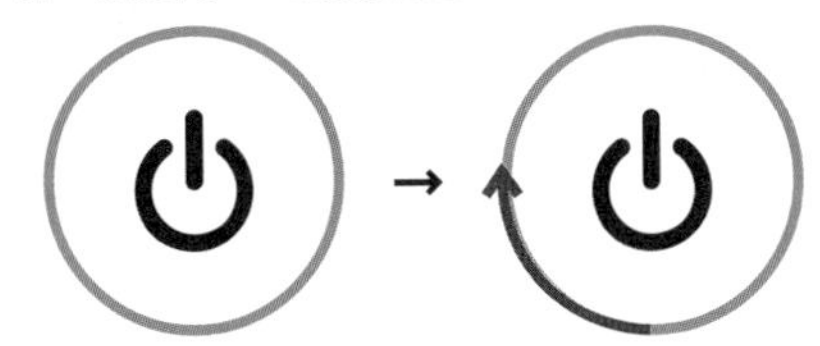

指「開始」的意思。

★ 若動詞字尾為「-t」或「-d」，加上「-ed」時，其發音為 [ɪd]。

5. blend → blended

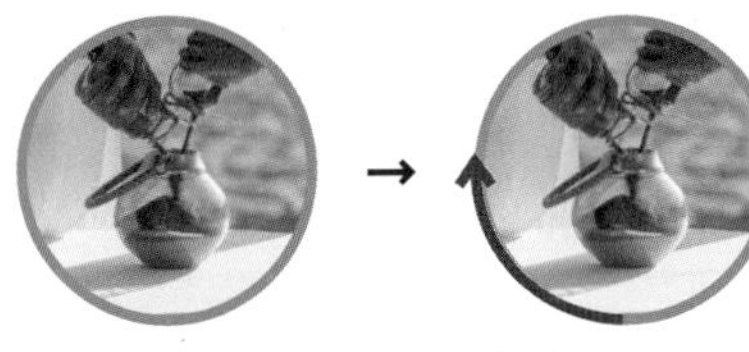

指「混合，混雜」的意思。

★ 若動詞字尾為「-t」或「-d」，加上「-ed」時，其發音為 [ɪd]。

6. want → wanted

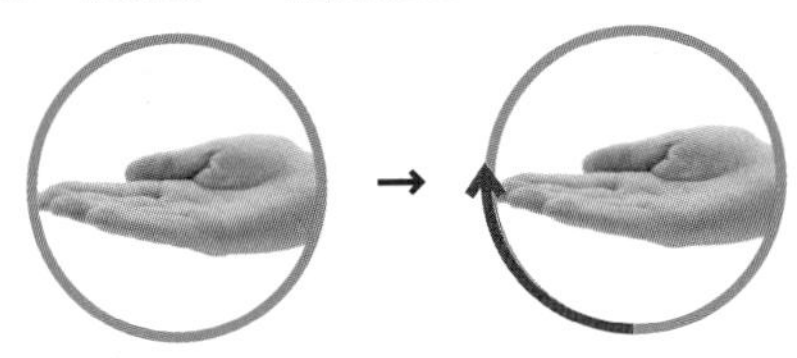

指「想要」的意思。

★ 若動詞字尾為「-t」或「-d」，加上「-ed」時，其發音為 [ɪd]。

7. talk → talked

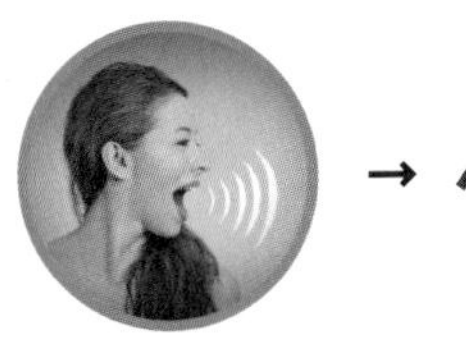
→

指「講話，談話」的意思。

★ 若動詞字尾為「無聲子音」：[p]、[s]、[f]、[k]、[ʃ]、[tʃ]，加上「-ed」時，其發音為 [t]。

8. jump → jumped

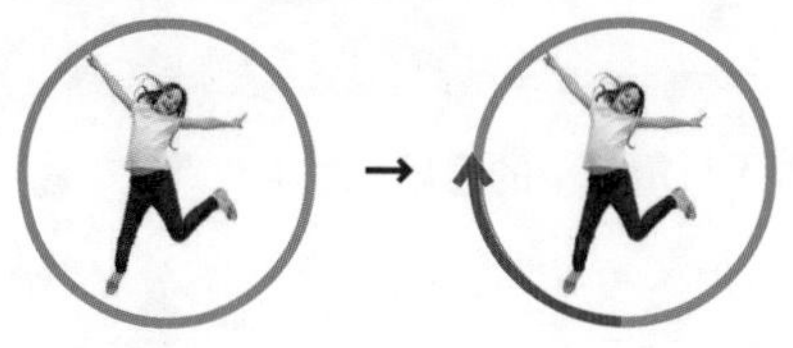

指「跳躍」的意思。

★ 若動詞字尾為「無聲子音」:[p]、[s]、[f]、[k]、[ʃ]、[tʃ],加上「-ed」時,其發音為[t]。

9. fix → fixed

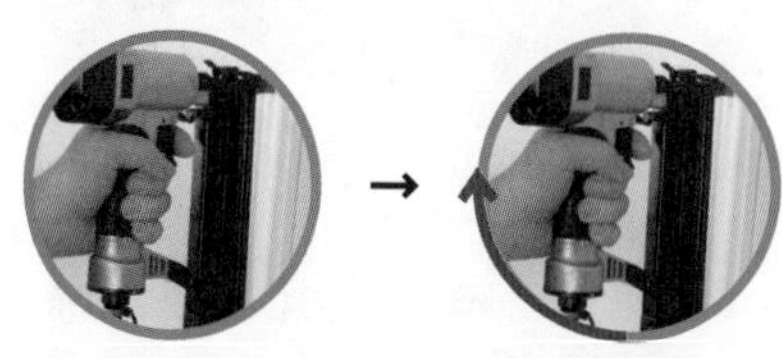

指「修理」的意思。

★ 若動詞字尾為「無聲子音」:[p]、[s]、[f]、[k]、[ʃ]、[tʃ],加上「-ed」時,其發音為[t]。

10. wash → washed

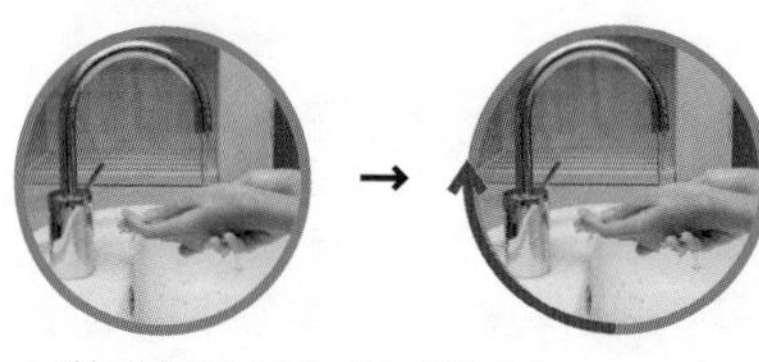

指「洗,洗滌」的意思。

★ 若動詞字尾為「無聲子音」:[p]、[s]、[f]、[k]、[ʃ]、[tʃ],加上「-ed」時,其發音為[t]。

11. picnic → picnicked

→

指「去野餐」的意思。

★ 要特別注意「picnic」的過去式動詞變化,要在字尾多加一個「k」,再加上「-ed」。

以上為動詞字尾加上「-ed」的相關詞彙,將此規則記憶於腦海中後,接下來要學習「過去式動詞」的第二種變化:動詞字尾有「-e」時,當遇到該類的動詞時,該如何做變化呢?

動詞字尾有「-e」時

動詞字尾有「-e」時，不要再重複加上「-ed」喔！此時，只需要於其字尾加上「-d」即可，要依循動詞的字尾來做變化。

1. like → liked

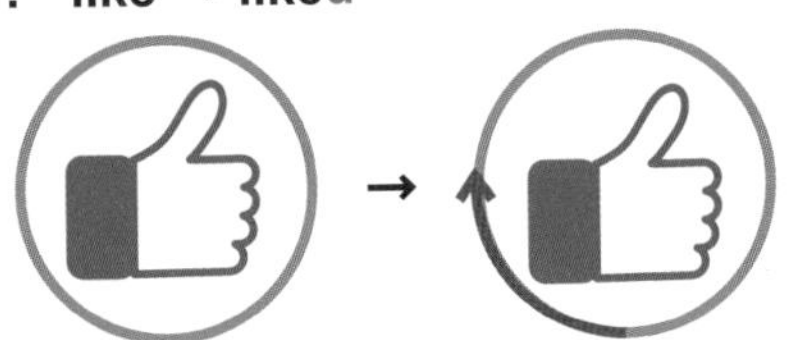

指「喜歡」的意思。

★ 若動詞字尾有「-e」時，後方直接加上「-d」，「liked」的字尾發音為 [t]。

2. move → moved

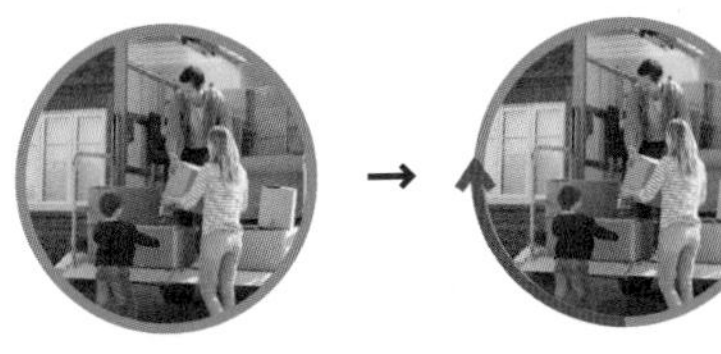

指「移動」的意思。

★ 若動詞字尾有「-e」時，後方直接加上「-d」，「moved」的字尾發音為 [d]。

3. close → closed

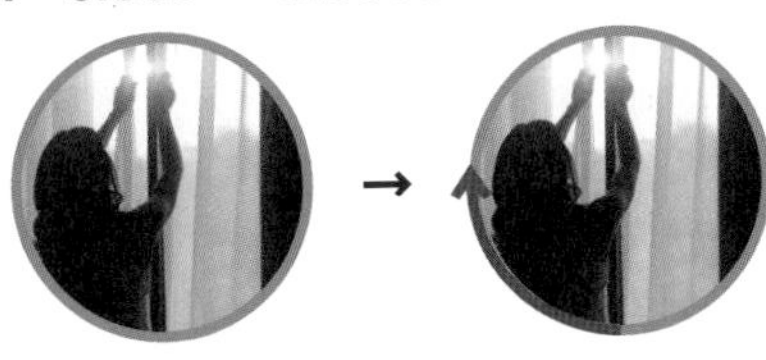

指「關閉」的意思。

★ 若動詞字尾有「-e」時，後方直接加上「-d」，「closed」的字尾發音為 [t]。

4. live → lived

指「居住」的意思。

★ 若動詞字尾有「-e」時，後方直接加上「-d」，「lived」的字尾發音為 [d]。

5. taste → tasted

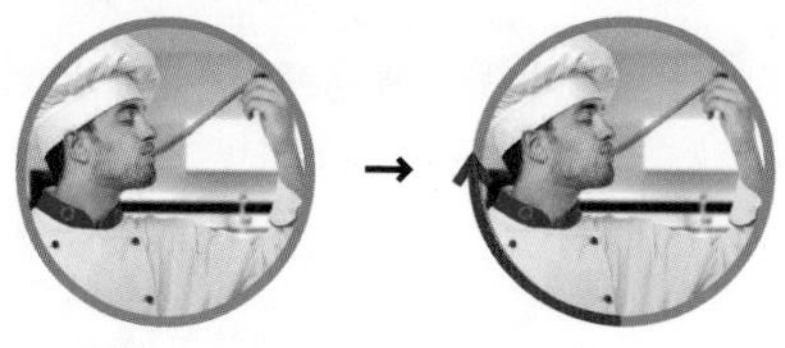

指「嚐起來」的意思。

★ 若動詞字尾有「-e」時，後方直接加上「-d」，「tasted」的字尾發音為 [ɪd]。

動詞字尾為「子音 + y」時

此為「過去式動詞」的第三種變化：動詞字尾為「子音 + y」時，要先去掉「-y」，再加上「-ied」，其字尾的發音為 [d]。當「-y」的前方為「母音」：a / e / i / o / u時，則無須去掉「-y」，而是直接於後方加上「-ed」，視為過去式動詞的「規則變化」。讓我們來看看動詞字尾為「子音 + y」的相關字會有哪些？學會了這些相關單字後，不妨偶爾練習一下不同字彙的「過去式動詞變化」，看是否都有熟記於腦海中，並隨時複習。

1. study → studied

指「學習，研究，用功」的意思。

★「studied」的字尾發音為 [d]。

2. carry → carried

指「攜帶，搬運」的意思。

★「carried」的字尾發音為 [d]。

3. fly → flied

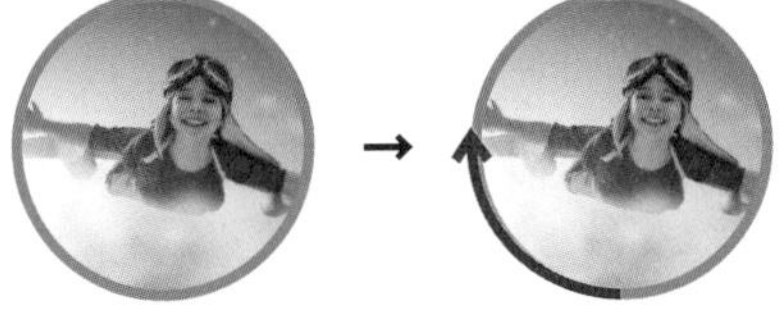

指「飛，飛行」的意思。

★「flied」的字尾發音為 [d]。

4. cry → cried

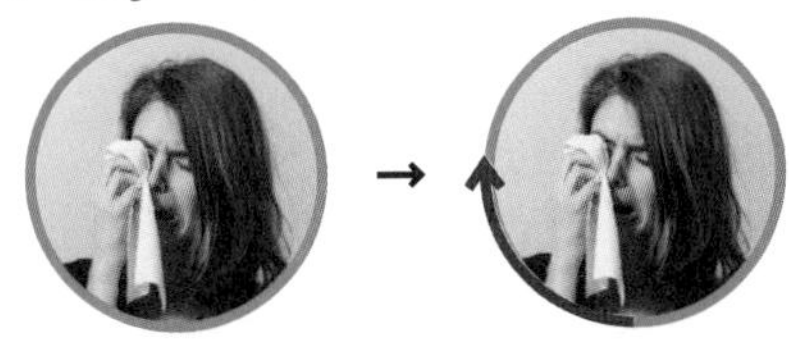

指「哭，叫喊」的意思。

★「cried」的字尾發音為 [d]。

5. worry → worried

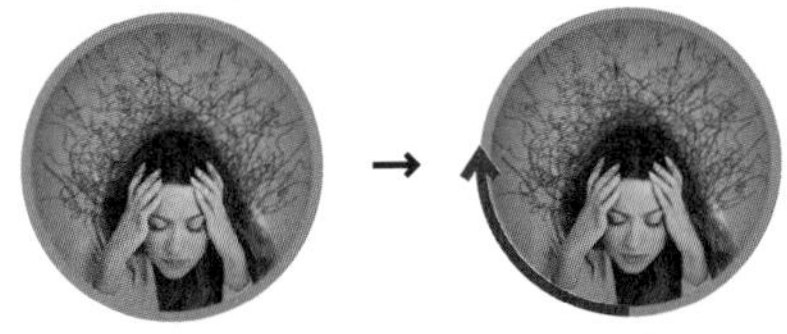

指「憂慮，擔心」的意思。

★「worried」的字尾發音為 [d]。

6. hurry → hurried

指「趕緊，匆忙」的意思。

★「hurried」的字尾發音為 [d]。

7. fry → fried

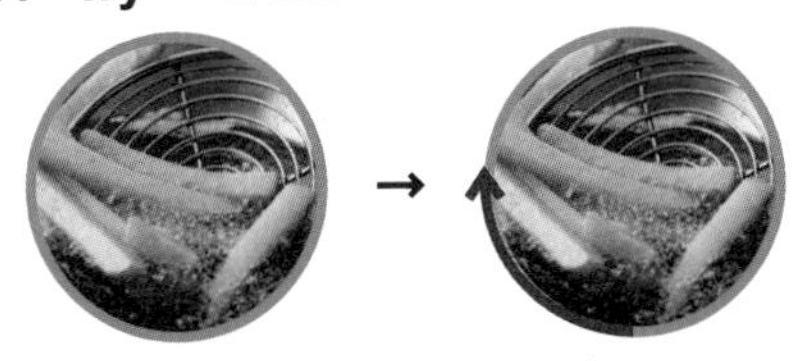

指「油煎，油炸，油炒」的意思。

★「fried」的字尾發音為 [d]。

動詞字尾若是「子音 + 母音 + 子音」時

這類的動詞需特別注意，若遇到動詞的字尾後三個字母和音標均呈「子音 + 母音 + 子音」排列（簡稱為「子母子」排列）時，則須重覆其字尾，再加「-ed」。

1. jog → jogged

指「慢跑」的意思。

★「jog」為「子母子」的排列順序，故須重複其字尾「-g」再加上「-ed」。

2. stop → stopped

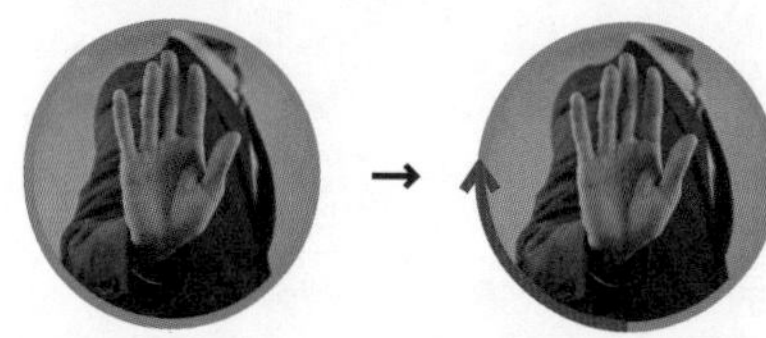

指「停止」的意思。

★「stop」為「子母子」的排列順序，故須重複其字尾「-p」再加上「-ed」。

3. plan → planned

→

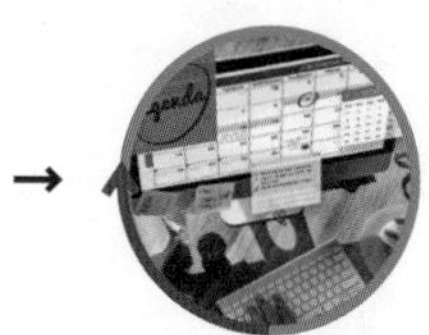

指「計劃」的意思。

★「plan」為「子母子」的排列順序，故須重複其字尾「-n」再加上「-ed」。

4. clap → clapped

→

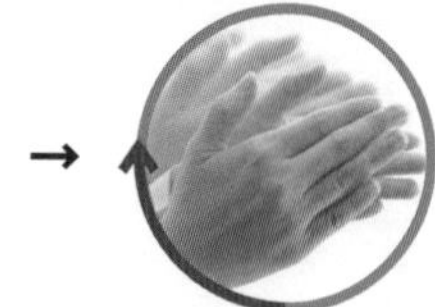

指「拍手」的意思。

★「clap」為「子母子」的排列順序，故須重複其字尾「-p」再加上「-ed」。

5. beg → begged

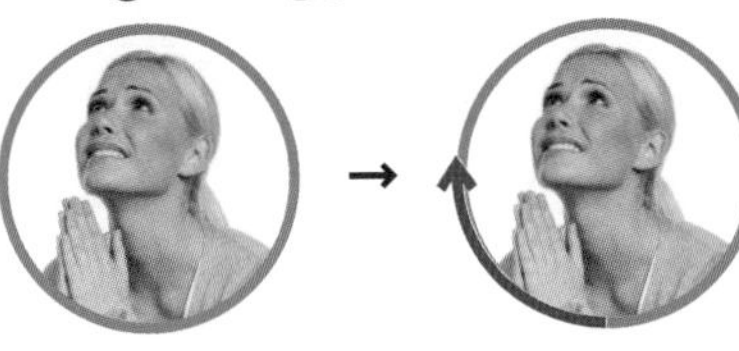

指「乞求」的意思。

★「beg」為「子母子」的排列順序，故須重複其字尾「-g」再加上「-ed」。

6. kid → kidded

指「戲弄，取笑，欺騙」的意思。

★「kid」為「子母子」的排列順序，故須重複其字尾「-d」再加上「-ed」。

「過去式動詞」的「不規則變化」

除了「過去式」的「be 動詞」、「動詞規則變化」之外，「過去式動詞」的「不規則變化」是「過去簡單式」裡最重要的部分，一定要好好記牢，並時常複習。

1. do → did

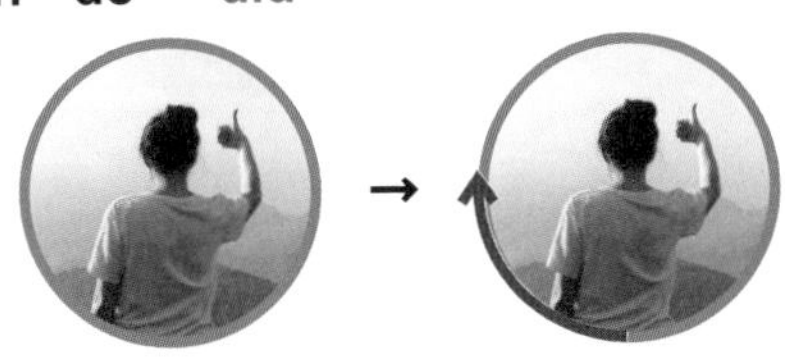

指「做，實行，扮演（角色）」的意思。

2. go → went

指「去，行走」的意思。

3. have / has → had

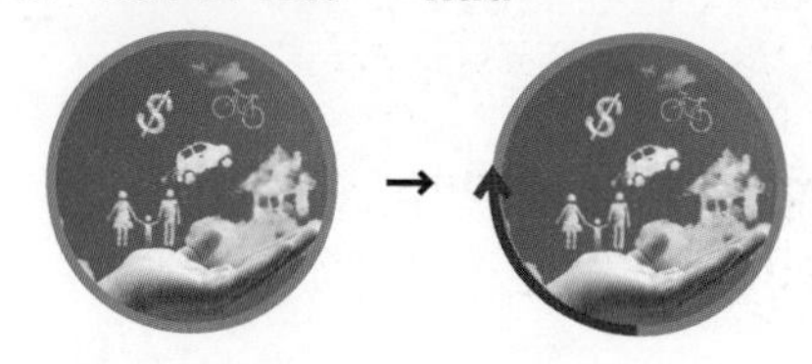

指「擁有」的意思。

4. eat → ate

指「吃，進食」的意思。

5. read → read

指「閱讀」的意思。

6. teach → taught

指「教導，講授」的意思。

7. stand → stood

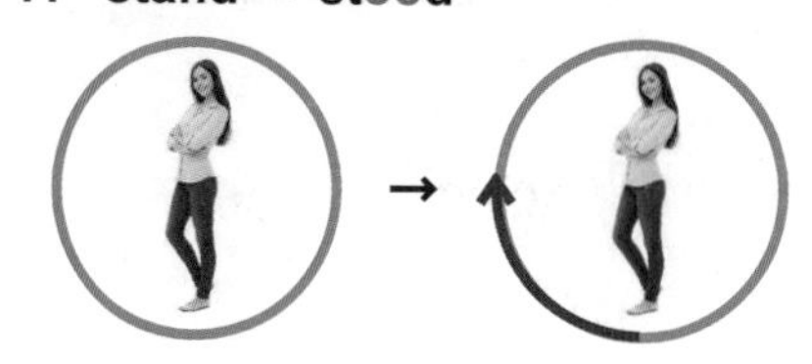

指「站立」的意思。

8. swim → swam

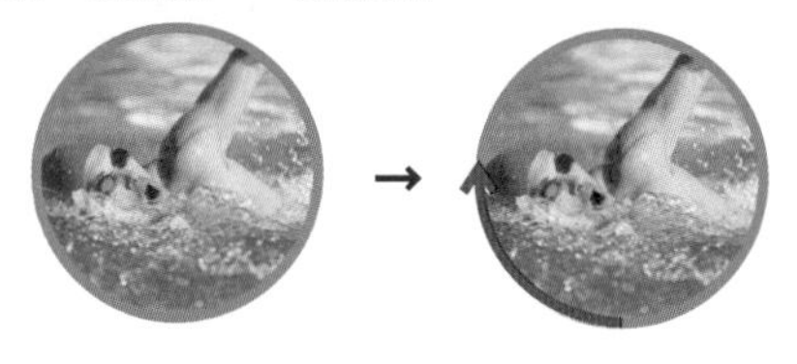

指「游泳」的意思。

9. drink → drank

指「飲，喝」的意思。

10. run → ran

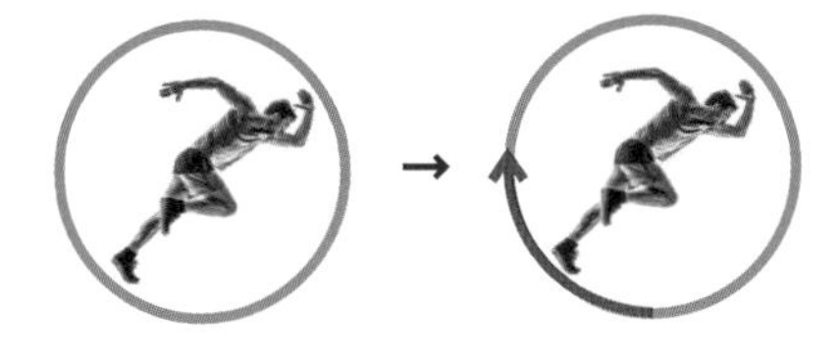

指「跑步」的意思。

11. drive → drove

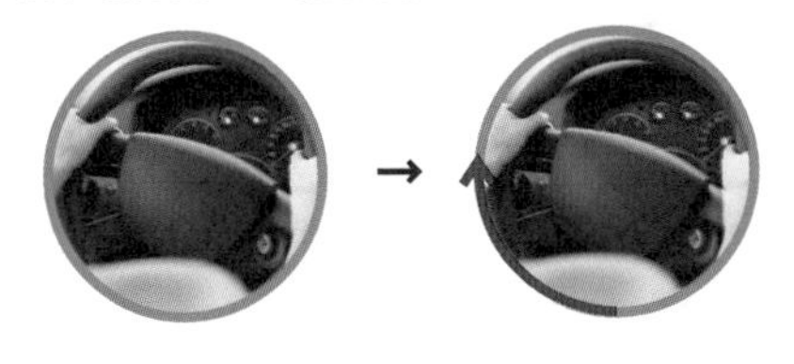

指「開（車）」的意思。

12. get → got

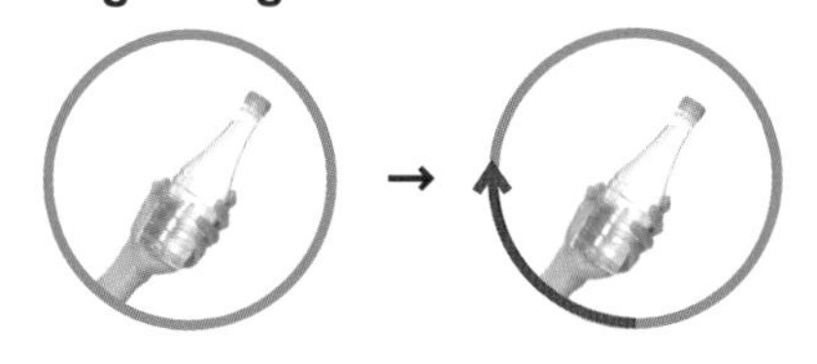

指「取得，得到」的意思。

13. ride → rode

指「騎（車）」的意思。

14. blow → blew

指「吹，吹拂」的意思。

15. feed → fed

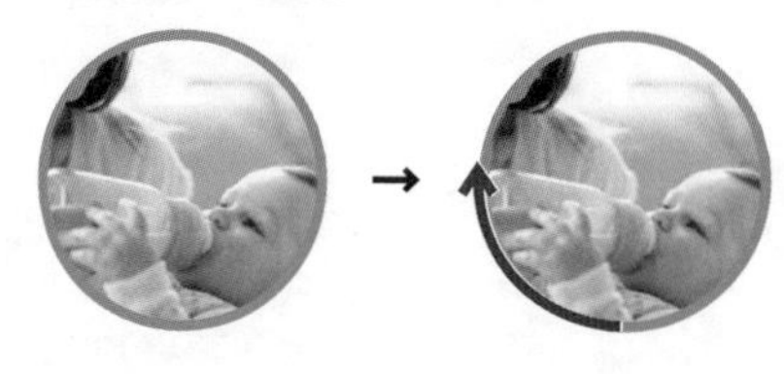

指「餵養，飼養」的意思。

「過去簡單式」：描述「過去的狀況」

「過去簡單式」常用於描述「過去的狀況」，句子中常常配合過去的時間點使用，例如：

1. 昨天

yesterday

2. 前一個，上一個

last

3. 在～以前

ago

4. 以前

before

Practice！ 跟著說｜過去式 be 動詞

★ 讓我們一起開口說說看吧！

1 我以前是一位老師。

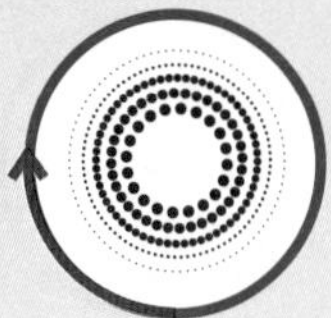

I · was · a · teacher · before.

2 她以前是醫生。

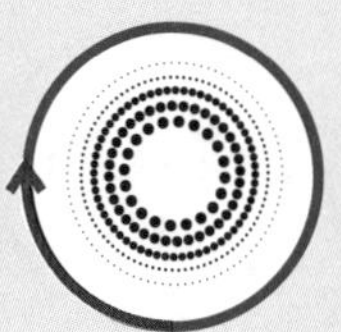

She · was · a · doctor · before.

3 他去年是一位警察。

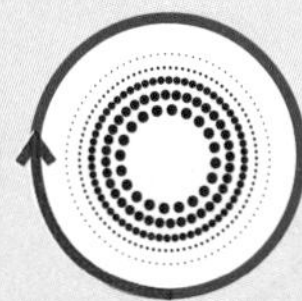

He · was · a · policer officer · last · year.

4 你上星期在美國。

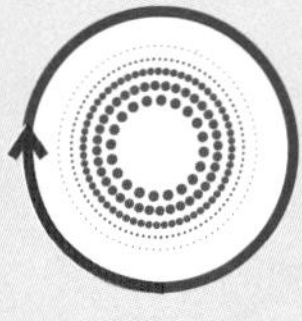

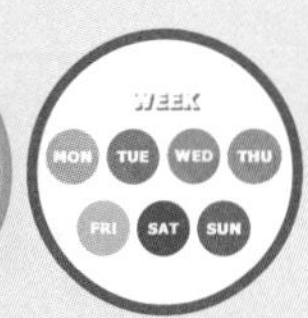

You · were · in · America · last · week.

Practice! 跟著說 | did

★ 讓我們一起開口說說看吧！

1 我洗碗了。

I・did・the・dishes.

2 你洗了衣服了。

You・did・the・laundry.

3 她寫完作業了。

She・did・the・homework.

4 賈思敏（人名）做了三明治。

Jasmine・did・the・sandwiches.

Practice！ 跟著說｜talk / look / walk / listen

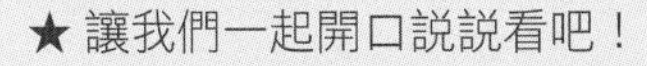
★ 讓我們一起開口說說看吧！

1 我和我的朋友們說話。

I · talked · to · my · friends.

2 賈思敏（人名）看起來很冷。

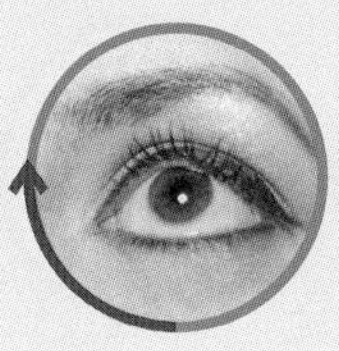
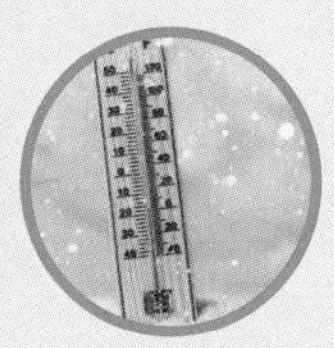

Jasmine · looked · cold.

3 她走路去上班了。

She · walked · to · work.

4 媽媽聽音樂。

Mom · listened · to · the · music.

Practice！ 跟著說｜start / blend / want / jump

★ 讓我們一起開口說說看吧！

1 我已經開跑了。

I・started・to・run.

2 她攪拌了牛奶。

She・blended・the・milk.

3 他很想要那個禮物。

 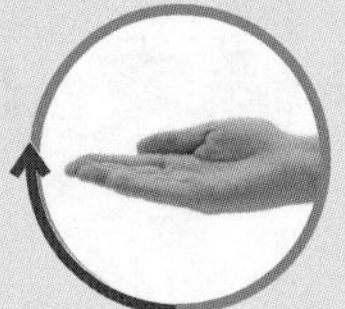  

He・wanted・the・present.

4 這個男孩跳躍。

The・boy・jumped.

Practice! 跟著說 | wash / picnic / play / move

★ 讓我們一起開口說說看吧！

1 我已經洗好碗盤了。

 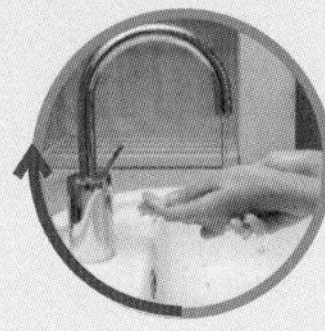  

I・washed・the・dishes.

2 你和朋友們去野餐。

You・picnicked・with・friends.

3 他彈了吉他。

He・played・the・guitar.

4 他們去年搬到美國了。

They・moved・to・America・last・year.

Practice! 跟著說 | study / carry / cry / worry

★ 讓我們一起開口說說看吧！

1 我讀了英文。

I · studied · English.

2 你帶著那個包包。

You · carried · the · bag.

3 這個男孩哭了。

The · boy · cried.

4 他們擔心那女孩。

They · worried · about · the · girl.

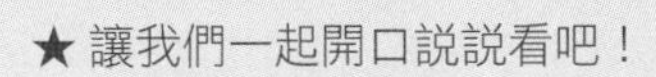

Practice! 跟著說 | jog / stop / plan / clap

★ 讓我們一起開口說說看吧！

1 我在公園慢跑。

  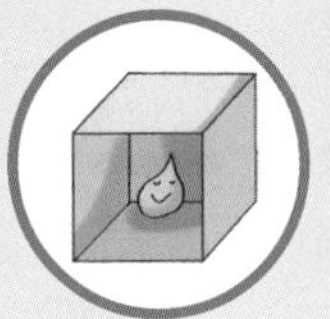  

I · jogged · in · the · park.

2 你停止閱讀那本書。

You · stopped · to · read · the · book.

3 他計劃去美國。

He · planned · to · go · to · America.

4 我爸爸拍拍手。

  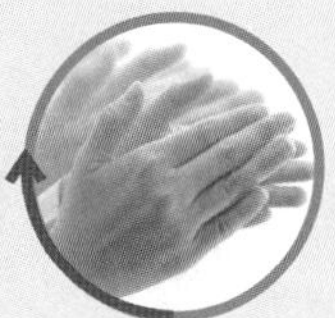  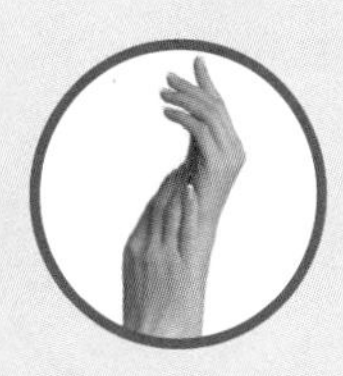

My · dad · clapped · his · hands.

Practice! 跟著說 | went / had / ate / read

★ 讓我們一起開口說說看吧！

1 我去了學校。

I・went・to・school.

2 你之前有一個娃娃。

You・had・a・doll.

3 他吃了那顆蘋果。

He・ate・the・apple.

4 媽媽讀過那本小說。

Mom・read・the・novel.

Practice！ 跟著說｜sat / stood / drank / drove

★ 讓我們一起開口說說看吧！

1 我坐在椅子上。

I · sat · on · the · chair.

2 你站在那裡。

You · stood · there.

3 我們喝了果汁。

We · drank · the · juice.

4 他們昨晚載賈思敏（人名）回家。

They · drove · Jasmine · home · last · night.

Practice! 跟著說 | got / rode / blew / fed

★ 讓我們一起開口說說看吧！

1 我早上起床。

I · got · up · in · the · morning.

2 你昨天騎腳踏車。

You · rode · the · bike · yesterday.

3 他給了一個飛吻。

He · blew · a · kiss.

4 他們昨晚餵了那隻狗。

They · fed · the · dog · last · night .

GIVE IT A TRY

★ 請看以下的圖示，試著開口説出相對應的英語句。

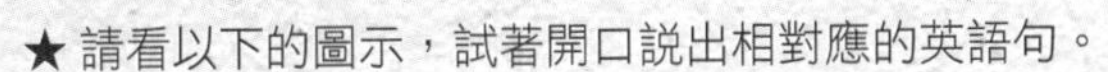

1

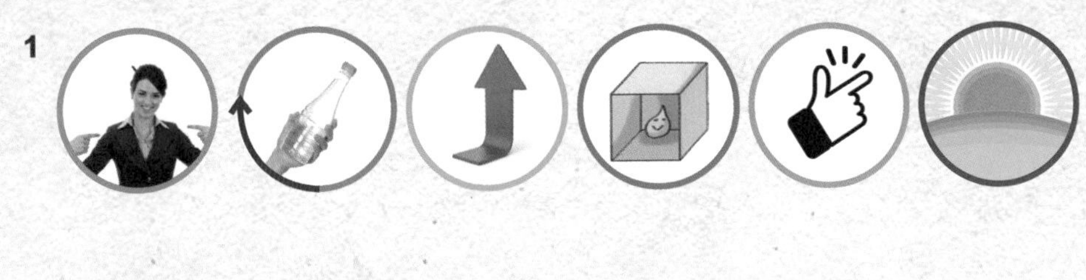

2

3

4

1 I • got • up • in • the • morning. 我早上起床。
2 You • stood • there. 你站在那裡。
3 Mom • read • the • novel. 媽媽讀過那本小説。
4 My • dad • clapped • his • hands. 我爸爸拍拍手。

5 I • sat • on • the • chair. 我坐在椅子上。

6 I • went • to • school. 我去了學校。

7 The • boy • cried. 這個男孩哭了。

8 He • played • the • guitar. 他彈了吉他。

9 You • blended • the • milk. 你攪拌了牛奶。

10 I • talked • to • my • friends.　我和我的朋友們說話。

11 She • did • the • homework.　她寫完作業了。

12 He • was • a • police office • last • year.　他去年是一位警察。

13 She • walked • to • work.　她走路去上班了。

14 You • carried • the • bag.　你帶著那個包包。

15 They • worried • about • the • girl.　他們擔心那女孩。

16 You • had • a • doll.　你之前有一個娃娃。

17 We • drank • the • juice.　我們喝了果汁。

18 You • rode • the • bike • yesterday.　你昨天騎腳踏車。

19 He • ate • the • apple.　他吃了那顆蘋果。

DAY 5 持續前進吧！

｜進行式｜

持續不間斷的動作

若要表達「持續不間斷」的動作，感覺這個動作就像電影一樣，連續不斷地一直進行著，就要使用「進行式」。在英語中，最常使用的「進行式」分為兩種，分別為「現在進行式」和「過去進行式」。這兩種進行式的架構中，都要使用「現在分詞（動詞 -ing）」，也就是於動詞後方加上「-ing」的形式。「現在分詞（動詞 -ing）」的變化型大致分為三類，以下一一來介紹。

動詞字尾加上「-ing」

直接於動詞後方加上「-ing」，是最基本的「進行式」動詞變化。通常用「進行式」表示動作尚未完成或結束，正在進行中的動作。

1. walk → walking

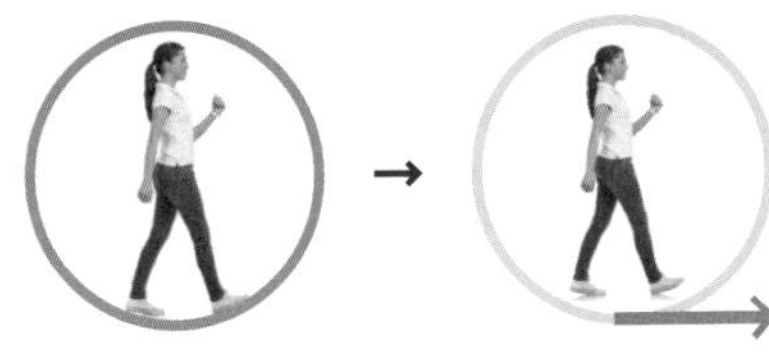

指「走，散步」的意思。

2. look → looking

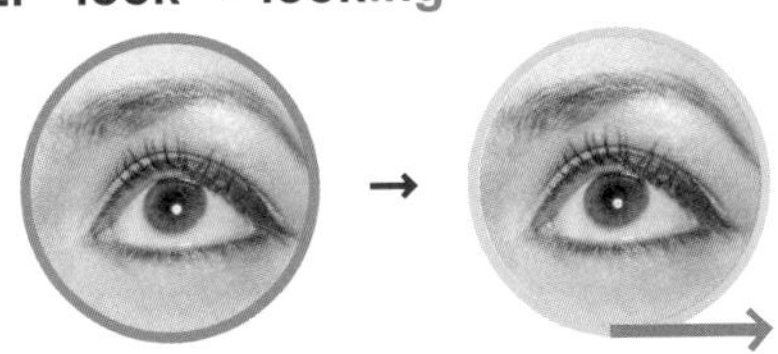

指「看，注意」的意思。

3. talk → talking

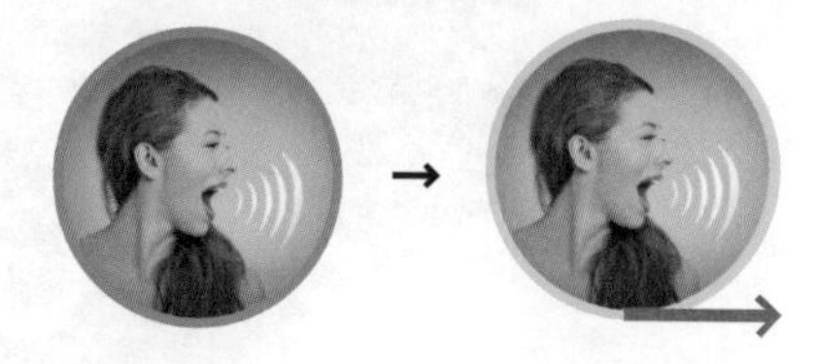

指「講話，談話」的意思。

4. listen → listening

指「聽，傾聽」的意思。

5. call → calling

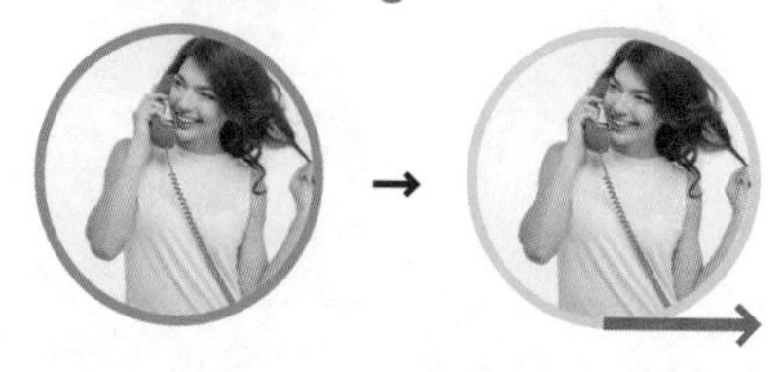

指「打電話」的意思。

動詞字尾有「不發音」的「-e」時

若動詞的字尾有「不發音」的「-e」時，要先去掉字尾的「-e」，再加上「-ing」。這種情形，只適用於原動詞字尾的「-e」字母不發音時，所以若原動詞字尾「-e」有發音時，則不適用於本規則。

1. come → coming

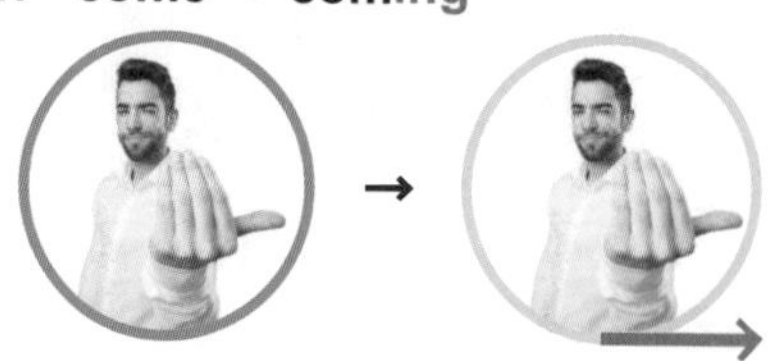

指「來到，到達（某處）」的意思。

★ 先刪除「come」的字尾「-e」，再加上「-ing」。

2. move → moving

指「移動」的意思。

★ 先刪除「move」的字尾「-e」，再加上「-ing」。

3. close → closing

 → 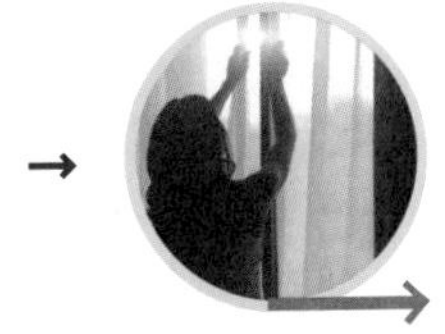

指「關閉」的意思。

★ 先刪除「close」的字尾「-e」，再加上「-ing」。

4. live → living

 → 

指「居住」的意思。

★ 先刪除「live」的字尾「-e」，再加上「-ing」。

5. write → writing

 → 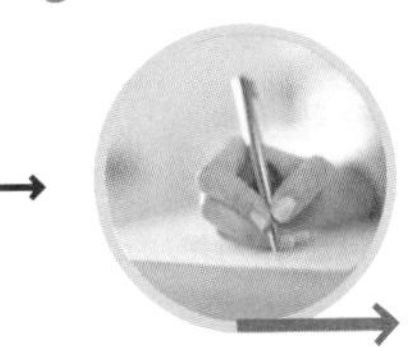

指「書寫」的意思。

★ 先刪除「write」的字尾「-e」，再加上「-ing」。

6. taste → tasting

 → 

指「嚐（起來）」的意思。

★ 先刪除「taste」的字尾「-e」，再加上「-ing」。

7. drive → driving

指「開（車）」的意思。

★ 先刪除「drive」的字尾「-e」，再加上「-ing」。

8. ride → riding

指「騎（車）」的意思。

★ 先刪除「ride」的字尾「-e」，再加上「-ing」。

動詞呈「子音 + 母音 + 子音」排列時

若原動詞的字尾或單字的雙音節字尾為「重音節」的後三個字母和音標，皆呈「子音 + 母音 + 子音」排列（簡稱「子母子」排列）時，則須先「重覆」其字尾，再加上「-ing」。

1. sit → sitting

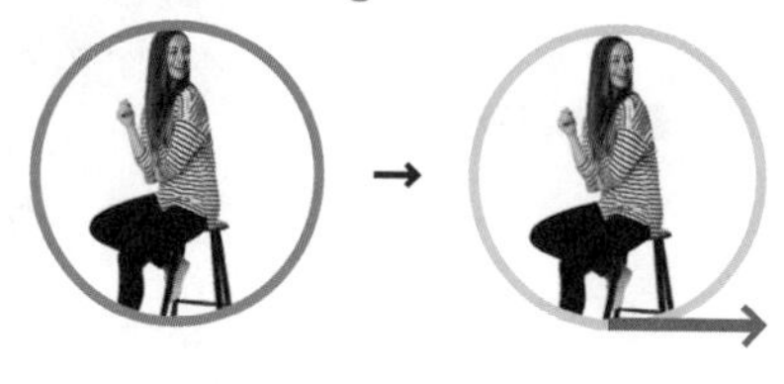

指「坐下」的意思。

2. run → running

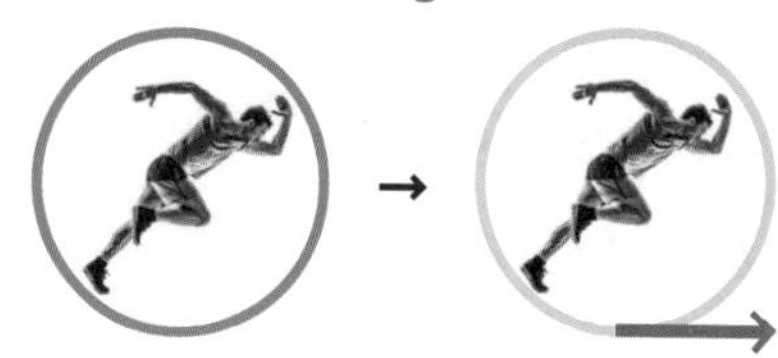

指「跑步」的意思。

3. stop → stopping

指「停止」的意思。

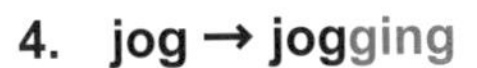

4. jog → jogging

指「慢跑」的意思。

5. plan → planning

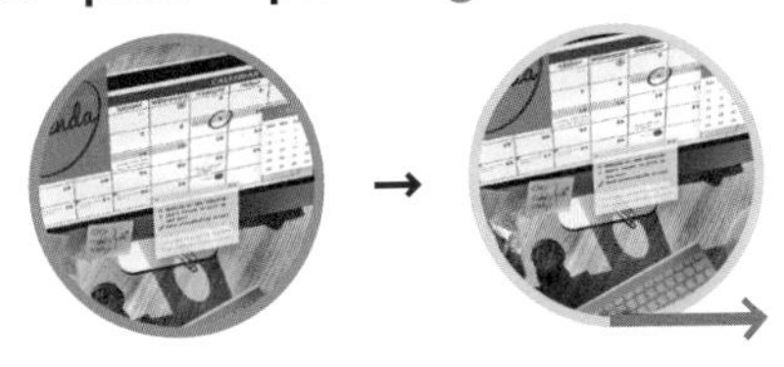

指「計劃」的意思。

6. clap → clapping

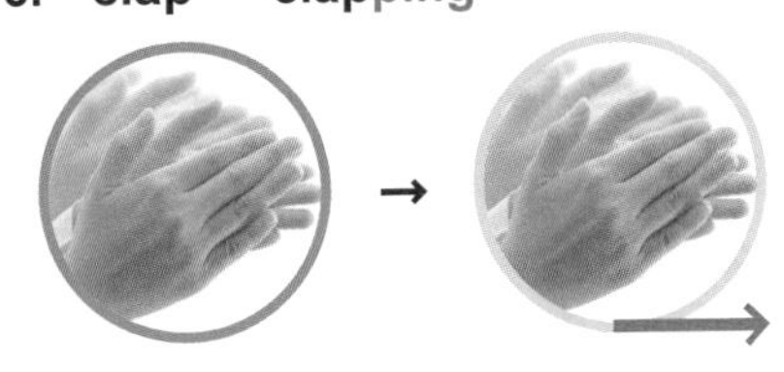

指「拍手」的意思。

7. beg → begging

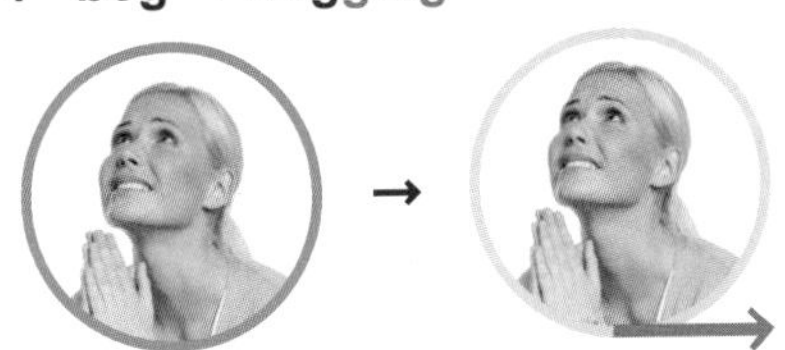

指「乞求」的意思。

8. **kid → kidding**

指「戲弄，取笑，欺騙」的意思。

「現在」正在發生的動作

我們稱「現在正在發生的動作」為「現在進行式」，主要用於描述短時間的狀況。進行式往往強調説話這一刻正在發生的活動或動作，因此「現在進行式」常用於英語中，是蠻常用於生活中的時態，舉例來説：

1. **我現在正在看電視。**

★ 強調説話的此時此刻，説話者正在做的動作，要用「現在進行式」來表達。

「現在進行式」的「主要句型」

「現在進行式」的句型為：「現在簡單式 be 動詞 + 現在分詞（動詞 -ing）」，而「現在簡單式」的「be 動詞」用法和之前介紹過的一樣，若需要加深印象，可翻閱至 Day 3 複習一下。接下來，依序介紹「現在進行式」的「主要句型」。

「現在進行式」句型：is + 動詞 -ing

「現在進行式」句型：「is（be 動詞）+ 動詞 -ing」，其搭配的「主詞」莫過於「第三人稱單數」，其中包含：he（他）/ she（她）/ it（它／牠）或「人名」。

1. 他正在喝東西。

He is drinking

「he」為「主詞」，搭配「is（be 動詞）」，加上「動詞 -ing」，表示「現在正發生的動作」。

2. 她正在閱讀。

She is reading

「she」為「主詞」，搭配「is（be 動詞）」，加上「動詞 -ing」，表示「現在正發生的動作」。

3. 牠正在吠叫。

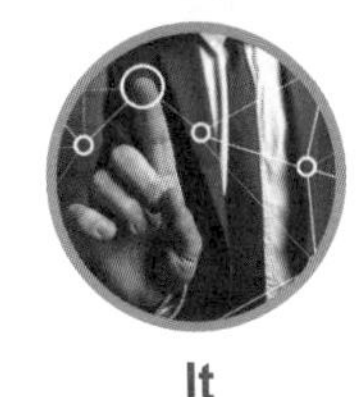

It is barking

「it」為「主詞」，搭配「is（be 動詞）」，加上「動詞 -ing」，表示「現在正發生的動作」。

4. 賈思敏（名字）正在教學。

Jasmine is teaching

「Jasmine」為「主詞」，搭配「is（be 動詞）」，加上「動詞 -ing」，表示「現在正發生的動作」。

以上為：「is + 動詞 -ing」的「現在進行式」句型，要先確認「主詞」，依其「主詞」搭配適當的「be 動詞」。後續會為大家介紹另外兩類的「現在進行式」句型，分別為：「am + 動詞 -ing」及「are + 動詞 -ing」，讓我們一起來學習吧！

「現在進行式」句型：am + 動詞 -ing

「現在進行式」的「am（be 動詞）+ 動詞 -ing」，搭配的「主詞」較為單純，僅只有一個，「第一人稱單數」：I（我）。當「I」指「我」時，要使用「大寫」字母來表示。學習完第二種「現在進行式」句型，讓我們進入第三種句型：「are + 動詞 -ing」。

1. 我正在工作。

I　am　working

「I」為「主詞」，搭配「am（be 動詞）」，加上「動詞 -ing」，表示「現在正發生的動作」。

「現在進行式」句型：are + 動詞 -ing

「現在進行式」的「are（be 動詞）+ 動詞 -ing」，搭配的「主詞」為「you（你／你們）/ we（我們）/ they（他／她們）」及「複數名詞」還記得什麼是「複數名詞」嗎？「複數名詞」通常為「可數名詞」，其後方可以加上「-s」，但前方不能出現「a / an」喔！

1. 你正在玩耍。

You　are　playing

「you」為「主詞」，搭配「are（be 動詞）」，加上「動詞 -ing」，表示「現在正發生的動作」。

2. 你們正在跑步。

You　are　running

「you（你們）」為「主詞」，搭配「are（be動詞）」，加上「動詞 -ing」，表示「現在正發生的動作」。

3. 我們正在跳躍。

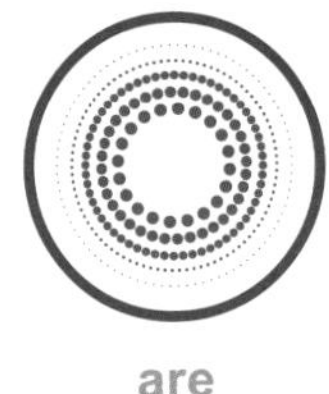

「we」為「主詞」，搭配「are（be 動詞）」，加上「動詞 -ing」，表示「現在正發生的動作」。

4. 他們正在吃東西。

「they」為「主詞」，搭配「are（be 動詞）」，加上「動詞 -ing」，表示「現在正發生的動作」。

「過去」正在發生的動作

要表示「過去正在發生的動作」要使用「過去進行式」，用以描述過去某時間正在進行的活動或動作，所描述的活動或動作已經開始，而在「過去的時間點」仍尚未結束。此時，只須將「現在進行式」的「be 動詞」改為「過去式 be 動詞」：was / were 即可。

我那時候正在看電視。

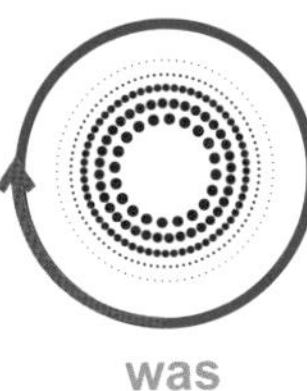

此句用「過去式 be 動詞」用以強調於「過去」的時間點中，說話者正在進行的動作，但沒有持續到現在。「過去進行式」的句型分為兩類，分別為：「was + 動詞 -ing」及「were + 動詞 -ing」，以下會一一介紹兩者的用法。

「過去進行式」的「主要句型」

「過去進行式」的句型為：「過去簡單式 be 動詞 + 現在分詞（動詞 -ing）」，而「過去簡單式」的「be 動詞」有：was / were，若需要加深印象，可翻閱至 Day 4 複習一下。緊接著，要來介紹「過去進行式」的「主要句型」。

「過去進行式」句型：was + 動詞 -ing

「過去進行式」句型：「was（be 動詞）+ 動詞 -ing」，「was」是「am / is」的「過去式 be 動詞」，通常搭配的「主詞」有「第一、三人稱單數」及「單數名詞」，包含：I（我）/ he（他）/ she（她）/ it（它／牠）或「人名」。

1. 我那時正在工作。

I　was　working

「I」為「主詞」，搭配「was（be 動詞）」，加上「動詞 -ing」，表示「過去正發生的動作」。

2. 他那時正在喝東西。

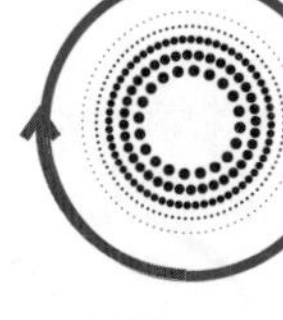

He　was　drinking

「he」為「主詞」，搭配「was（be 動詞）」，加上「動詞 -ing」，表示「過去正發生的動作」。

3. 她那時正在閱讀。

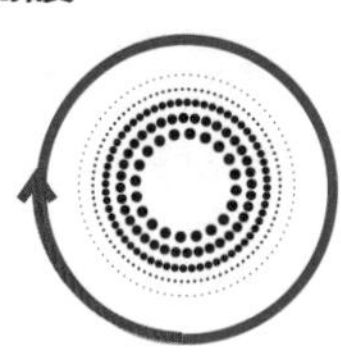

She　was　reading

「she」為「主詞」，搭配「was（be 動詞）」，加上「動詞 -ing」，表示「過去正發生的動作」。

4. 牠那時正在吠叫。

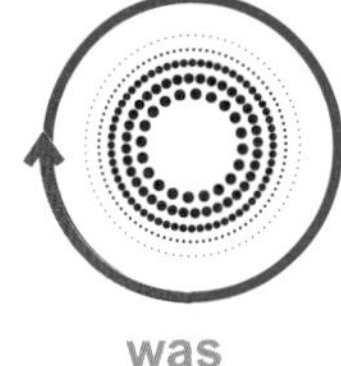

「it」為「主詞」，搭配「was（be 動詞）」，加上「動詞 -ing」，表示「過去正發生的動作」。

5. 賈思敏（名字）**那時正在教學。**

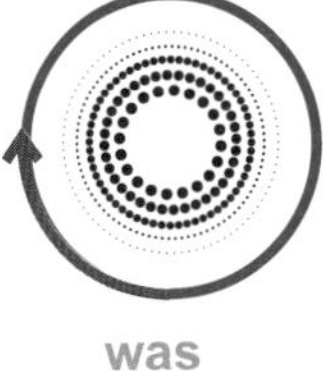

「Jasmine」為「主詞」，搭配「was（be 動詞）」，加上「動詞 -ing」，表示「過去正發生的動作」。

「過去進行式」句型：were + V-ing

「過去進行式」的「were（be 動詞）+ 動詞 -ing」，「were」是「are」的「過去式 be 動詞」，搭配的「主詞」有「第一人稱複數：we（我們）」、「第二人稱單數：you（你）」、「第二人稱複數：you（你們）」、「第三人稱複數：they（他／她們）」和「複數名詞」。

1. 你那時正在游泳。

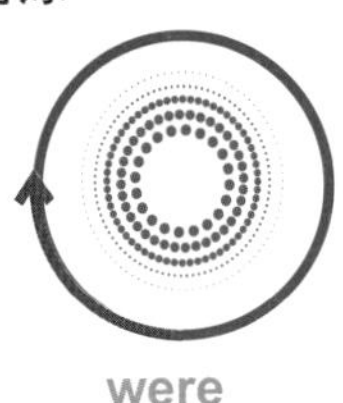

「you」為「主詞」，搭配「were（be 動詞）」，加上「動詞 -ing」，表示「過去正發生的動作」。

2. 你們那時正在念書。

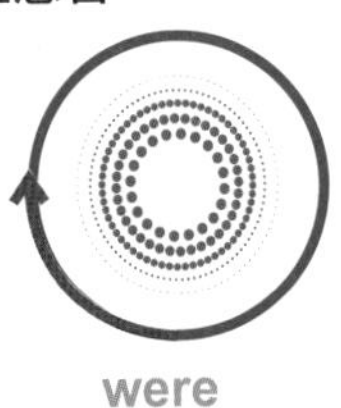

「you（你們）」為「主詞」，搭配「were（be 動詞）」，加上「動詞 -ing」，表示「過去正發生的動作」。

3. 我們那時正在散步。

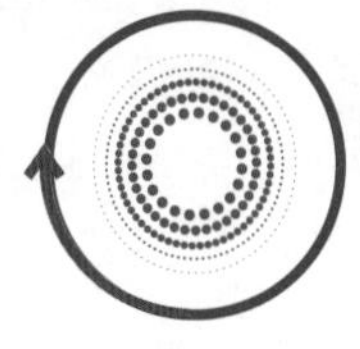

we were walking

「we」為「主詞」，搭配「were（be 動詞）」，加上「動詞 -ing」，表示「過去正發生的動作」。

4. 他們那時正在哭泣。

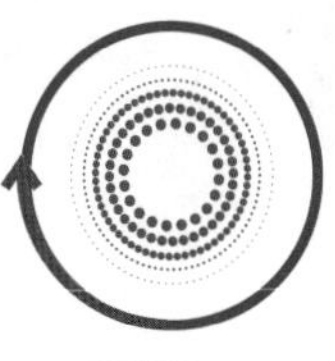
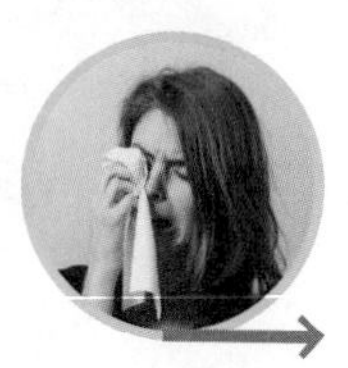

They were crying

「they」為「主詞」，搭配「were（be 動詞）」，加上「動詞 -ing」，表示「過去正發生的動作」。

5. 媽媽和爸爸那時正在慢跑。

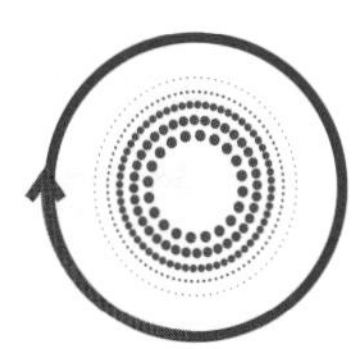

Mom and Dad were jogging

6. 我的朋友那時正在說話。

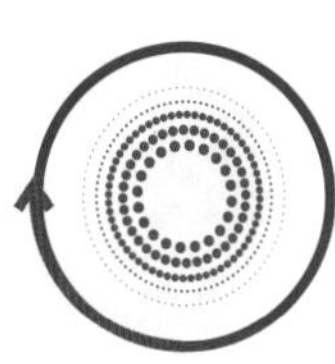

My friends were talking

7. 狗那時正在奔跑。

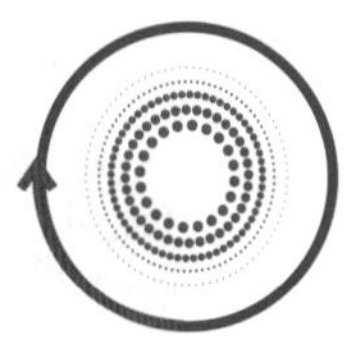

The dogs were running

Practice！ 跟著說｜am + 動詞 -ing

★ 讓我們一起開口說說看吧！

1 我正在工作。

 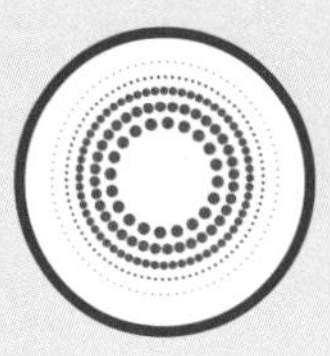 

I・am・working.

2 我正在看。

 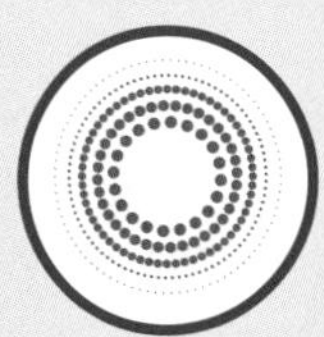 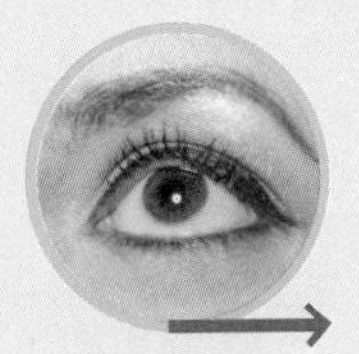

I・am・looking.

3 我正在說話。

 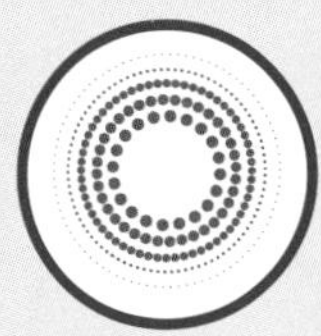 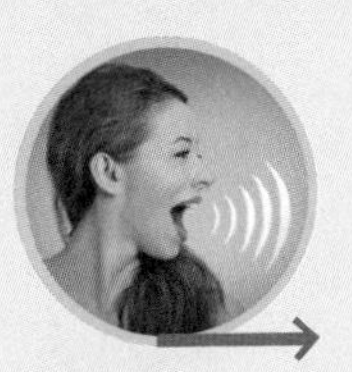

I・am・talking.

4 我正在聆聽。

 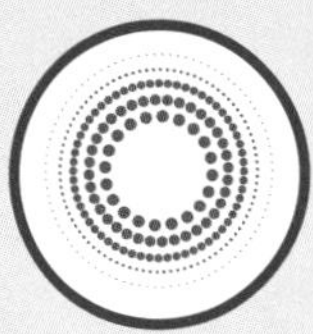 

I・am・listening.

5 我正在打電話。

 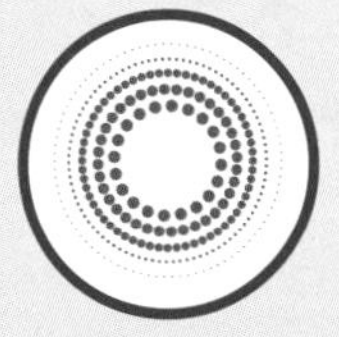 

I・am・calling.

Practice！ 跟著說 | are + 動詞 -ing

★ 讓我們一起開口說說看吧！

1 你正在回家的路上。

 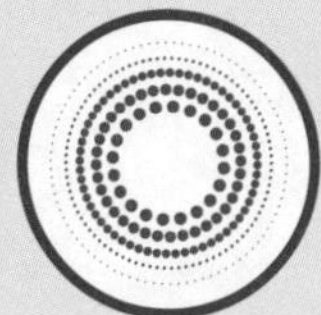  

You · are · coming · home.

2 你正在前往日本。

 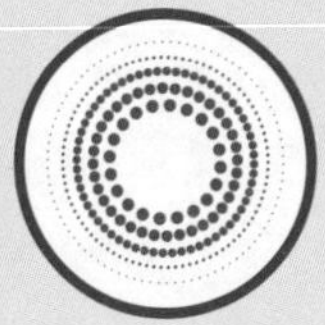   

You · are · moving · to · Japan.

3 你正在開窗戶。

 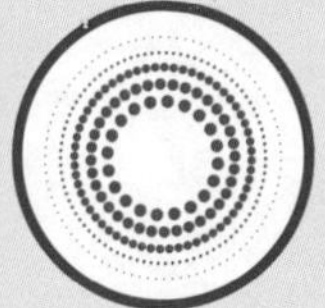   

You · are · opening · the · window.

4 你們正在關門。

 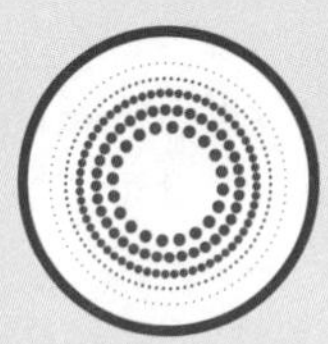   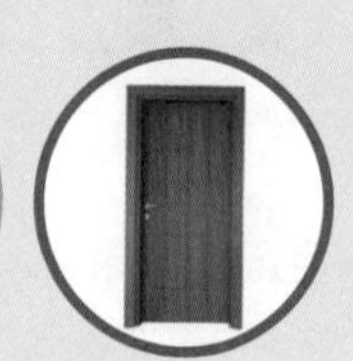

You · are · closing · the · door.

5 我們正在跑步。

 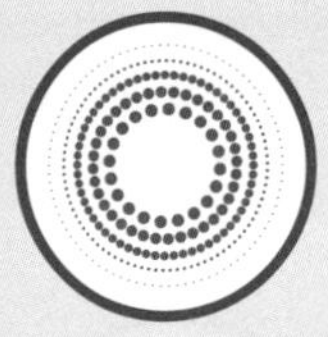 

We · are · running.

6 我們正在讀英文。

 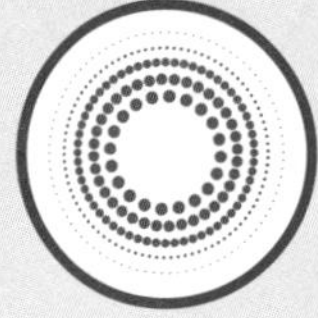  

We · are · studying · English.

7 我們正在慢跑。

 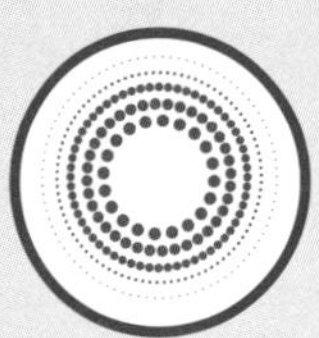 

We · are · jogging.

8 他們正在騎腳踏車。

 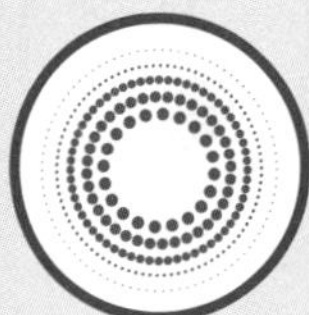   

They · are · riding · a · bike.

9 我的朋友們正在吃三明治。

  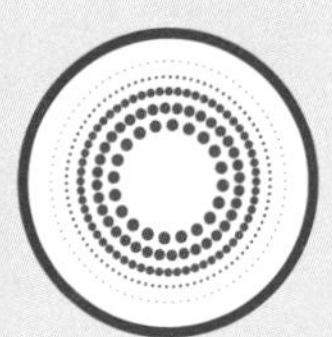  

My · friends · are · eating · sandwiches.

Practice！ 跟著說｜is + 動詞 -ing

★ 讓我們一起開口說說看吧！

1 他正在寫作業。

 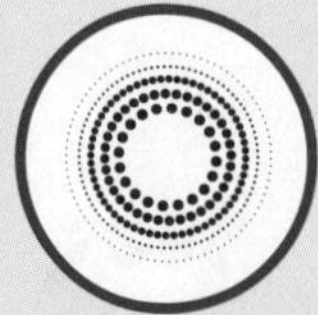  

He · is · doing · homework.

2 他正在計劃一場派對。

 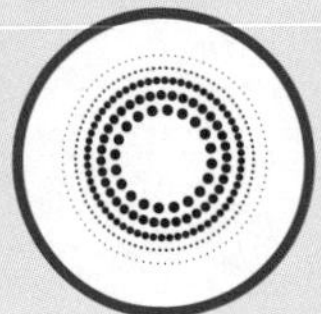   

He · is · planning · a · party.

3 他正在餵狗。

 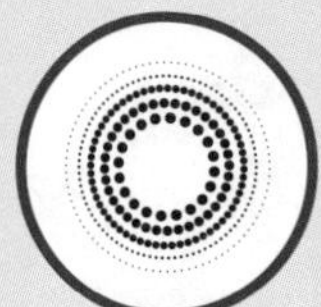   

He · is · feeding · the · dog.

4 她正在拍手。

 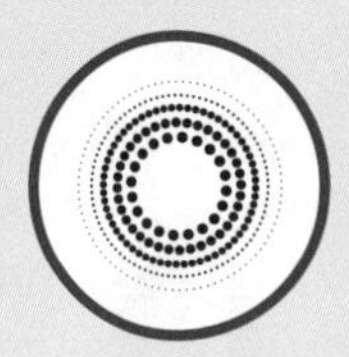 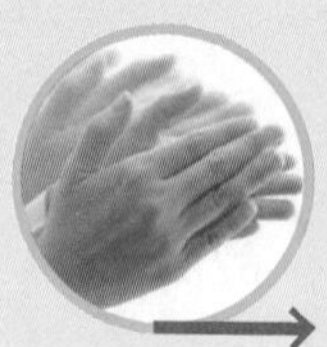  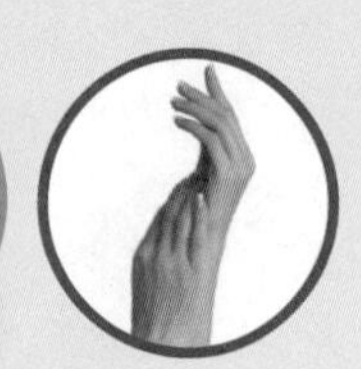

She · is · clapping · her · hands.

5 她正在閱讀一本書。

 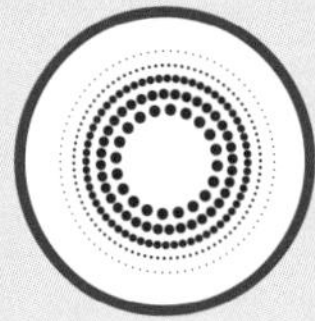   

She · is · reading · a · book.

6 她正在洗碗。

 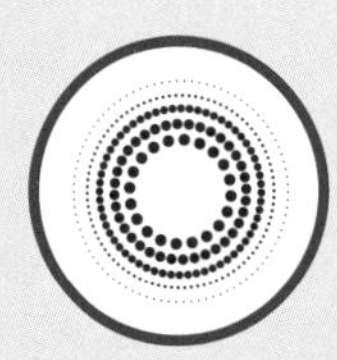   

She · is · washing · the · dishes.

7 牠正在吠叫。

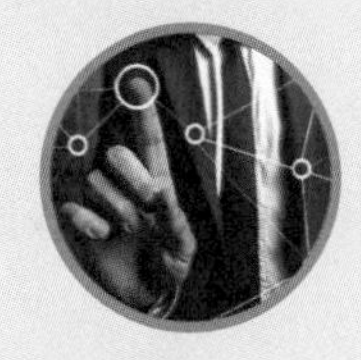 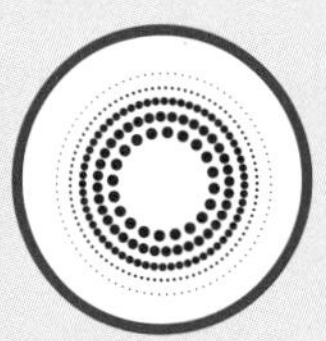 

It · is · barking.

8 賈思敏（人名）正在教課。

 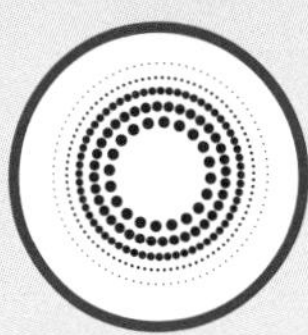 

Jasmine · is · teaching.

9 賈思敏（人名）正在看電視。

 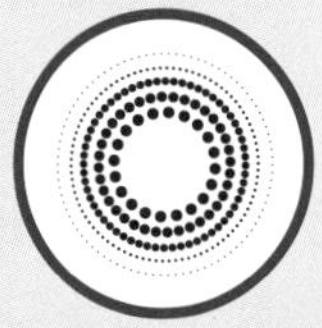  

Jasmine · is · watching · TV.

Practice！ 跟著說｜was + 動詞 -ing

★ 讓我們一起開口說說看吧！

1 我那時正在工作。

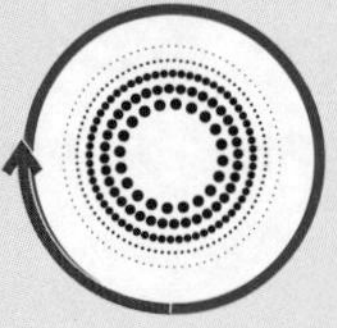

I · was · working.

2 我那時正在看。

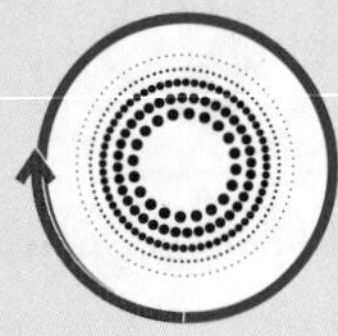
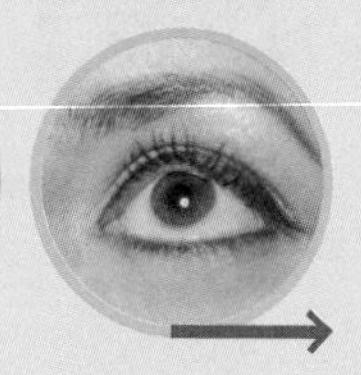

I · was · looking.

3 我那時正在說話。

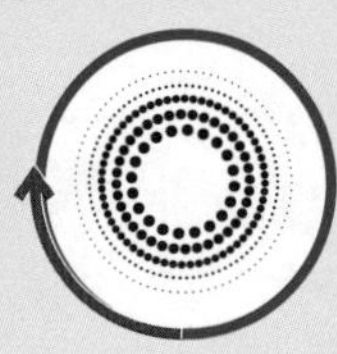
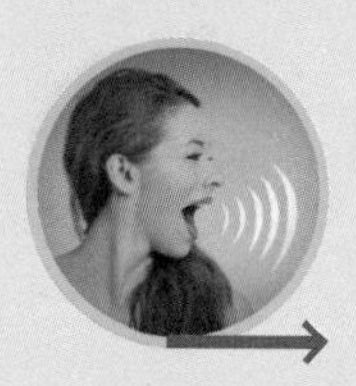

I · was · talking.

4 他那時正在聆聽。

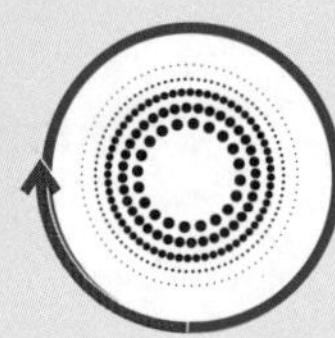

He · was · listening.

5 他那時正在打電話。

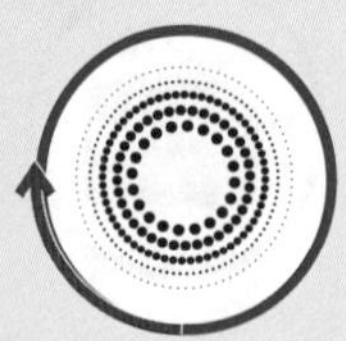

He · was · calling.

6 她那時正在彈吉他。

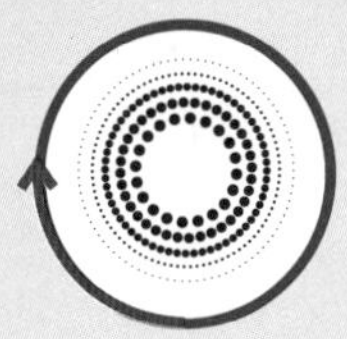

She · was · playing · the · guitar.

7 她那時正站著。

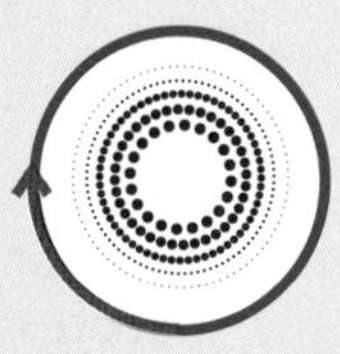

She · was · standing.

8 牠那時正在玩耍。

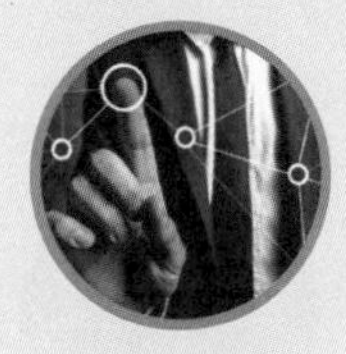
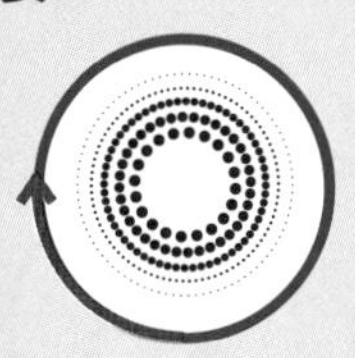

It · was · playing.

9 牠那時正在跳躍。

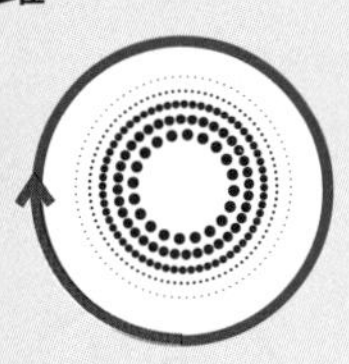

It · was · jumping.

10 這名醫生那時正走在回家的路上。

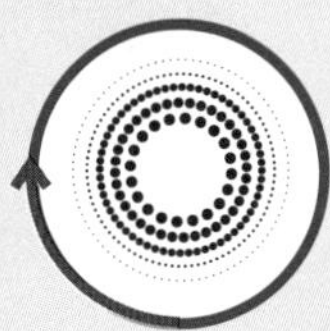

The · doctor · was · walking · home.

Practice！ 跟著說｜were + 動詞 -ing

★ 讓我們一起開口說說看吧！

1 你那時正在游泳。

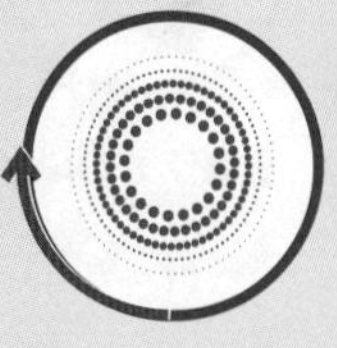

You · were · swimming.

2 你那時正在讀書。

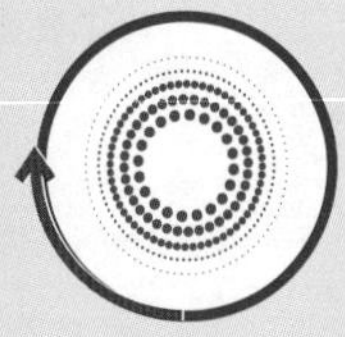

You · were · studying.

3 你們那時正在炸馬鈴薯。

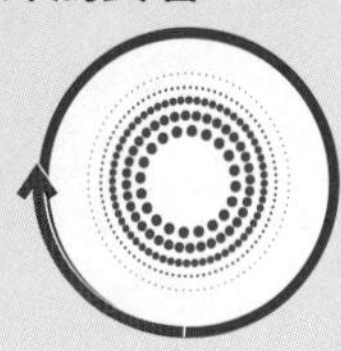

You · were · frying · the · potatoes.

4 你們那時正在洗衣服。

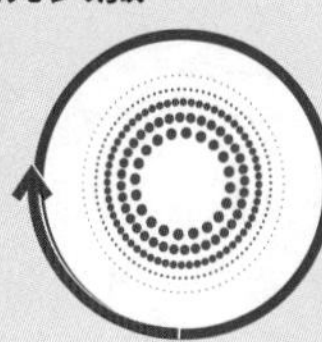

You · were · doing · the · laundry.

5 我們那時正在吃蛋糕。

We · were · eating · the · cake.

6 我們那時正在哭泣。

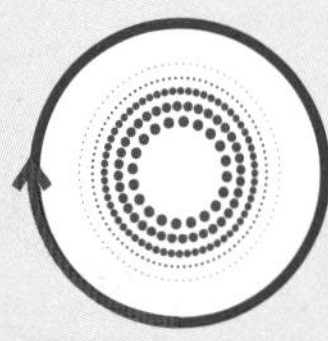

We · were · crying.

7 他們那時正在講電話。

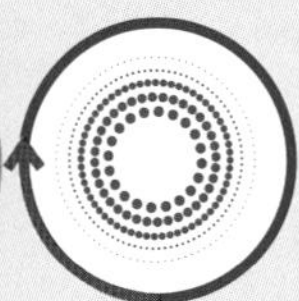

They · were · talking · on · the · phone.

8 他們那時正在聽音樂。

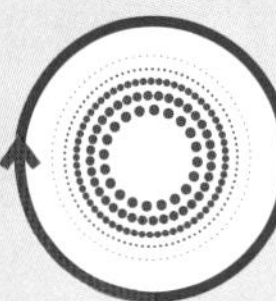

They · were · listening · to · the · music.

9 學生們那時正在念數學。

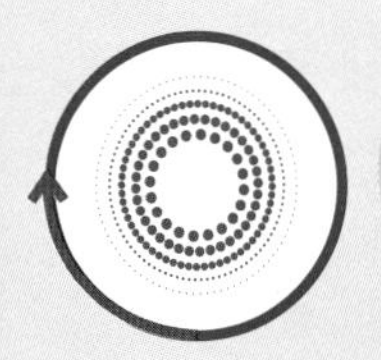

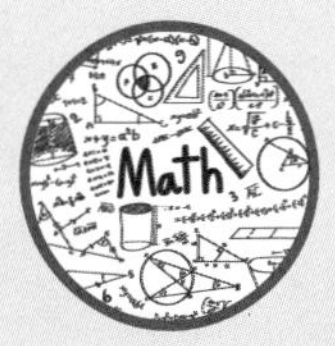

The · students · were · studying · Math.

GIVE IT A TRY

★ 請看以下的圖示，試著開口說出相對應的英語句。

1 I • am • working. 我正在工作。

2 She • was • playing • the • guitar. 她那時正在彈吉他。

3 It • is • barking. 牠正在吠叫。

4 He • is • doing • homework. 他正在寫作業。

5

6

7

8

9

5 We • are • jogging. 我們正在慢跑。

6 You • are • opening • the • window. 你正在開窗戶。

7 The • doctor • was • walking • home. 這名醫生那時正走在回家的路上。

8 You • are • coming • home. 你正在回家的路上。

9 Jasmine • is • teaching. 賈思敏（人名）正在教課。

10 He • is • planning • a • party. 他正在計劃一場派對。

11 My • friends • are • eating • sandwiches. 我的朋友們正在吃三明治。

12 I • am • talking. 我正在說話。

13 It • was • jumping. 牠那時正在跳躍。

14 You • were • studying. 你那時正在讀書。

Chapter 2

啟動你的英語語感

豐富英語口說的詞彙

DAY 6
「的」和「地」傻傻分不清
｜形容詞與副詞｜

活化你的英語句，少不了「形容詞」和「副詞」

在 Chapter1 中，我們學會了英語口說的基本元素和架構，能簡單、輕易地說出基礎的英語會話句，並學會表達舉目所及的人、事、物。然而，若想要更靈活運用自己說出口的英語句，那一定要學會如何善用「形容詞」和「副詞」。舉例來說，要描述家裡的小貓在睡覺，你會說：

我的貓正在睡覺。

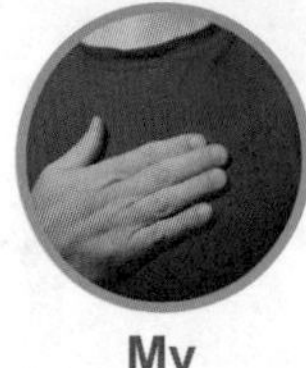

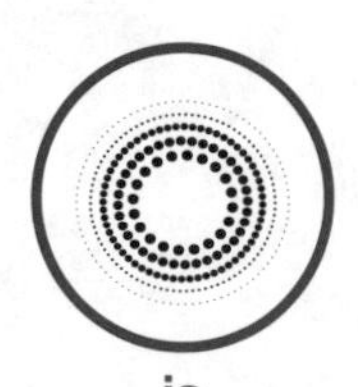

My　cat　is　sleeping

有了基礎的句型概念之後，現在可以學習如何將「形容詞」納入會話句中，如同下方的「My cute cat is sleeping.」是由「My cat is sleeping.」延伸而來，只須於會話句中加入「cute（形容詞）」，即可提升其層次感。現在，不妨試著將你的會話句加入合適的「形容詞」，開口練習說說看！

我可愛的貓正在睡覺。

My　cute　cat　is　sleeping

活化英語句的必備詞：「形容詞」

「形容詞」是用來修飾「名詞」或「代名詞」，修飾語可有可無，若一個句子拿掉修飾語，並不會影響句子結構的正確性，但減少了修飾語，卻會減弱語文表達的能力。「形容詞」可以是描寫性質狀態、數量或代名詞。「形容詞」於句子中的位置：可放「名詞」前方，此稱之為「前置形容詞」；放「名詞」後方，則為「後置形容詞」。舉例來說：

1. 那顆紅色的蘋果

the **red** **apple**

此處的「red」為「前置形容詞」。

2. 那顆蘋果是紅色的。

The **apple** **is** **red**

此處的「red」為「後置形容詞」，置於「be 動詞」後方。

3. 那些快樂的學生

the **happy** **students**

此處的「happy」為「前置形容詞」。

4. 那些學生是快樂的。

The **students** **are** **happy**

此處的「happy」為「後置形容詞」，置於「be 動詞」後方。

描述「顏色」的「形容詞」

我們生活周遭舉目所及的這個世界，是由各式各樣的顏色所組成的，試著說說看你眼前看到哪些顏色？哪些又是你最愛的顏色呢？

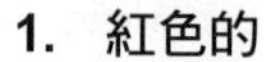

1. 紅色的

red

2. 黃色的

yellow

3. 藍色的

blue

4. 綠色的

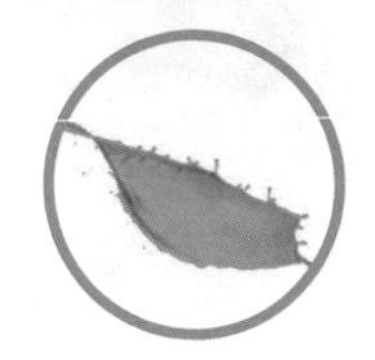

green

描述「性質、狀態」的「形容詞」

每個人、每件事、每樣東西都有其特殊的狀態、形狀、大小、尺寸，甚至性質，所以這類的「形容詞」不勝枚舉，在此列出比較常見、常用的「形容詞」，先熟悉最為基礎的部分，再來挑戰更高層次的面向喔！

1. 生病的

sick

2. 健康的

healthy

3. 美麗的

beautiful

4. 俊俏的

handsome

5. 圓胖的

chubby

6. 苗條的

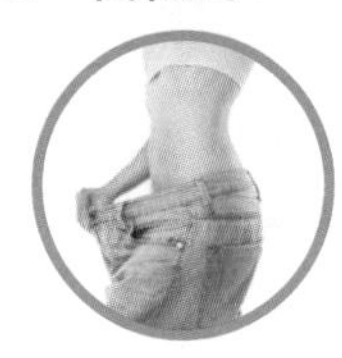

slender

7. 年輕的

young

8. 年長的

old

9. 虛弱的

weak

10. 強壯的

strong

11. 大的

big

12. 小的

small

描述「代名詞」的「形容詞」

中文常常會用到「這個、那個、這些、那些」，若改用英語來表達，知道該怎麼説嗎？「這個、那個、這些、那些」如果認真研究起來，其實它們有：遠近、單複數……等不同的成份在裡面，以下來教各位如何分辨。

1. 這個

this

「this」通常指離自己距離較近的人、事、物，常與「單數名詞」做搭配。

2. 那個

「that」通常指離自己距離較遠的人、事、物，常與「單數名詞」做搭配。

3. 這些

「these」通常指離自己距離較近的人、事、物，常與「複數名詞」做搭配。

4. 那些

「those」通常指離自己距離較遠的人、事、物，常與「複數名詞」做搭配。

描述「數量」的「形容詞」

生活中常使用到的「數字」，其實也是「形容詞」喔！這些「數字」可以用來表達「名詞」的「數量」，是蠻實用的「形容詞」類別。

1. 一個的

one

2. 兩個的

two

3. 三個的

three

4. 四個的

four

描述「程度」的「形容詞」

用以表示「許多、一些、第一名」……等等的「形容詞」該用哪些呢？它們分別又代表什麼意思？透過實景圖，來加深對「程度形容詞」的印象。

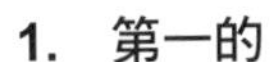

1. 第一的

first

2. 第二的

second

3. 第三的

third

4. 許多的

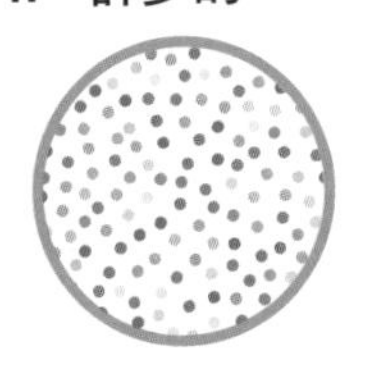

many

5. 許多的

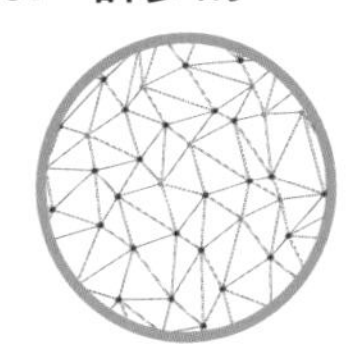

much

6. 一些的

some

活化英語句的必備詞：「副詞」

「副詞」可以用來修飾動詞、形容詞、其他副詞，甚至能修飾整個句子喔！口語中，常見的「副詞」多用來描述時間、場所及狀態，舉例來說：

1. 我現在有一個夢想。

I

have

a

dream

now

★ 此句的「now」為「時間副詞」，用以描述時間。

2. 那裡很冷。

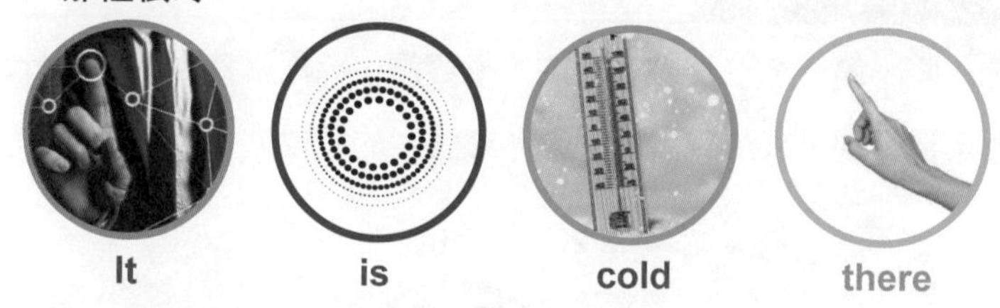

★ 此句的「there」為「地方副詞」，用以描述地點或位置。

描述「時間」的「副詞」

當我們和他人交談時，為了要讓對方更清楚了解「時間」的資訊，通常會於句子的最後方加上「時間副詞」，用以補充說明，讓訊息傳遞更為詳細。以下會介紹較為常見的「時間副詞」，可以試著將這些「時間副詞」納入於會話句中，讓你的會話句變得更為繽紛且詳盡，別忘了要勇敢開口說說看喔！反覆練習一定可以提升英語口說能力。

1. 現在

now

2. 昨天

yesterday

3. 早地

early

4. 晚地

late

5. 較早

before

6. 較晚

after

描述「場所」的「副詞」

學會於英語句中加入「時間副詞」後，接著要學習如何加入描述「場所、地點、位置」的「副詞」，一旦英語句中出現了「時間」及「地點」後，更加能豐富你的英語句。

1. 那裡

there

2. 這裡

here

3. 上面

up

4. 下面

down

描述「狀態」的「副詞」

描述「狀態」的「副詞」增添於句子中，不僅能豐富你所說的會話句以外，也能讓你的句子更加活潑！

1. 緩慢地

slowly

2. 快速地

quickly

3. 大聲地

loudly

4. 安靜地

quietly

Practice! 跟著說｜「顏色」的「形容詞」

★ 讓我們一起開口說說看吧！

1 你的瓶子是黃色的。

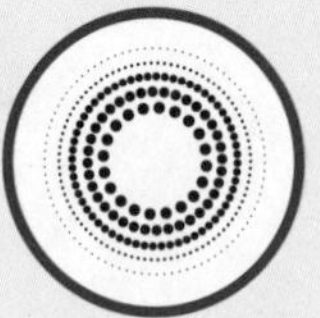

Your · bottle · is · yellow.

2 她的瓶子是藍色的。

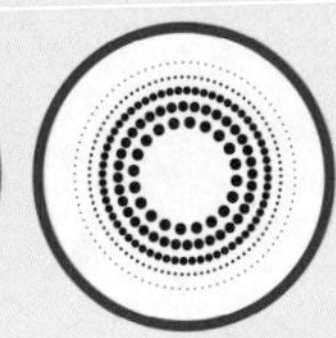

Her · bottle · is · blue.

3 我們的玫瑰是紅色的。

Our · roses · are · red.

4 他們的鉛筆是綠色的。

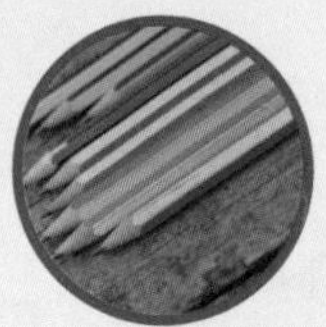
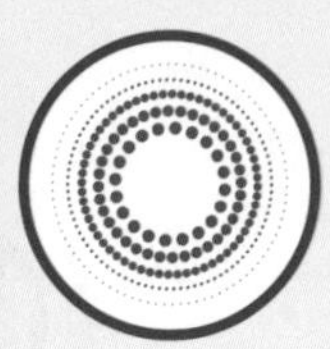

Their · pencils · are · green.

Practice！跟著說｜「性質、狀態」的「形容詞」

★ 讓我們一起開口說說看吧！

1 爸爸是強壯的。

 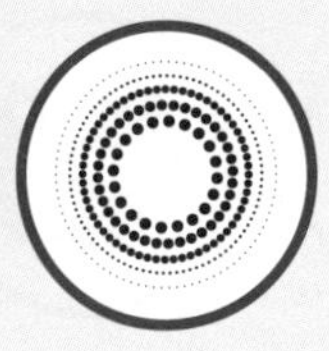 

Dad・is・strong.

2 他是俊俏的。

 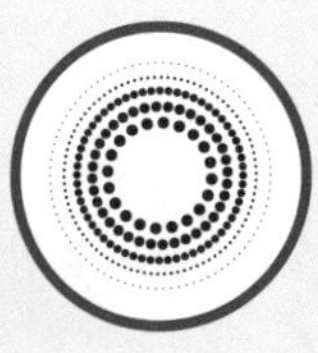 

He・is・handsome.

3 媽媽是美麗的。

 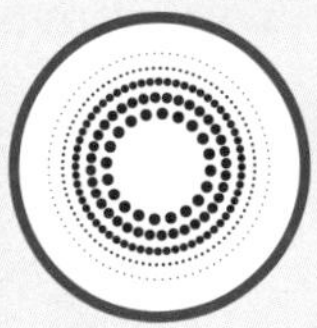 

Mom・is・beautiful.

4 她是苗條的。

 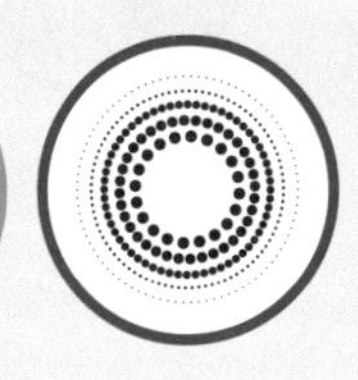 

She・is・slender.

5 她的學生們是年輕的。

  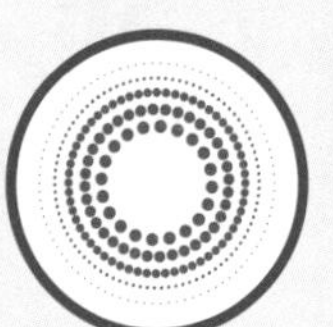 

Her・students・are・young.

Practice！ 跟著說｜「數量」的「形容詞」

★ 讓我們一起開口説説看吧！

1 我有一顆番茄。

I．have．one．tomato.

2 你有兩顆櫻桃。

You．have．two．cherries.

3 她有三隻狗。

She．has．three． dogs.

4 他們有五枝鉛筆。

They．have．five．pencils.

Practice! 跟著說｜「程度」的「形容詞」

★ 讓我們一起開口說說看吧！

1 我贏得第一名。

I · won · first · prize.

2 你有很多朋友。

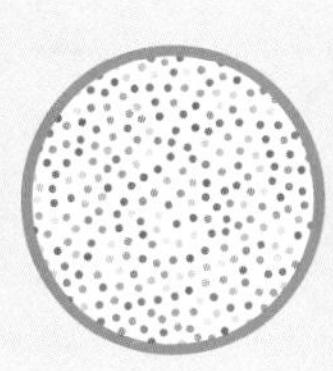

You · have · many · friends.

3 媽媽買了很多麵包。

Mom · bought · so · much · bread.

4 我們寫了一些信。

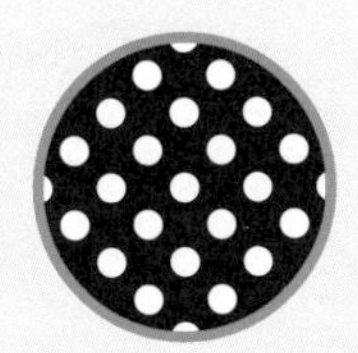

We · wrote · some · letters.

Practice! 跟著說｜「代名詞」的「形容詞」

★ 讓我們一起開口說說看吧！

1 這顆柳橙是黃色的。

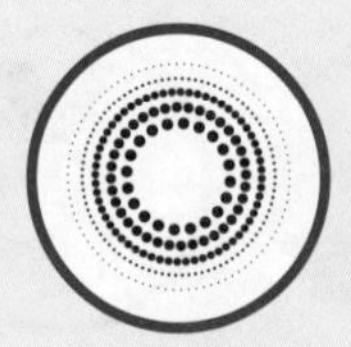

This · orange · is · yellow.

2 那本書很大本。

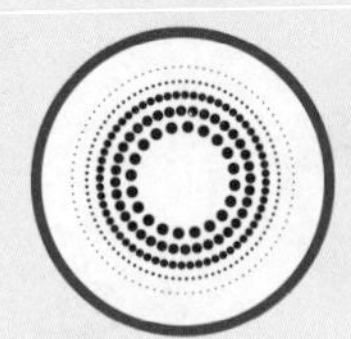

That · book · is · big.

3 這些玫瑰花是你的。

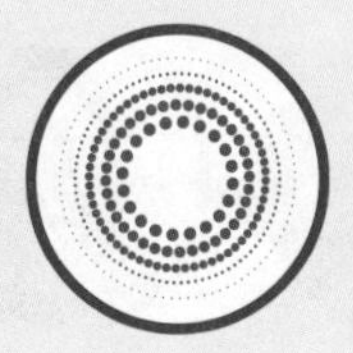
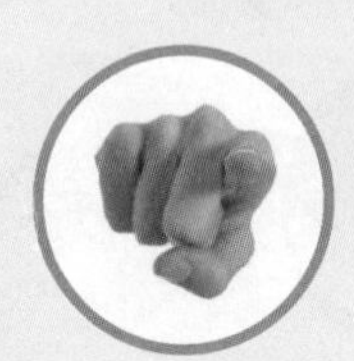

These · roses · are · yours.

4 兩隻狗都生病了。

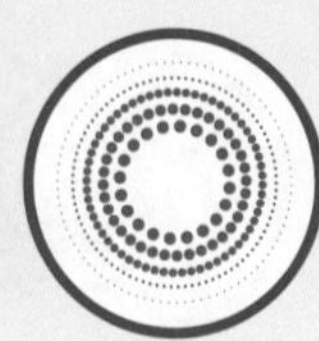

Both · the · dogs · are · sick.

Practice! 跟著說｜「時間」的「副詞」

1 我現在有一個夢想。

I・have・a・dream・now.

2 你昨天騎腳踏車。

You・rode・a・bike・yesterday.

3 他們晚去學校。

They・went・to・school・late.

4 我們很早起。

We・get・up・early.

Practice！ 跟著說｜「場所」的「副詞」

★ 讓我們一起開口說說看吧！

1 那裡很冷。

 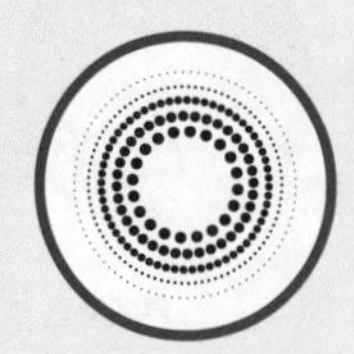 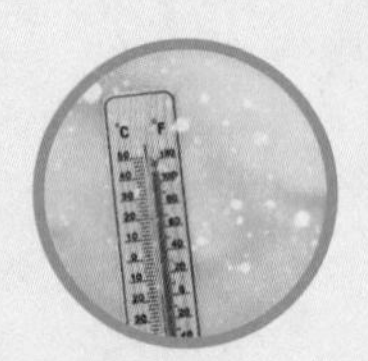 

It · is · cold · there.

2 這裡很熱。

 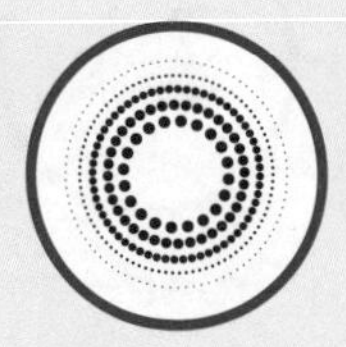 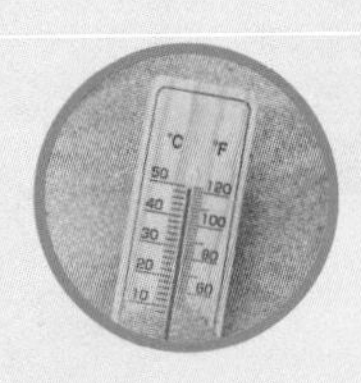 

It · is · hot · here.

3 這女孩向上看。

  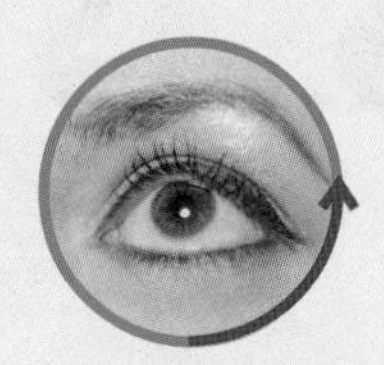 

The · girl · looks · up.

4 你正向下看。

 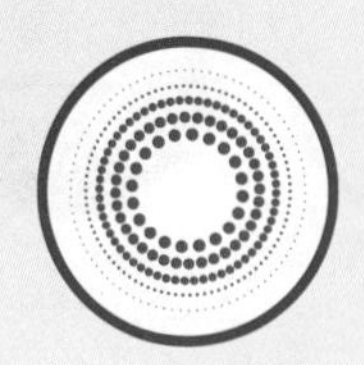 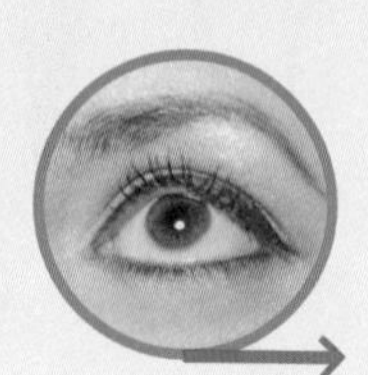 

You · are · looking · down.

Practice！ 跟著說｜「狀態」的「副詞」

★ 讓我們一起開口說說看吧！

1 她跑步很慢。

She・runs・slowly.

2 他寫作業寫得很快。

He・does・his・homework・quickly.

3 爸爸笑得很大聲。

Dad・laughed・loudly.

4 這個女孩小聲地哭泣。

The・girl・cried・quietly.

GIVE IT A TRY

★ 請看以下的圖示，試著開口說出相對應的英語句。

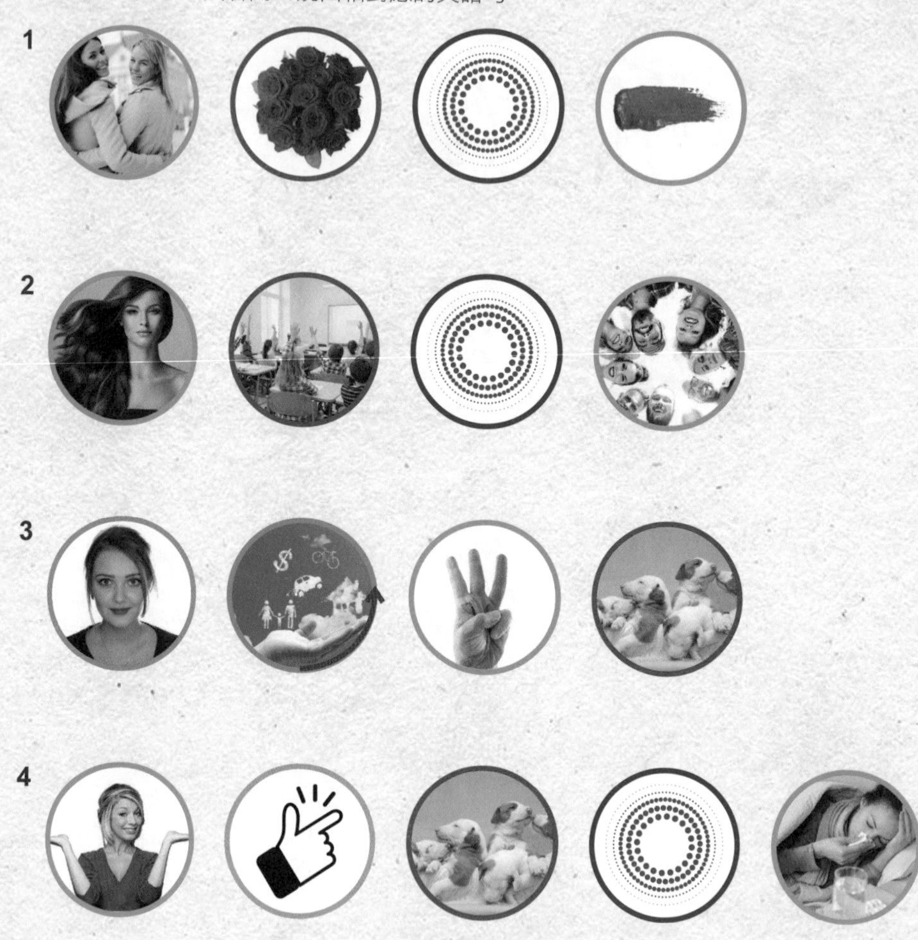

1 Our • roses • are • red. 我們的玫瑰是紅色的。

2 Her • students • are • young. 她的學生們是年輕的。

3 She • has • three • dogs. 她有三隻狗。

4 Both • the • dogs • are • sick. 兩隻狗都生病了。

5 You • rode • a • bike • yesterday. 你昨天騎腳踏車。

6 It • is • hot • here. 這裡很熱。

7 Dad • laughed • loudly. 爸爸笑得很大聲。

8 I • have • a • dream • now. 我現在有一個夢想。

9 I • won • first • prize. 我贏得第一名。

10 You • have • two • cherries. 你有兩顆櫻桃。

11 She • is • slender. 她是苗條的。

12 Dad • is • strong. 爸爸是強壯的。

13 Their • pencils • are • green. 他們的鉛筆是綠色的。

14 He • does • his • homework • quickly. 他寫作業寫得很快。

關鍵細節藏在「動作」裡

｜及物與不及物動詞｜

一個句子只能有一個動詞

無論是談話或寫作，最常發生的一個現象就是用了兩、三個動詞於一個句子中，但卻不自知，可能說起來會覺得很通順，但仔細探究，會發現這樣的用法其實是不夠正確的，舉例來說，常會聽到他人說：

I	do	talk
我	（助動詞）	說話

「動詞」是英語句的關鍵

凡是能夠表達完整思想的，就是句子。但是，絕大部份的句子，都以「動詞」為核心，所以原則上一個句子要有一個主要的「動詞」喔！舉例來說，讓大家更了解為什麼「動詞」是英語句的關鍵，請看以下的說明：

I	do	talk
我	（省略）	說話

「及物動詞」與「不及物動詞」

動詞基本上分為及物動詞和不及物動詞兩種，當然也有些動詞是兩者兼具，不過我們先來談談最基礎的概念。要區分及物和不及物動詞其實很簡單，只在於後面需不需要接「受詞」，就能輕鬆判斷囉！（關於「動詞」的「過去式」字尾變化，若需要複習，可以翻閱至 Day 3 喔！）

go　去，行走

「go」為「不及物動詞」，後方不用接「受詞」，就可以清楚表達語意，單獨使用即能知道「go」就是「走」的意思。

I

go

「I go.」用以表示「我走（離開）」的意思。

常見的「不及物動詞」

對「不及物動詞」有些微的概念後，下方彙整常見的「不及物動詞」，讓我們一起來學學有哪些是常見且實用的「不及物動詞」吧！不妨試著用以下的「不及物動詞」造一句屬於自己的會話句，也可以搭配前面學過的「形容詞」與「副詞」，相信你所說出口的會話句一定會非常豐富喔！

1. run

指「跑，奔」的意思。

2. walk

指「走，散步」的意思。

3. stand

指「站立」的意思。

4. sit

指「坐著」的意思。

5. work

指「工作」的意思。

6. cry

指「哭泣」的意思。

7. laugh

指「笑，嘲笑」的意思。

8. stop

指「停止」的意思。

9. leave

指「離開」的意思。

10. listen

指「聆聽」的意思。

11. see

指「看見，看到」的意思。

12. sleep

指「睡覺」的意思。

13. fly

指「飛，飛翔」的意思。

14. go

指「走，行走」的意思。

open　打開

「open」為「及物動詞」，意思為「打開」，後方必須接「打開某東西或物件」，而那個被打開的東西或物件就是「受詞」，這樣句意才會完整喔！進入下一個重點前，先於腦海中想想，有沒有哪些是之前就學過的「及物動詞」？試著將它們記下，待進入下一個重點後，不妨核對一下出現了幾個你所認識的「及物動詞」，將不熟悉的「及物動詞」反覆熟記後，便可內化成為自己的字彙庫喔！

我打開這扇門。

I　open　the　door

★「door」在此當「open（及物動詞）」的「受詞」。

常見的「及物動詞」

「及物動詞」後方通常會接上「受詞」，才能變成一句有意義且完整的會話句，如果單單使用「及物動詞」，而後方沒有接上任何「受詞」時，你會發現句子可能無法理解它的真正意思。前方介紹「open」為「及物動詞」，有了一些「及物動詞」的概念後，下方彙整常見的「及物動詞」，讓我們一起來學學有哪些是常見且實用的「及物動詞」吧！

1. want

指「想要」的意思。

2. study

指「念書，研讀」的意思。

3. read

指「閱讀」的意思。

4. love

指「熱愛」的意思。

5. drive

指「開（車）」的意思。

6. hate

指「討厭」的意思。

7. open

指「打開」的意思。

8. know

指「了解，知道」的意思。

9. write

指「書寫」的意思。

10. tell

指「告訴，講述」的意思。

11. give

指「給予」的意思。

12. buy

指「購買」的意思。

13. send

指「寄，發送」的意思。

14. enjoy

指「欣賞，享受」的意思。

Practice! 跟著說 | walk / run / stand / work

★ 讓我們一起開口說說看吧！

1 我昨天在公園裡散步。

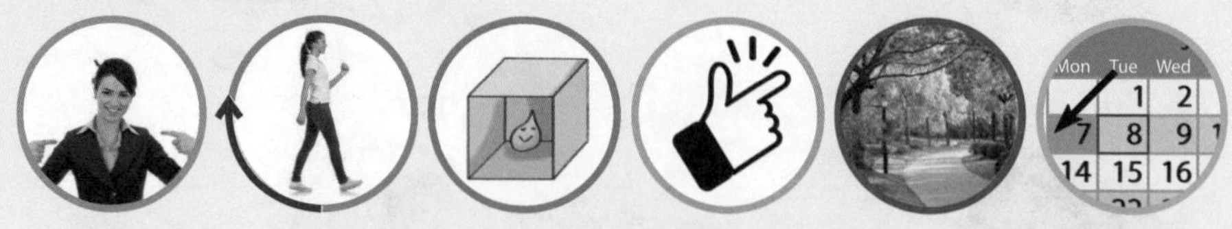

I・walked・in・the・park・yesterday.

2 爸爸早上都會跑步。

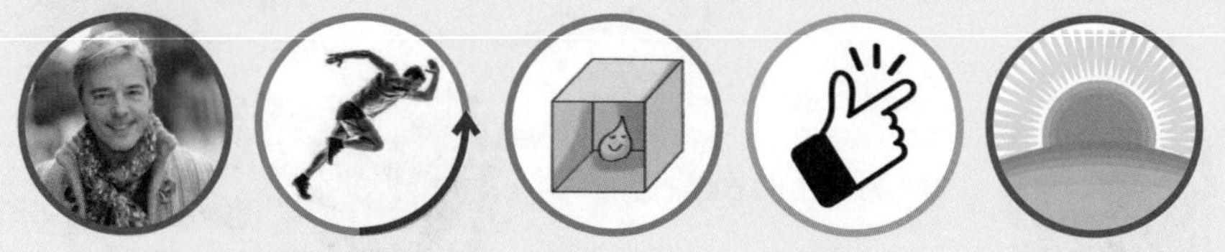

Dad・runs・in・the・morning.

3 這名男孩站了起來。

The・boy・stood・up.

4 他昨天上班到很晚。

He・worked・late・yesterday.

Practice！ 跟著說｜cry / laugh / leave / stop

★ 讓我們一起開口說說看吧！

1 這個寶寶正在哭泣。

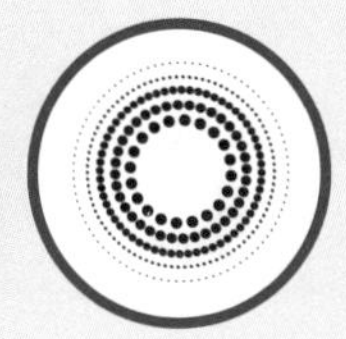

The・baby・is・crying.

2 學生們正在大笑。

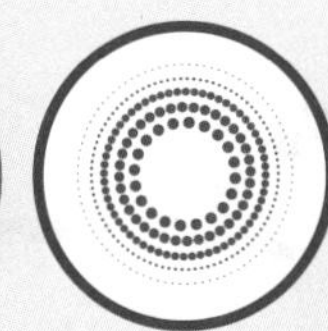

The・students・are・laughing.

3 我們出門了。

We・left・home.

★「left」為「leave」的過去式動詞。

4 你停在這裡。

You・stopped・here.

Practice! 跟著說｜see / listen / fly / sleep

★ 讓我們一起開口說說看吧！

1 他看見這隻狗。

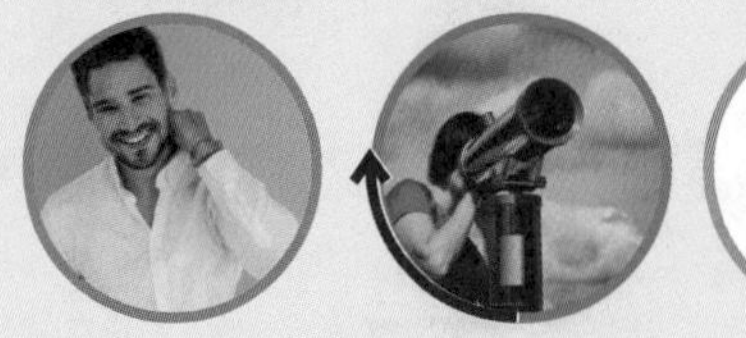

★「saw」為「see」的過去式動詞。

He · saw · the · dog.

2 媽媽正在聽音樂。

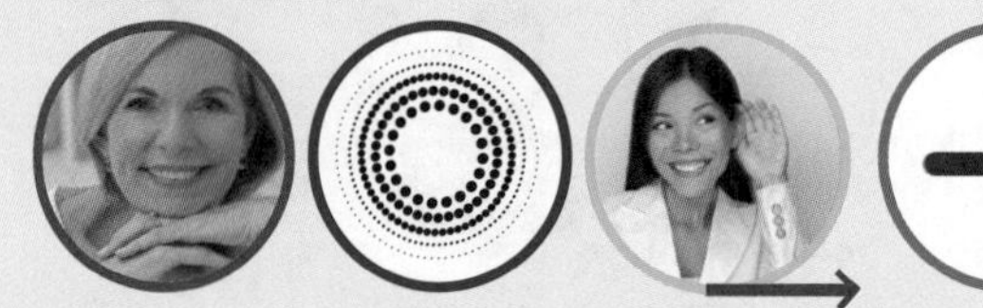

Mom · is · listening · to · the · music.

3 這個女孩想要飛翔。

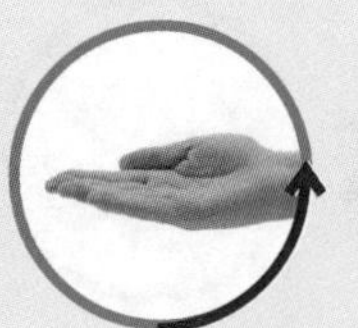

The · girl · wants · to · fly.

4 這隻貓咪正在睡覺。

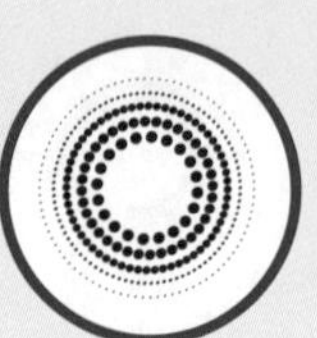

The · cat · is · sleeping.

Practice! 跟著說 | want / study / love

★ 讓我們一起開口說說看吧！

1 我想要一個禮物。

I・want・a・present.

2 賈思敏（人名）正在讀英文。

 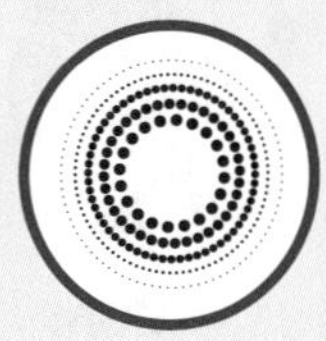  

Jasmine・is・studying・English.

3 他喜歡這支手錶。

He・loves・the・watch.

4 他們喜歡這些柳橙。

They・like・these・oranges.

Practice! 跟著說 | hate / read / drive / know

★ 讓我們一起開口說說看吧！

1 我討厭番茄。

I・hate・tomatoes.

2 媽媽讀了一本小說。

Mom・read・a・novel.

3 爸爸開車去上班。

Dad・drives・to・work.

4 他們知道了你的祕密。

They・knew・your・secret.

Practice! 跟著說｜open / write / tell / give

★ 讓我們一起開口説説看吧！

1 我把這扇門打開了。

I・opened・the・door.

2 我們寫了一封信。

★「wrote」為「write」的過去式動詞。

We・wrote・a・letter.

3 他告訴這名女孩一個故事。

★「told」為「tell」的過去式動詞。

He・told・the・girl・a・story.

4 你給爸爸一枝鉛筆。

★「gave」為「give」的過去式動詞。

You・gave・Dad・a・pencil.

Practice！ 跟著說｜buy / send / enjoy

★ 讓我們一起開口說說看吧！

1 賈思敏（人名）買了一件裙子。

★「bought」為「buy」的過去式動詞。

Jasmine · bought · a · skirt.

2 我送爸爸一支錶。

★「sent」為「send」的過去式動詞。

I · sent · Dad · a · watch.

3 他喜歡看電視。

He · enjoys · watching · TV.

4 我喜歡閱讀這些書籍。

I · enjoy · reading · these · books.

GIVE IT A TRY

★ 請看以下的圖示，試著開口說出相對應的英語句。

1

2

3

 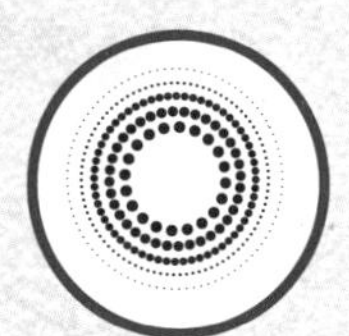  

4

1 He • told • the • girl • a • story. 他告訴這名女孩一個故事。

2 I • hate • tomatoes. 我討厭番茄。

3 Jasmine • is • studying • English. 賈思敏（人名）正在讀英文。

4 The • cat • is • sleeping. 這隻貓咪正在睡覺。

5 I • opened • the • door. 我把這扇門打開了。

6 He • saw • the • dog. 他看見這隻狗。

7 The • baby • is • crying. 這個寶寶正在哭泣。

8 Dad • runs • in • the • morning. 爸爸早上都會跑步。

9 Mom • is • listening • to • the • music. 媽媽正在聽音樂。

10 I • want • a • present.　我想要一個禮物。

11 Dad • drives • to • work.　爸爸開車去上班。

12 You • gave • Dad • a • pencil.　你給爸爸一枝鉛筆。

13 He • enjoys • watching • TV.　他喜歡看電視。

14 He • loves • the • watch.　他喜歡這支手錶。

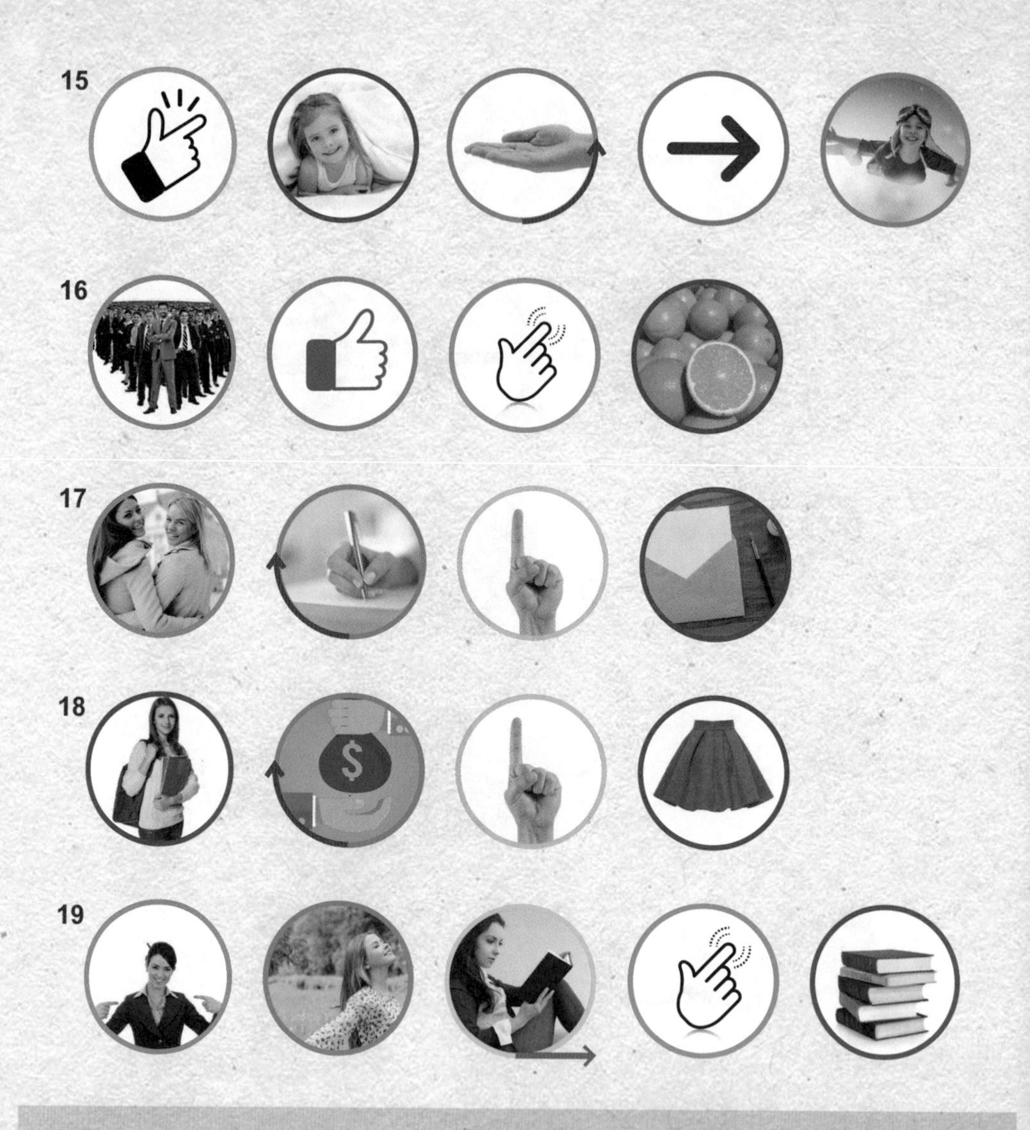

15 The • girl • wants • to • fly. 這個女孩想要飛翔。

16 They • like • these • oranges. 他們喜歡這些柳橙。

17 We • wrote • a • letter. 我們寫了一封信。

18 Jasmine • bought • a • skirt. 賈思敏（人名）買了一件裙子。

19 I • enjoy • reading • these • books. 我喜歡閱讀這些書籍。

DAY 8 重要的小事也有屬於它的名字 ｜名詞｜

「名詞」是人、事物、地方、概念的名字

「名詞」是英語口說最常用，也是最好用的詞性了。它可以是人或事物的名稱，亦或是地方或一個概念的名稱。所以你可以在句子的前、中、後都能發現它的蹤跡喔！ 因為「名詞」能當「主詞」、「受詞」，也可以當「補語」，所以你很有可能在一句話裡，同時運用多個名詞，請看以下的範例：

1. 賈思敏（人名）**是誠實的。**

Jasmine

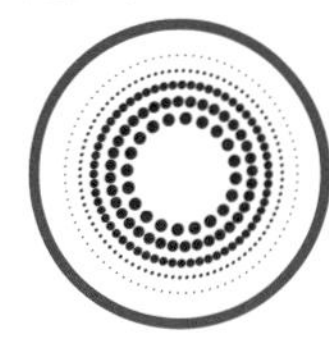

is

honest

★「Jasmine」在此為「名詞」當「主詞」。

2. 賈思敏（人名）**是一個誠實的女孩。**

Jasmine

is

an

honest

girl

「girl」在此當「主詞補語」，用以說明「Jasmine」是一位怎麼樣的女孩，而此會話句的形容詞為「honest（誠實的）」，所以可以得知：「Jasmine」是一位「honest（誠實的）」女孩。

複習一下「可數名詞」

大致說來，「可數名詞」通常為「普通名詞」與「集合名詞」：前者指的是同類的人或物所通用的名字；後者則是指同類的人或動物的集合名字。還記得我們在 Day 1 中學過「可數名詞」的「單數形」和「複數形」嗎？我們稍微來複習一下，看看還記得多少。

單數可數名詞

凡是在句子中若使用「單數可數名詞」時，前面一定要有「限定詞」，也就是「a」、「an」或「the」，舉例來說：

1. 一張椅子

a

chair

「chair」的首字字母非母音，故前方用「a」。

2. 一頭大象

an

elephant

「elephant」的首字字母為母音，故前方用「an」。

3. 這／那台電腦

the

computer

有指定某一台「電腦」，故使用「the」。

複數可數名詞

在英語中，遇到兩或兩者以上的事物，我們稱之為「複數」。「複數」於「名詞」後方會加上「-s / -es / -ies」，有哪幾種不同的呈現方式，還記得嗎？以下來一一複習一下，加深印象。

1. （兩本以上的）**書籍**

book + book → 
books

於名詞後方直接加上「-s」，為最簡易的「複數形」。

2. （兩支以上的）**手錶**

watch + 
watch → 
watches

字尾若為「-s / -z / -sh / -ch / -x」時，「複數形」則於其後方加上「-es」。

3. （兩顆以上的）**櫻桃**

cherry + 
cherry → 
cherries

字尾若為「子音 + y」時，「複數形」須去「-y」加上「-ies」。

4. （兩顆以上的）**番茄**

tomato + 
tomato → 
tomatoes

字尾若為「-o」時，「複數形」可以加上「-s / -es」。

5. （兩片以上的）樹葉

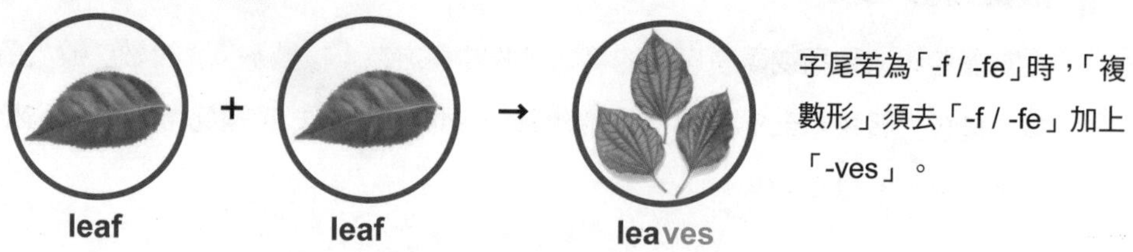

字尾若為「-f / -fe」時，「複數形」須去「-f / -fe」加上「-ves」。

與「-s / -es」絕緣的「不可數名詞」

「不可數名詞」包含「專有名詞」、「物質名詞」及「抽象名詞」。「不可數名詞」和「可數名詞」最大的不同就是：「不可數名詞」的前方不加上「a / an」；後方一定不會加上「-s」、「-es」、「-ies」或「-ves」喔！

專有名詞

「專有名詞」指的是「特定」的人、物或地方的名字。要特別注意，第一個字母通常必須大寫。近幾年來，很多數位化產品或服務以第二個字母大寫來命名，如：iPad、 iPhone……等，這些也都是「專有名詞」。其實，「專有名詞」有很多，以下列舉比較具代表性的「專有名詞」來讓各位認識。不妨也可以想想，日常生活中還有哪些常見的「專有名詞」喔！

1. 賈思敏（人名）

Jasmine

2. 日本（國家名）

Japan

3. 台北（城市名）

Taipei

4. 星期日（星期名稱）

Sunday

物質名詞

「物質名詞」是指物質原料的名稱，通常都是無法再細分的物質，包括食品、飲料、材料、礦物、天然資源、化學元素……等，「物質名詞」是不可數名詞，通常無複數，不加「a / an」，表示總稱時，也不加「the（定冠詞）」。

1. 茶

tea

2. 黃金

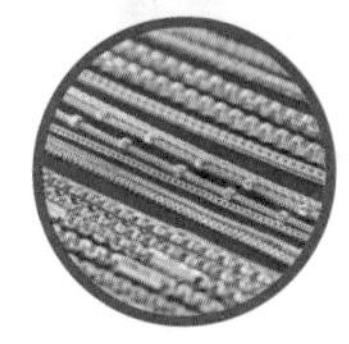

gold

3. 牛肉

beef

4. 牛奶

milk

抽象名詞

「抽象名詞」是指那些看不見、摸不著，僅能用想像的名詞，如性質、狀態、感情、概念……等，都屬於「抽象名詞」。

1. 時間

time

2. 友誼

friendship

3. 愛，戀愛

love

4. 邪惡

evil

Practice！ 跟著說｜單數可數名詞：a

★ 讓我們一起開口説説看吧！

1 我有一枝鉛筆。

I · have · a · pencil.

2 那裡有一隻狗。

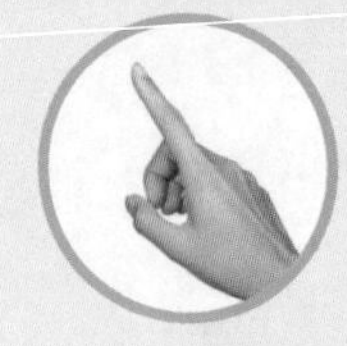 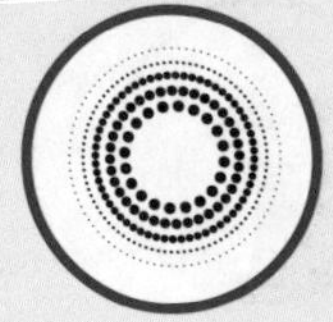  

There · is · a · dog.

3 他們買了一本書。

They · bought · a · book.

4 媽媽想要一顆番茄。

 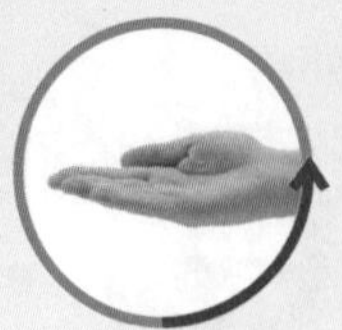  

Mom · wants · a · tomato.

Practice！ 跟著說｜單數可數名詞：an

★ 讓我們一起開口說說看吧！

1 我有一把傘。

I · have · an · umbrella.

2 那裡有一間冰屋。

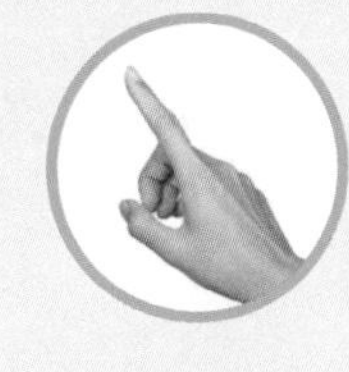
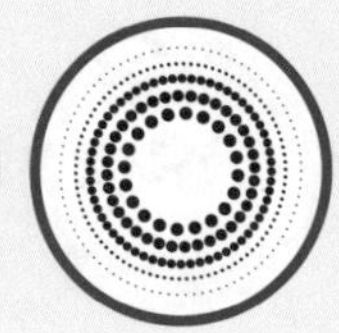

There · is · an · igloo.

3 她吃了一顆蘋果。

She · ate · an · apple.

4 賈思敏（名字）有一顆柳橙。

Jasmine · has · an · orange.

Practice！ 跟著說｜單數可數名詞：the

★ 讓我們一起開口説説看吧！

1 我喜歡這支手錶。

I・like・the・watch.

2 你吃了這個蛋糕。

You・ate・the・cake.

3 他修理了窗戶。

He・fixed・the・window.

4 我們洗好了碗盤。

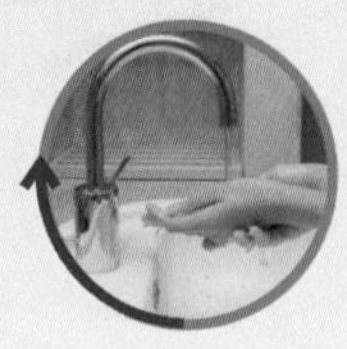

We・washed・the・dishes.

Practice! 跟著說 | chairs / cups / dogs / pencils

★ 讓我們一起開口說說看吧！

1 這些椅子是我的。

  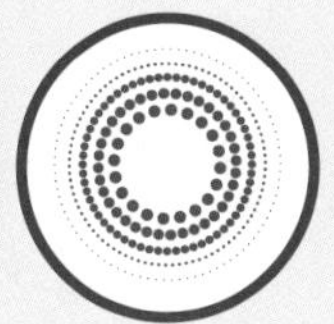 

These · chairs · are · mine.

2 那些杯子是他們的。

  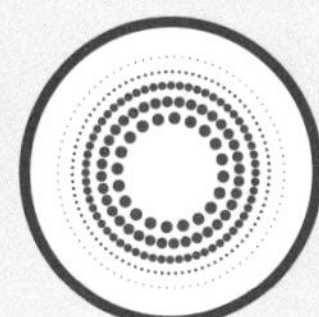 

Those · cups · are · theirs.

3 你的狗很可愛。

  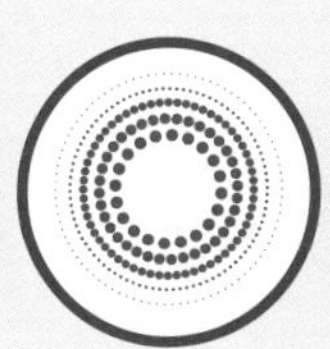 

Your · dogs · are · cute.

4 我們的鉛筆在這裡。

 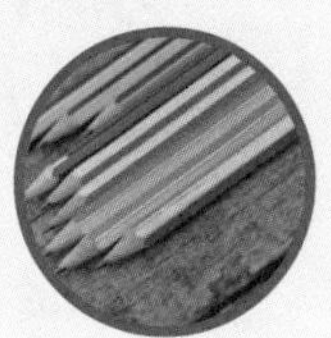 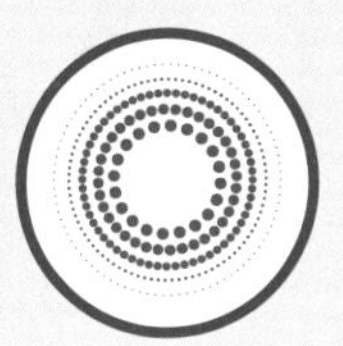 

Our · pencils · are · here.

Practice! 跟著說 | books / friends / carrots / apples

★ 讓我們一起開口說說看吧！

1 這些書是他的。

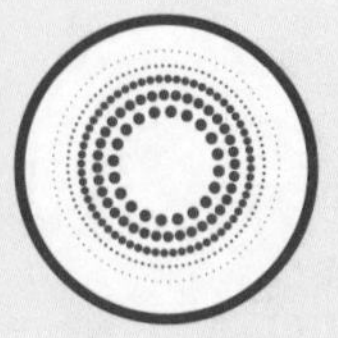

These · books · are · his.

2 我的朋友們很開心。

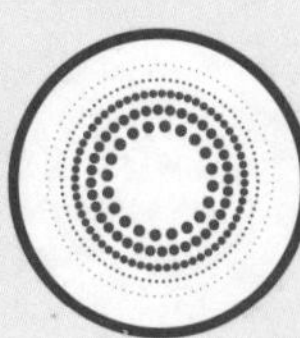

My · friends · are · happy.

3 我喜歡紅蘿蔔。

I · like · carrots.

4 這隻貓吃了這些蘋果。

The · cat · ate · these · apples.

Practice! 跟著說 | keys / umbrellas / roses

★ 讓我們一起開口說說看吧！

1 這些鑰匙是她的。

  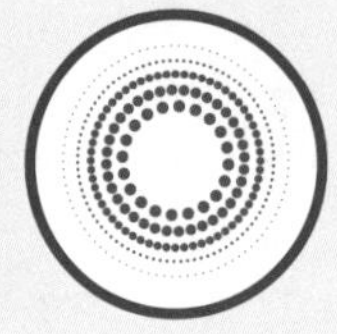 

These · keys · are · hers.

2 那些雨傘是你的。

  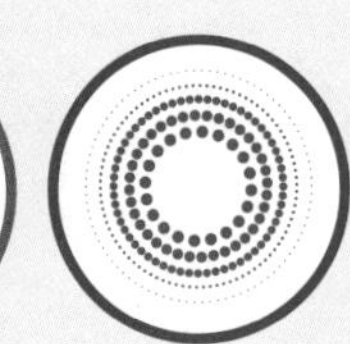 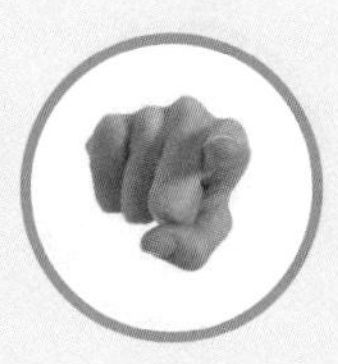

Those · umbrellas · are · yours.

3 他們的玫瑰花都很漂亮。

  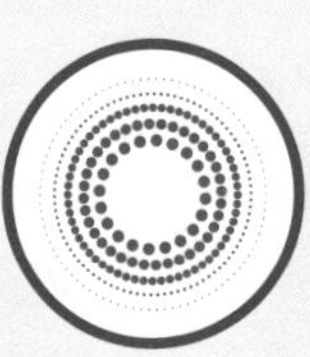 

Their · roses · are · beautiful.

4 她的雨傘是紅色的。

  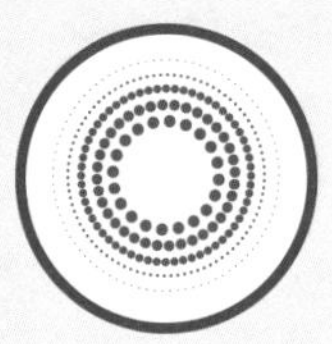 

Her · umbrellas · are · red.

Practice! 跟著說 | dishes / brushes / boxes

★ 讓我們一起開口說說看吧！

1 你正在洗碗。

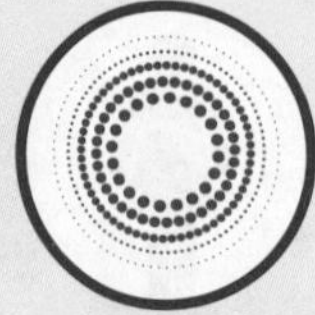
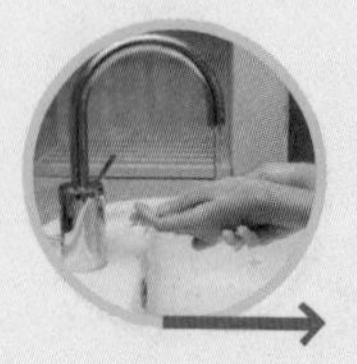

You · are · washing · the · dishes.

2 盤子在那裡。

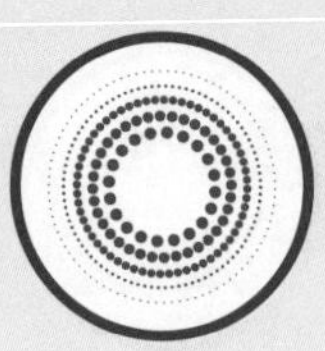
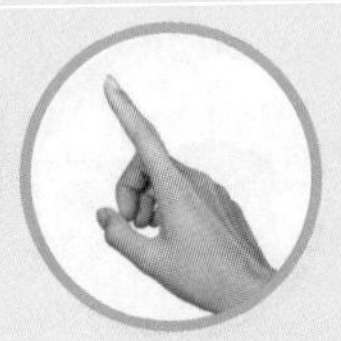

The · dishes · are · there.

3 他們的刷子是黃色的。

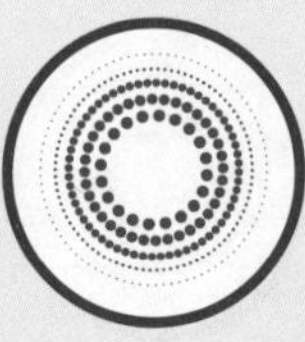
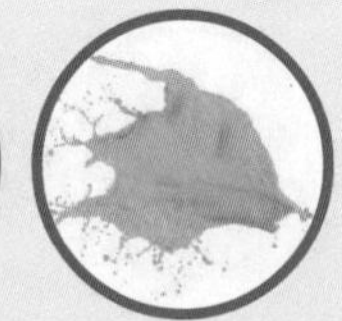

Their · brushes · are · yellow.

4 這些箱子是藍色的。

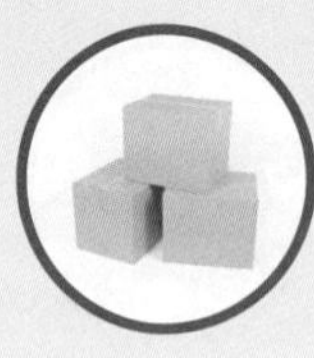
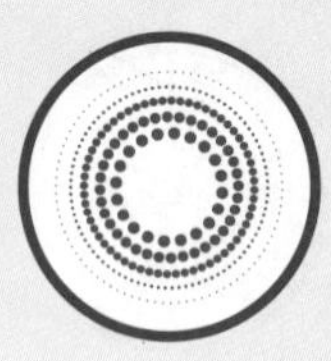

These · boxes · are · blue.

Practice! 跟著說 | babies / wolves / thieves

★ 讓我們一起開口說說看吧！

1 我愛我的寶寶。

I · love · my · babies.

2 那些寶寶很可愛。

  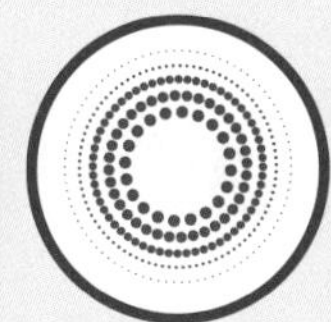 

Those · babies · are · cute.

3 他喜歡狼。

He · likes · wolves.

4 他們看到小偷。

They · saw · the · thieves.

Chapter 2 啟動你的英語語感

Practice！ 跟著說 | tomatoes / pianos / heroes

★ 讓我們一起開口說說看吧！

1 我吃了那些番茄。

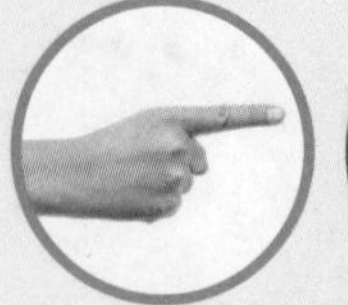

I・ate・those・tomatoes.

2 番茄是紅色的。

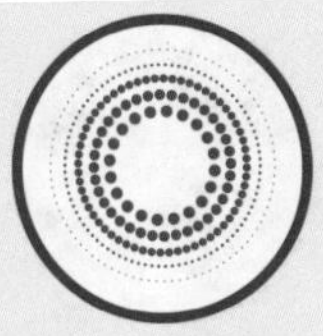
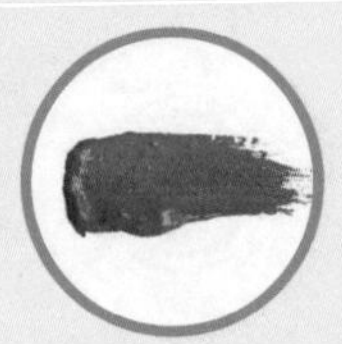

Tomatoes・are・red.

3 他買了這幾架鋼琴。

He・bought・these・pianos.

4 我的英雄都很壯。

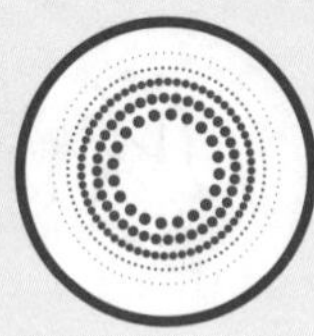

My・heroes・are・strong.

Practice！ 跟著說｜專有名詞

★讓我們一起開口說說看吧！

1 賈思敏（名字）是我的老師。

 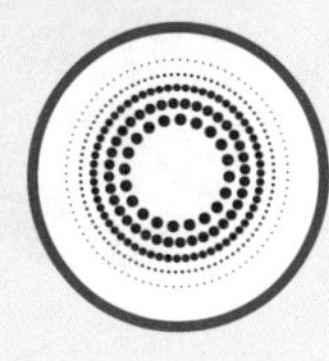  

★「Jasmine」為此句的「專有名詞」。

Jasmine・is・my・teacher.

2 日本是一個國家。

 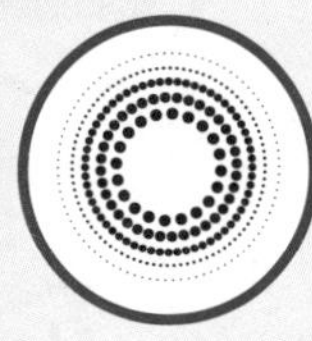  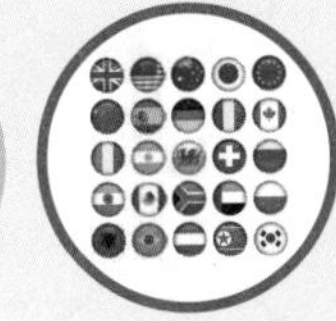

★「Japan」為此句的「專有名詞」。

Japan・is・a・country.

3 我住在台北。

  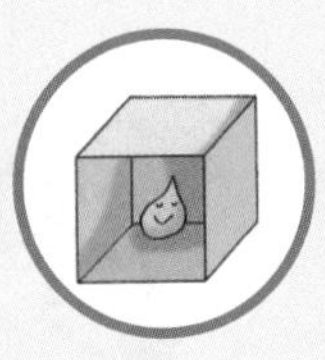 

★「Taipei」為此句的「專有名詞」。

I・live・in・Taipei.

4 我喜歡星期天。

I・love・Sunday.

★「Sunday」為此句的「專有名詞」。

GIVE IT A TRY

★ 請看以下的圖示，試著開口說出相對應的英語句。

1 I • live • in • Taipei. 我住在台北。

2 I • ate • those • tomatoes. 我吃了那些番茄。

3 You • are • washing • the • dishes. 你正在洗碗。

4 I • like • the • watch. 我喜歡這支手錶。

5 There • is • a • dog. 那裡有一隻狗。

6 She • ate • an • apple. 她吃了一顆蘋果。

7 He • fixed • the • window. 他修理了窗戶。

8 Those • cups • are • theirs. 那些杯子是他們的。

9 My • friends • are • happy. 我的朋友們很開心。

10 These • keys • are • hers.　這些鑰匙是她的。

11 Her • umbrellas • are • red.　她的雨傘是紅色的。

12 Our • pencils • are • here.　我們的鉛筆在這裡。

13 Those • babies • are • cute.　那些寶寶很可愛。

14 My • heroes • are • strong.　我的英雄都很壯。

DAY 9

「在」這裡？還是「在」那裡？｜介係詞｜

強化腦中對「介係詞」的概念

一聽到「介係詞」，可能會讓你覺得是個很複雜的文法術語。其實不用害怕，還要熟悉每一個「介係詞」。每個「介係詞」都有屬於自己明確的概念，用以放在名詞或代名詞前方，組成形容詞或副詞片語。「介係詞」可以用來表示場所、時間、材料、工具……等。接下來，就讓我們一一來認識它們吧！

at 在某個特定的點

「at」指的是「一個點」。跟對方交談時，想要告訴對方 A 先生在某個地方，（對方一定找的到 A 先生，因為 A 先生就在那一個點上），這時候就可以使用「at」，此時的「at」為「地方介係詞」，指「在～處」。「at」也可以用來説明確切的「時間點」，強調事情發生的那一刻，用以當「時間介係詞」，表示「在～時」，像是：at night（在晚上）/ at 4:00（在四點）……等。熟悉了介係詞「at」的用法後，也可以將其納入會話句中，試著説説看自己的會話句。

1. 在家

at・home

2. 在學校

at · school

3. 在工作

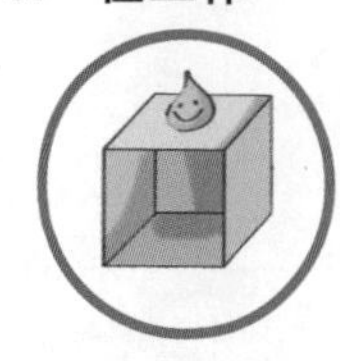

at · work

4. 在公園

at · the · park

5. 在正午

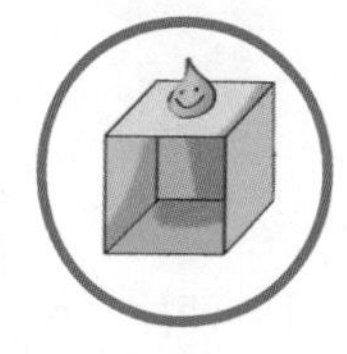

at · noon

6. 在晚上

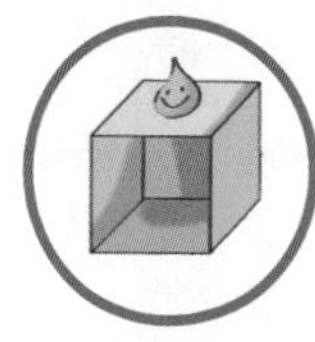

at · night

7. 在三點

at · 3:00

to 朝或往哪個方向

介係詞「to」表示「往某個方向」的概念，就像是箭頭一樣，指向要前往的地點。當我們說「去上學」，就表示「前往學校」的意思；「把書給我」，表示「請某人將書拿往你這個方向」……等，或許仍有點抽象，搭配實景圖可以加深此觀念喔！

1. 去學校

2. 去公園

3. 去日本

4. 把這本書給你

on 在某個東西之上

「on」是「一個面」。如果要表示在某個東西之上，而且有接觸到表面時，此時要用介係詞「on」，例如：蘋果「在」桌上、貓咪「在」樹上……等。而「on」也可以表示「特定的日子」，像是：「在」星期日，以上這些「在」，介係詞都是用「on」來表示喔！

1. 在桌上

on · the · table

2. 在我的箱子上

on · my · box

3. 在星期日

on · Sunday

4. 在你的生日

on · your · birthday

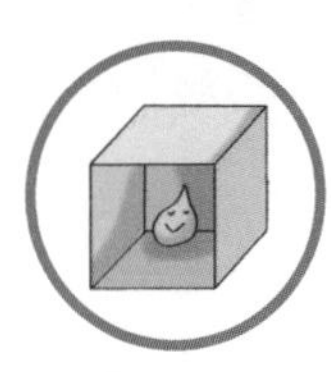

in 在～裡面

「in」指的是「一個空間」。空間概念大至宇宙，小至車子、眼睛……等，用以表示在某件事物或地方的內部，例如：「在」台北、「在」車上；「in」也可以表示「較長的時間」，像是：年份、月份、季節或一段時間……等，這些都可以用「in」來表達喔！

1. 在日本

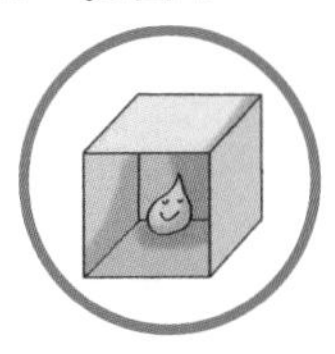
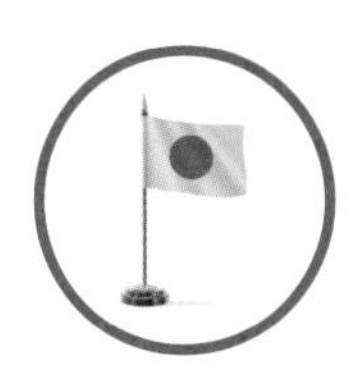

in · Japan

2. 在車上

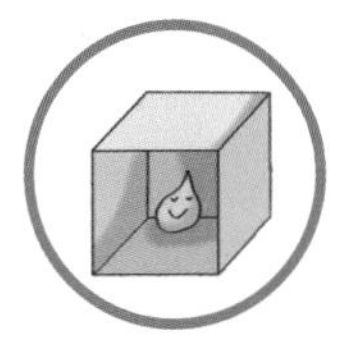

in · a · car

3. 在早上

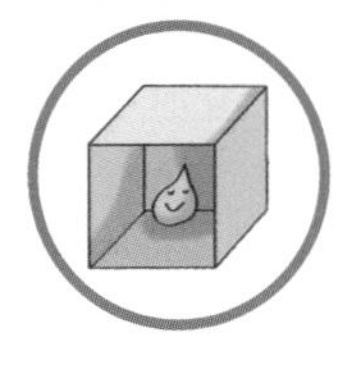

in · the · morning

4. 在 2015 年

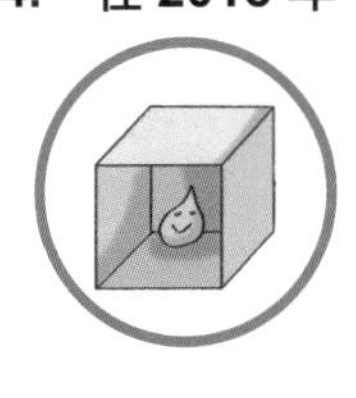

in · 2015

Chapter 2 啟動你的英語語感

before 在～之前

「before」用於表示在某特定時間之前，像是我們會說：吃早餐「之前」，就表示是指：以吃早餐的這個時間點往回推算，相當於吃早餐之前的那一段時間。「before」通常會與「名詞」固定搭配，是蠻常使用的介係詞之一。

1. 早餐前

before・breakfast

2. 上學前

before・school

3. 禮拜日前

before・Sunday

4. 兩點前

before・2:00

5. 派對前

before・the・party

after 在～之後

與「before」相反，「after」用於表示在某特定時間之後，舉例來說：上學「之後」，便是指上學以後的那一段時間，「after」後方也常搭配「名詞」，作為固定的慣用語，熟悉之後，會發現其實「before」與「after」是很好用的介係詞喔！

1. 下班

after · work

2. 星期天之後

 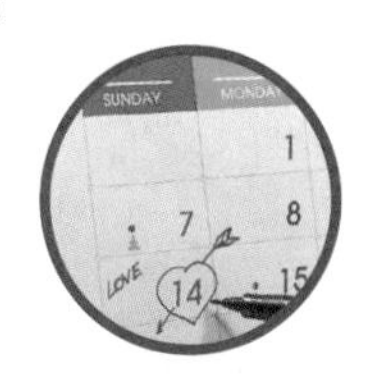

after · Sunday

3. 一點過後

after · 1:00

4. 派對後

after · party

5. 放學後

after · school

Practice！ 跟著說｜在某個特定的點：at

★ 讓我們一起開口說說看吧！

1 我在家。

 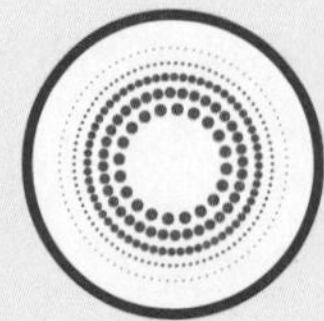  

★ 此句的「home」為「名詞」，
而「I am home.」的「home」則為「地方副詞」。

I・am・at・home.

2 他在學校。

 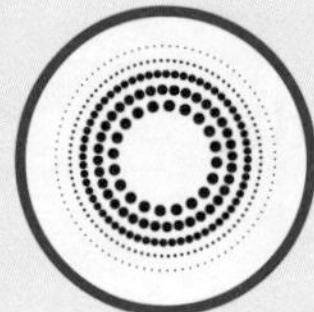 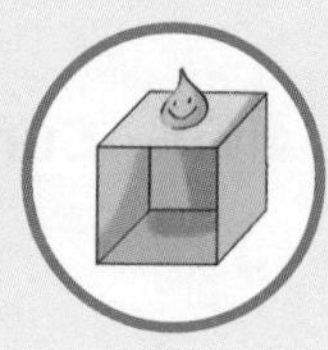 

He・is・at・school.

3 她在工作。

 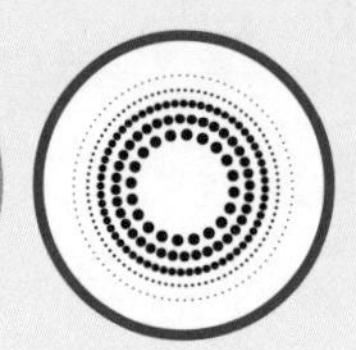  

She・is・at・work.

4 我們在正午吃午餐。

   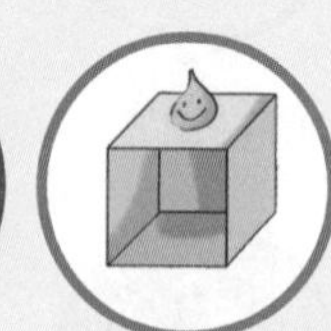 

We・eat・lunch・at・noon.

Practice！ 跟著說｜朝或往哪個方向：to

★ 讓我們一起開口說說看吧！

1 我去學校。

I · go · to · school.

2 你去工作。

You · go · to · work.

3 他去公園。

He · goes · to · the · park.

4 我們去了日本。

We · went · to · Japan.

Practice！ 跟著說｜在某個東西之上：on

★ 讓我們一起開口說說看吧！

1 那些蘋果在桌上。

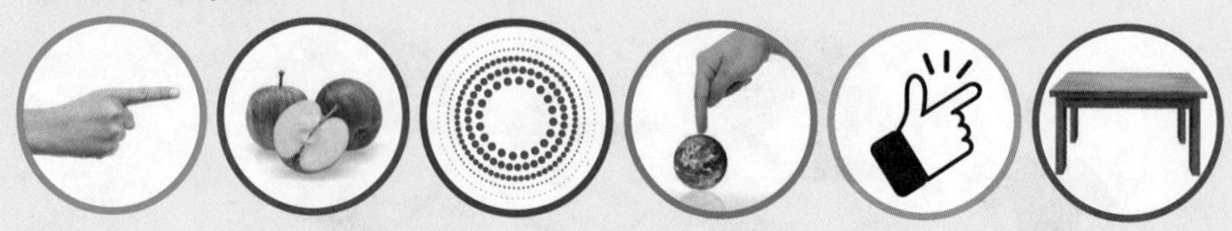

Those・apples・are・on・the・table.

2 小狗們在箱子上。

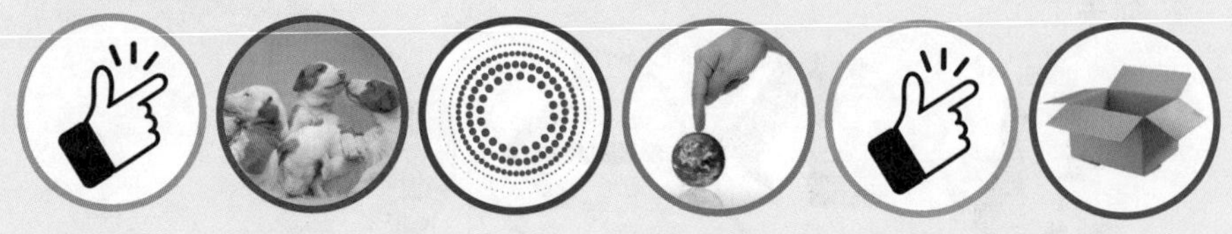

The・dogs・are・on・the・box.

3 我的生日是星期天。

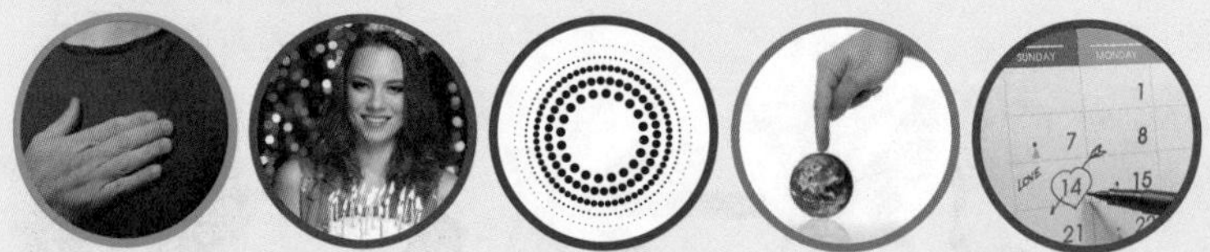

My・birthday・is・on・Sunday.

4 媽媽在她生日時很高興。

Mom・is・happy・on・her・birthday.

Practice! 跟著說｜在～裡面：in

★ 讓我們一起開口說說看吧！

1 我住在台北。

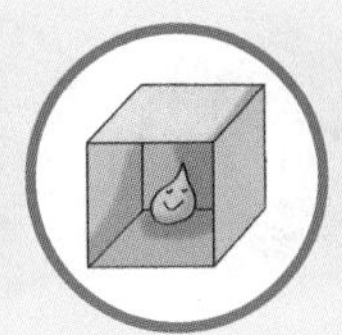

I・live・in・Taipei.

2 這隻貓在箱子裡面。

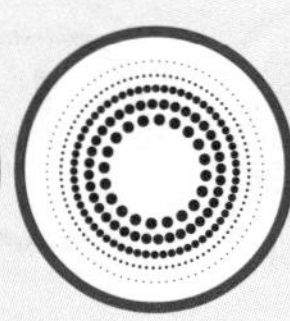

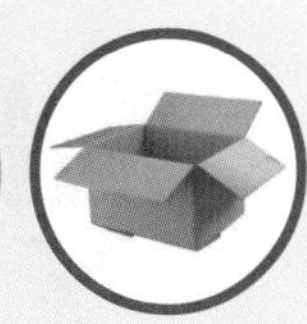

The・cat・is・in・the・box.

3 我早上刷牙。

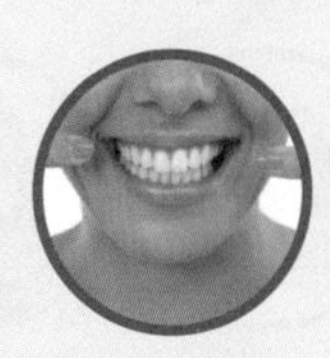
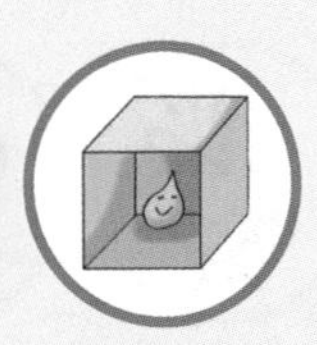

I・brush・my・teeth・in・the・morning.

4 鑰匙在車上。

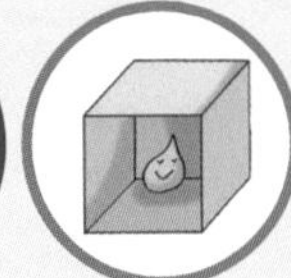
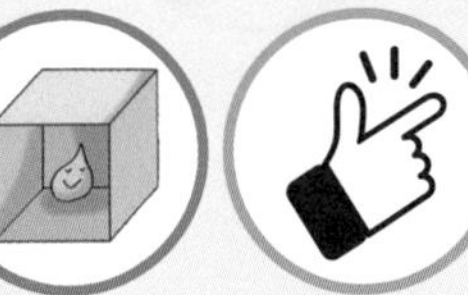

The・keys・are・in・the・car.

Practice！ 跟著說｜在～之前：before

★ 讓我們一起開口說說看吧！

1 你在吃早餐前刷牙。

You‧brush‧your‧teeth‧before‧breakfast.

2 我們在吃午餐前打籃球。

We‧play‧basketball‧before‧lunch.

3 女孩在上學前吃早餐。

The‧girl‧eats‧breakfast‧before‧school.

4 她的生日在禮拜日之前。

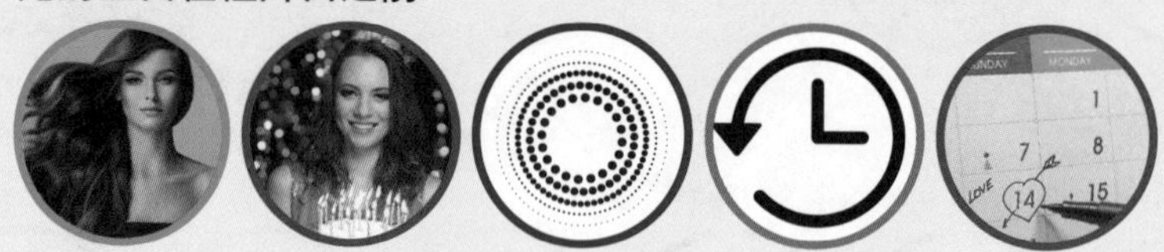

Her‧birthday‧is‧before‧Sunday.

Practice！ 跟著說｜在～之後：after

★ 讓我們一起開口說說看吧！

1 我四點之後才刷牙。

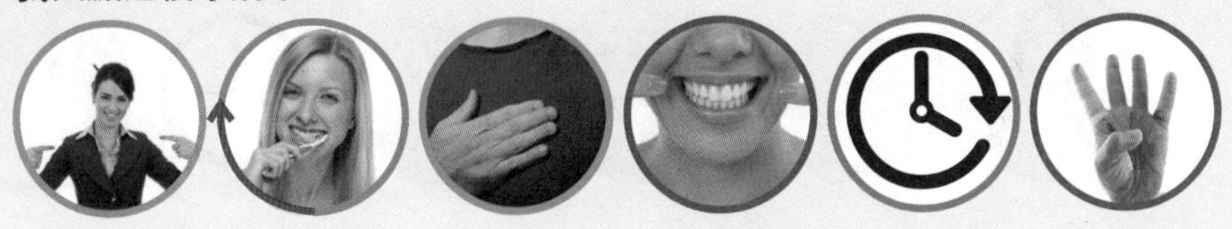

I · brushed · my · teeth · after · 4:00.

2 他們吃完午餐才吃番茄。

They · ate · tomatoes · after · lunch.

3 男孩放學後到公園去。

The · boy · went · to · the · park · after · school.

4 賈思敏（人名）在派對之後看電視。

Jasmine · watched · TV · after · the · party.

GIVE IT A TRY

★ 請看以下的圖示，試著開口說出相對應的英語句。

1 You • brush • your • teeth • before • breakfast. 你在吃早餐前刷牙。
2 I • live • in • Taipei. 我住在台北。
3 You • go • to • work. 你去工作。
4 He • is • at • school. 他在學校。

5 We • eat • lunch • at • noon. 我們在正午吃午餐。

6 We • went • to • Japan. 我們去了日本。

7 My • birthday • is • on • Sunday. 我的生日是星期天。

8 The • cat • is • in • the • box. 這隻貓在箱子裡面。

9 We • play • basketball • before • lunch. 我們在吃午餐前打籃球。

10 They • ate • tomatoes • after • lunch. 他們吃完午餐才吃番茄。

11 Jasmine • watched • TV • after • the • party. 賈思敏（人名）在派對之後看電視。

12 Her • birthday • is • before • Sunday. 她的生日在禮拜日之前。

13 Those • apples • are • on • the • table. 那些蘋果在桌上。

14 I • am • at • home. 我在家。

DAY 10 搭起詞彙和句子的橋樑 | 連接詞 |

善用「連接詞」延伸英語句

「連接詞」是穿梭在詞彙和句子間的橋樑，可以串聯單字和單字、片語和片語及子句和子句。而且前後連接的單字、片語和子句，要符合左右對等的概念，也就是說，連接詞左右兩側無論是單字詞性和句子時態……等，都要相同。要特別注意的是，「連接詞」屬於虛詞，所以它在句子中不能單獨作為句子的成分，且在英語口說中，一般不會加重它的讀音。以下來學學四個口語中最常使用的「連接詞」吧！

and 表示同等的「對等連接詞」

「對等連接詞」用以連接單字、片語或子句。而「對等連接詞」表示所連接的東西必須於架構上是對等的，也就是只有字和字（片語和片語或子句和子句），才能透過「對等連接詞」來連接。口語中，要表示「和，而」的連接詞為「and」。「and」連接前後相同或類似的語意，若前後落差較大的意思，則不適合用「and」來連接喔！

1. 他和我

he

and

I

「and」連接兩個「人稱代名詞」：「he」和「I」皆為「主格」。

2.　茶和咖啡

tea　and　coffee

「and」連接兩個「不可數名詞」：「tea」和「coffee」。

3.　請來看

come　and　see

「and」連接兩個「動詞」：「come」和「see」。

4.　可愛且開心的

cute　and　happy

「and」連接兩個「形容詞」：「cute」和「happy」。

5.　可愛的貓和開心的女孩

a　cute　cat　and　a

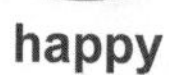

happy　girl

★ 對等連接詞「and」連接兩個「名詞片語」：「a cute cat」和「a happy girl」。

6. 我搭計程車，而她走路回家。

★「and」連接兩個「（過去式）子句」：「I took a taxi」和「she walked home」。

but 表示對比的「對等連接詞」

「but」通常表示具有「轉折語氣」的介係詞，用以表示前後所說的意義恰好相反，或連接互相對比的兩個單位，其中文意思為「但是」。其連接功能與「and」相似，用以連接單字、片語或子句。

我喜歡狗，但他喜歡貓。

★「but」連接兩個「（現在式）子句」：「I like dogs」和「he likes cats」。

both 強調兩者的「對等連接詞」

要表示「兩者皆～」的時候，可以用連接詞「both」，並且通常會和「and」一起連用，其慣用句型為：「both A and B」，要留意的是，此句型中的「A」與「B」要同一類型，若連接兩者不同類型的東西，則不適用於此句型。請看以下範例：

1. 他和我都～

★「both A and B」連接兩「人稱代名詞」，強調「he」和「I」兩者一致。

2. 蘋果和柳橙都～

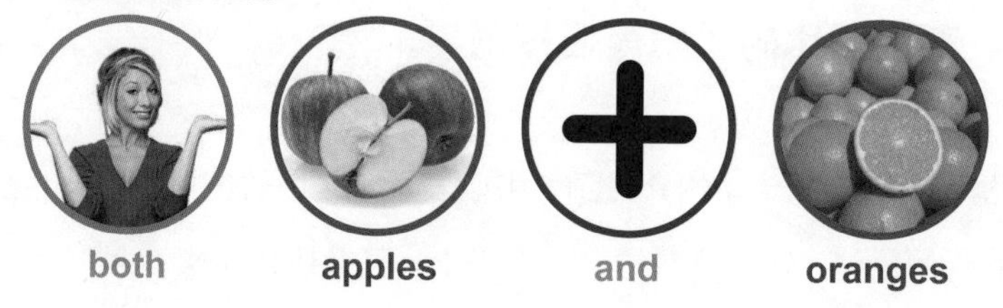

★「both A and B」連接兩「名詞」，強調「apples」和「oranges」兩者一致。

or 表示選擇的「對等連接詞」

與他人對談中，常會遇到「二選一」的話題，這時候，連接詞「or」就能發揮效用。「or」所連接的兩個單字有相同詞性，其中文意思為「或是，或者」。讓我們來練習一下下方的會話句。練習時，也一起開口說，不僅能加深記憶，還能提升口語能力。

1. 打籃球或打棒球

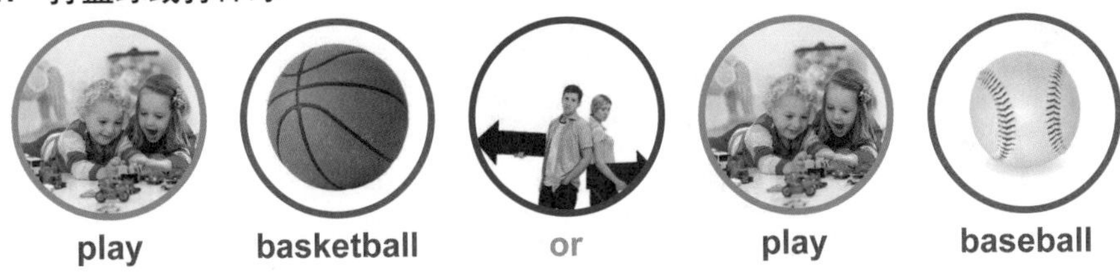

★「or」連接兩個「動作」：「play basketball」或「play baseball」二擇一。

2. 咖啡或茶

★「or」連接兩個「名詞」：「coffee」或「tea」二擇一。

3. 狗或貓

★「or」連接兩個「名詞」：「dog」或「cat」二擇一。

4. 打開或關起來

★「or」連接兩個「動詞」：「open」和「close」二擇一。

5. 跳或飛

★「or」連接兩個「動詞」：「jump」或「fly」二擇一。

6. 年輕的或年長的

★「or」連接兩個「形容詞」：「young」和「old」二擇一。

7. 好吃的或噁心的

★「or」連接兩個「形容詞」：「tasty」或「gross」二擇一。

8. 苦的或甜的

★「or」連接兩個「形容詞」：「bitter」或「sweet」二擇一。

Practice! 跟著說｜對等連接詞：and

★ 讓我們一起開口說說看吧！

1 他和我都是學生。

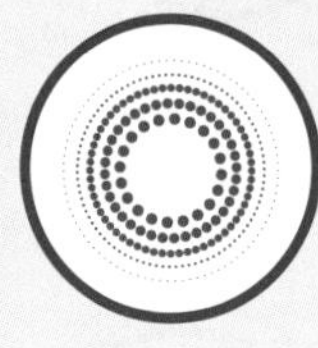

He · and · I · are · students.

2 我喜歡茶和咖啡。

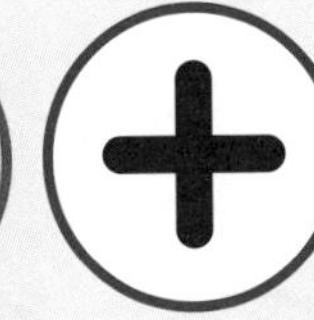

I · like · tea · and · coffee.

3 媽媽買了椅子和刷子。

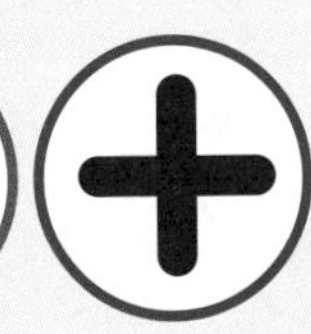

Mom · bought · a · chair · and · a · brush.

4 賈思敏（人名）讀英語和數學。

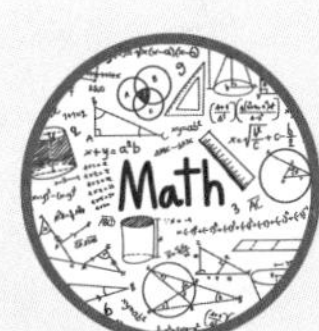

Jasmine · studies · English · and · Math.

5 這個女孩可愛又年輕。

The · girl · is · cute · and · young.

6 爸爸健康又強壯。

Dad · is · healthy · and · strong.

7 我走路回家，而你開車回家。

I · walked · home · and · you · drove · home.

8 媽媽早起，而爸爸晚起。

Mom · gets · up · early · and · Dad · gets · up · late.

Practice！ 跟著說｜對等連接詞：but

★ 讓我們一起開口說說看吧！

1 我的英雄年長，但健康。

My · hero · is · old · but · healthy.

2 我們很強壯，但他們很虛弱。

 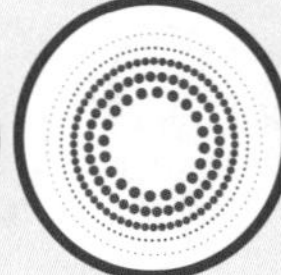   

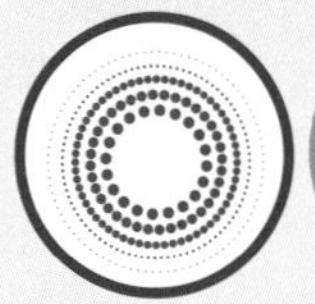 

We · are · strong, · but · they · are · weak.

3 我喜歡狗，但他喜歡貓。

I · like · dogs, · but · he · likes · cats.

4 媽媽喜歡紅色，但爸爸喜歡藍色。

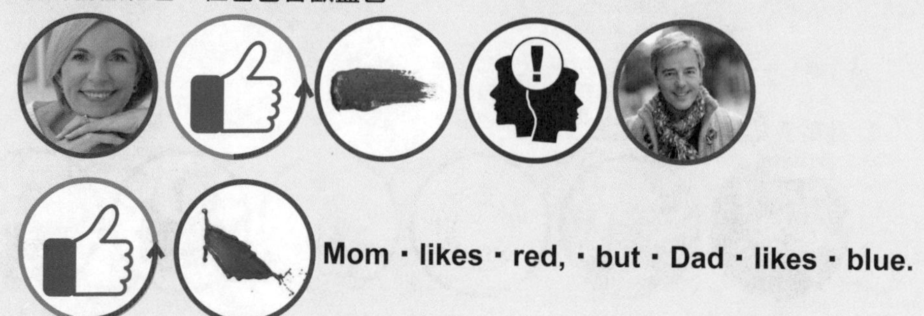

Mom · likes · red, · but · Dad · likes · blue.

5 這個女孩喜歡英語，但這個男孩喜歡數學。

The · girl · likes · English, · but · the · boy · likes · Math.

6 我想要一顆蘋果，但他想要一個蛋糕。

I · want · an · apple, · but · he · wants · a · cake.

Practice! 跟著說｜對等連接詞：both

★ 讓我們一起開口說說看吧！

1 媽媽和我都很漂亮。

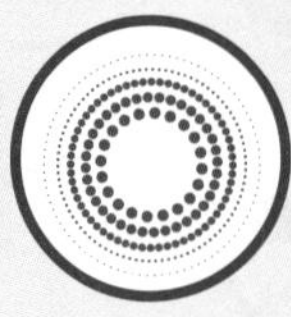

Both · Mom · and · I · are · beautiful.

2 我朋友和我都是醫生。

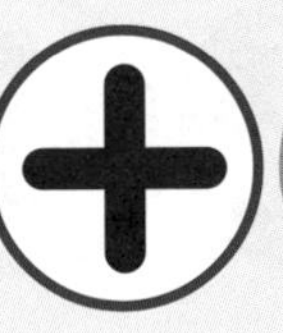

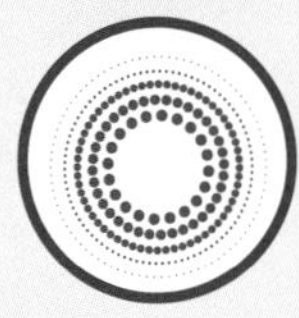

Both · my · friends · and · I · are · doctors.

3 他和她都在家。

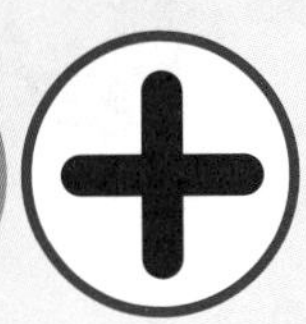

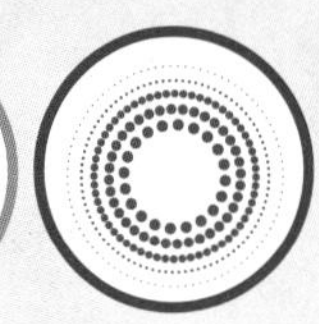

Both · he · and · she · are · at · home.

Chapter 2 啟動你的英語語感

4 蘋果和玫瑰花都是紅色的。

Both · apples · and · roses · are · red.

5 爸爸和媽媽都喜歡紅蘿蔔。

Both · Dad · and · Mom · like · carrots.

6 你和你的朋友們正在看電視。

Both · you · and · your · friends · are · watching · TV.

Practice！ 跟著說｜對等連接詞：or

★ 讓我們一起開口說說看吧！

1 茶或咖啡

tea・or・coffee

2 蘋果或柳橙

apples・or・oranges

3 一支手錶或一件裙子

a・watch・or・a・skirt

4 寒冷還是炎熱

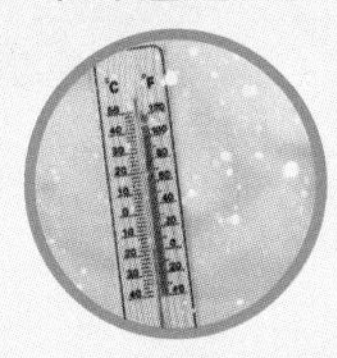  

cold・or・hot

GIVE IT A TRY

★請看以下的圖示，試著開口說出相對應的英語句。

1 Both • Mom • and • I • are • beautiful. 媽媽和我都很漂亮。
2 My • hero • is • old • but • healthy. 我的英雄年長，但健康。
3 The • girl • is • cute • and • young. 這個女孩可愛又年輕。
4 He • and • I • are • students. 他和我都是學生。

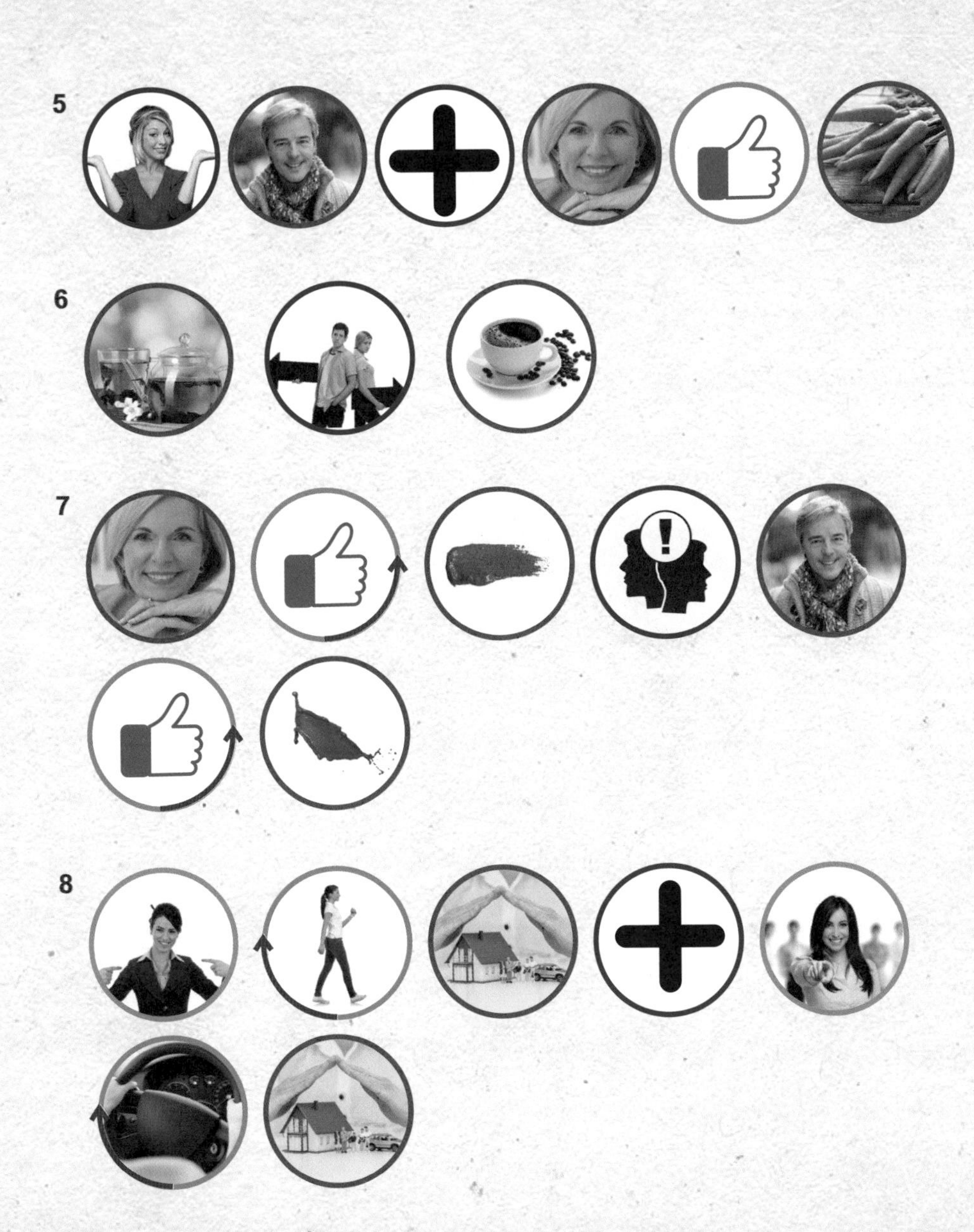

5 Both • Dad • and • Mom • like • carrots. 爸爸和媽媽都喜歡胡蘿蔔。

6 tea • or • coffee 茶或咖啡

7 Mom • likes • red, but • Dad • likes • blue. 媽媽喜歡紅色，但爸爸喜歡藍色。

8 I • walked • home • and • you • drove • home. 我走路回家，而你開車回家。

9 Mom • bought • a • chair • and • a • brush. 媽媽買了椅子和刷子。

10 Both • my • friends • and • I • are • doctors. 我朋友和我都是醫生。

11 a • watch • or • a • skirt 一支手錶或一件裙子

DAY 11

你（不）是愛我的

｜肯定句與否定句｜

最基礎的句子：肯定句

「肯定句」是一種用來表達對事物做出「正面肯定」判斷的句子。所謂肯定，就是對事物的存在和真實性予以正面的承認，或經過判斷表示贊成，或對問題作出肯定的、明確的答覆，例如：「我的個子很高。」或是「今天的天氣太好了！」，這兩句話都使用了「肯定語氣」的詞語，皆屬於「肯定句」。而「肯定句」也是所有英語句的基礎，打好「肯定句」的基礎後，進而學習「否定句」與「疑問句」。

1. 我是一位老師。

I am a teacher

2. 他開車去上班。

He drives to work

3. 賈思敏（人名）做了三明治。

Jasmine did the sandwiches

表示否定意味的句子：否定句

「否定句」是一種用來表達否認、抵觸、反駁、拒絕、反對……等的陳述。「否定句」通常要使用否定語氣的詞語，像是：「不」、「未」、「無」、「非」、「別」、「沒有」……等相關字彙，也就是在英語句中會出現否定字眼「not」。

「be 動詞 + not」

「is / am / are（現在式 be 動詞）」及「was / were（過去式 be 動詞）」加上「not（否定詞）」，即形成「否定語句」。

1. 我不是一位老師。

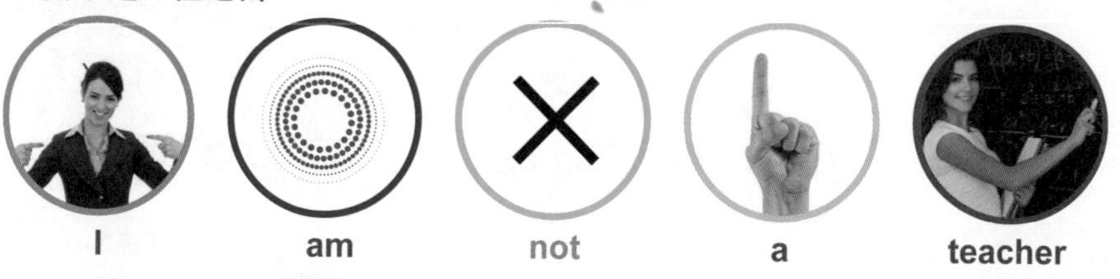

★「am not」無法縮寫，請勿縮寫成「amn't」。

2. 你不是一位護士。

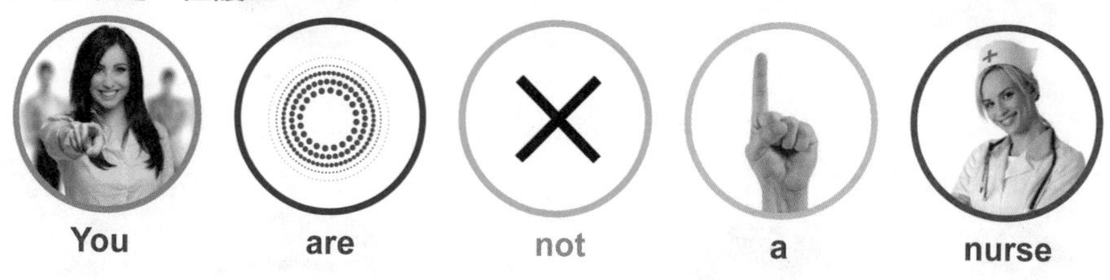

★「are not」可以縮寫成「aren't」。

3. 她以前不是一名醫生。

★「was not」可以縮寫成「wasn't」。

「do / does + not + 原形動詞」

「do / does（現在式助動詞）」若加上「not（否定詞）」時，後方所接上的動詞要為「原形動詞」。「原形動詞」也就是動詞不做任何變化，不加上「-s / -es / -ies」或「-d / -ed / -ied」……等。

1. 我不喝咖啡。

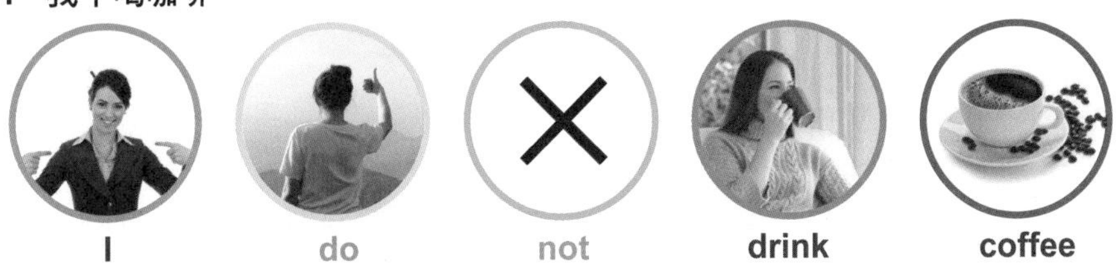

★「do not」可以縮寫成「don't」。

2. 她不是開車去上班。

★「does not」可以縮寫成「doesn't」。

Chapter 2 啟動你的英語語感

「did + not + 原形動詞」

「did（過去式助動詞）」加上「not」，其後方的動詞也要以「原形動詞」為主，不能做任何變化，即可形成否定語句。

1. 我沒有去游泳。

★「did not」可以縮寫成「didn't」。

2. 媽媽沒有刷牙。

「否定句」的縮寫

口語的用法通常愈簡單愈容易清楚明瞭，讓對方能輕鬆地接收到正確的訊息，所以，也常會遇到把較長的會話句精簡成簡單扼要的句子，想讓句子更為簡潔有力，不妨先從「否定句」的縮寫開始。

「is」為「現在式 be 動詞」，若要使用「否定句型」，在「is」後方加上「not」，即可形成「否定」語句；「isn't」通常會與第三人稱單數：「he（他）/ she（她）/ it（它，牠）/ name（名字）」或「單數名詞」搭配使用。

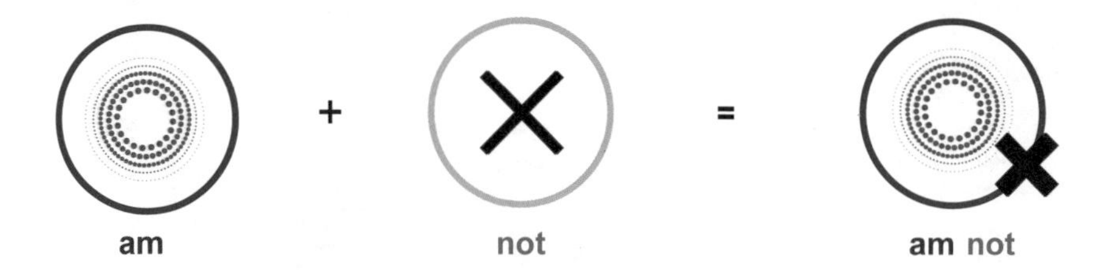

「am」為「現在式 be 動詞」，若要使用「否定句型」，在「am」後方加上「not」，即可形成「否定」語句，要特別留意的是，唯有「am not」沒有縮寫，千萬不能將「am not」合併寫成「amn't」喔！

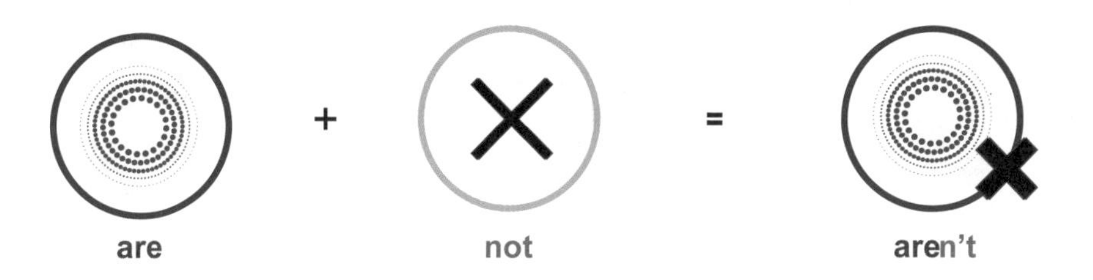

「are」為「現在式 be 動詞」，若要使用「否定句型」，在「are」後方加上「not」，即可形成「否定」語句；「aren't」通常會與第一人稱複數：「we（我們）」、第二人稱：「you（你，你們）」、第三人稱複數：「they（他們）」或「複數名詞」搭配使用。

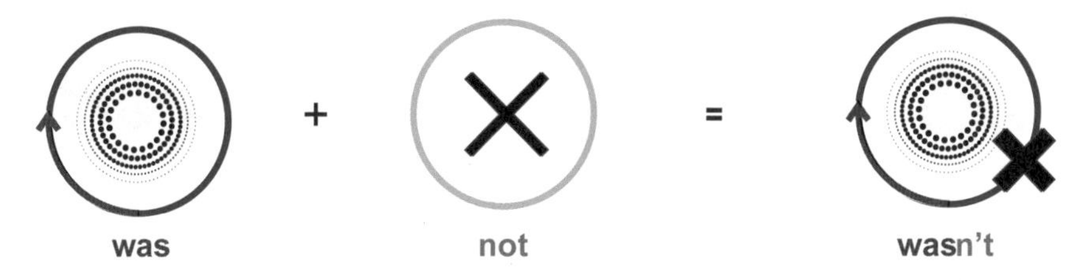

「was」為「過去式 be 動詞」，若要使用「否定句型」，在「was」後方加上「not」，即可形成「否定」語句；「wasn't」通常會與第三人稱單數：「he（他）/ she（她）/ it（它，牠）/ name（名字）」或「單數名詞」搭配使用。

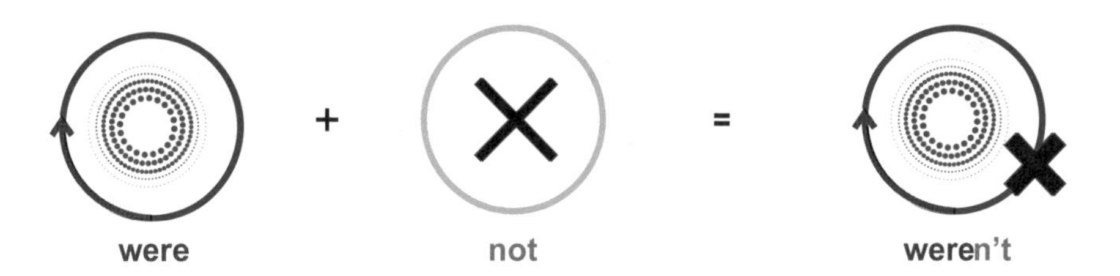

「were」為「過去式 be 動詞」，若要使用「否定句型」，在「were」後方加上「not」，即可形成「否定」語句；「weren't」通常會與第一人稱複數：「we（我們）」、第二人稱：「you（你，你們）」、第三人稱複數：「they（他們）」或「複數名詞」搭配使用。

「do」為「現在式助動詞」，若要使用「否定句型」，在「do」後方加上「not」，即可形成「否定」語句，其句型為：「don't + 原形動詞」，通常會與第一人稱：「I（我）/ we（我們）/ you（你，你們）/ they（他們）」及「複數名詞」搭配使用。

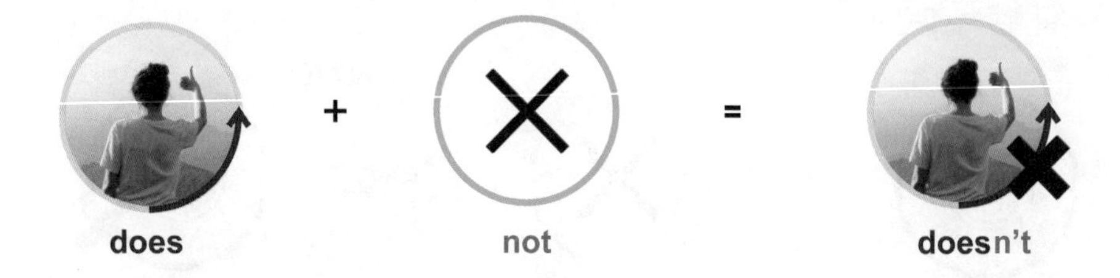

「does」為「現在式助動詞」，若要使用「否定句型」，在「does」後方加上「not」，即可形成「否定」語句，其句型為：「doesn't + 原形動詞」，通常會與第三人稱單數：「he（他）/ she（她）/ it（它，牠）/ name（名字）」或「單數名詞」搭配使用。

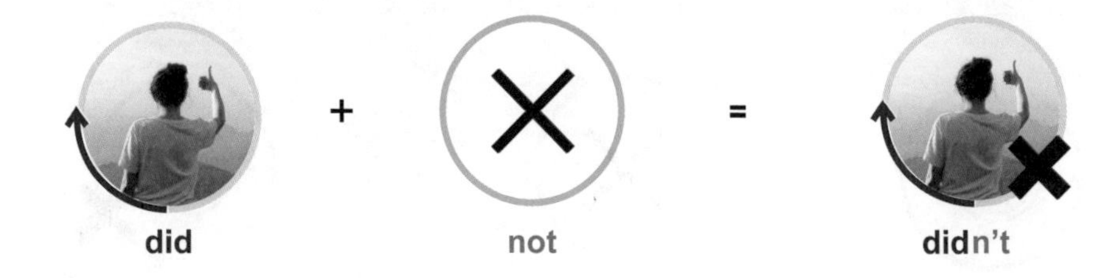

「did」為「過去式助動詞」，若要使用「否定句型」，在「did」後方加上「not」，即可形成「否定」語句，其句型為：「didn't + 原形動詞」，通常會與第一、二、三人稱及「單、複數名詞」搭配使用。綜合以上所學習到的「否定句」縮寫，不妨試著開口說說看，讓原本較為冗長的會話句，瞬間精簡成較為簡潔的句子，多加反覆練習，讓「否定句」縮寫深深烙印於腦海中。

Practice! 跟著說｜肯定句：現在式 be 動詞

★ 讓我們一起開口說說看吧！

1 我是一位醫生。

 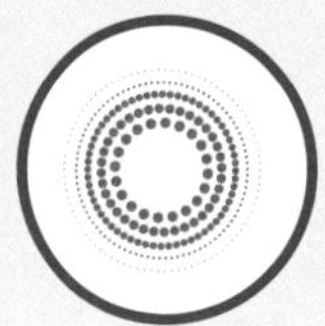  

I・am・a・doctor.

2 你是一位護士。

 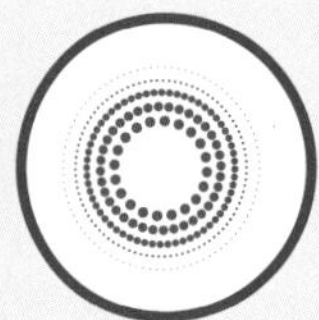  

You・are・a・nurse.

3 媽媽是一位老師。

Mom・is・a・teacher.

4 他是一名消防員。

 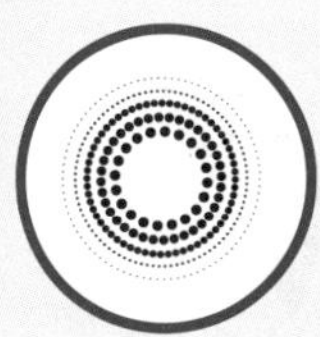  

He・is・a・firefighter.

5 我們是開心的。

 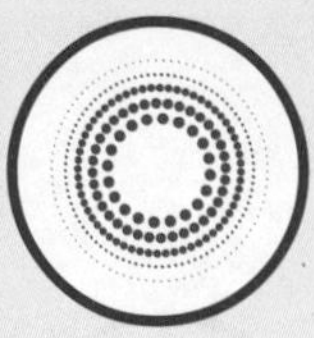 

We · are · happy.

6 你們是強壯的。

 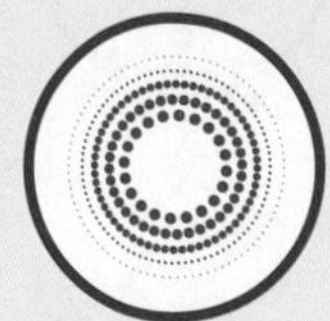 

You · are · strong.

7 他們是英俊的。

 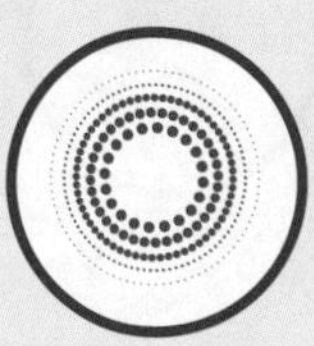 

They · are · handsome.

8 這些柳橙是黃色的。

  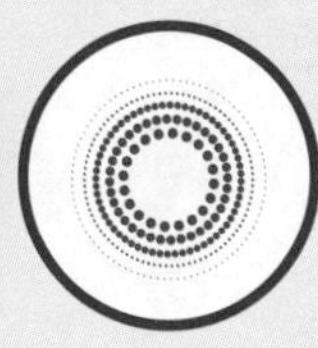 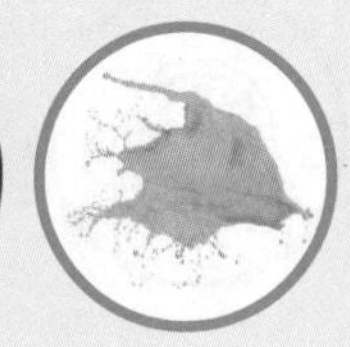

These · oranges · are · yellow.

9 那些狗是可愛的。

  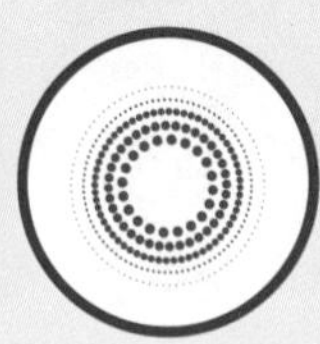 

Those · dogs · are · cute.

Practice! 跟著說｜肯定句：現在進行式

★ 讓我們一起開口說說看吧！

1 我正在工作。

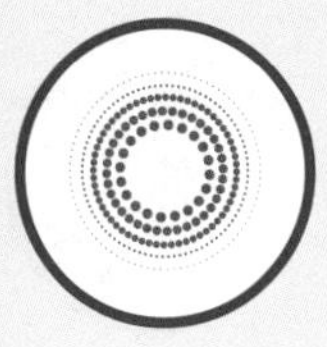

I · am · working.

2 你正在打籃球。

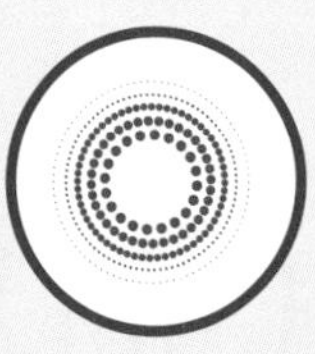

You · are · playing · basketball.

3 他們正在跳躍。

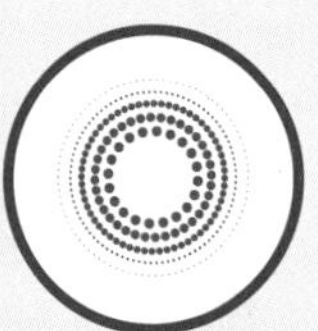

They · are · jumping.

4 媽媽正在煮飯。

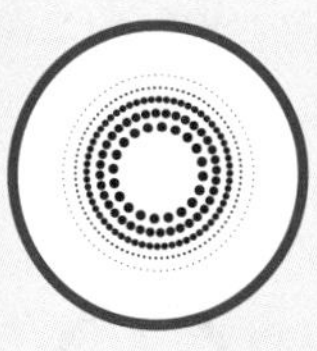

Mom · is · cooking.

5 爸爸正在看書。

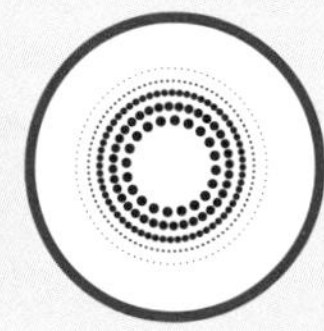

Dad · is · reading · a · book.

Practice！ 跟著說｜肯定句：過去式 be 動詞

★ 讓我們一起開口說說看吧！

1 你以前是一位老師。

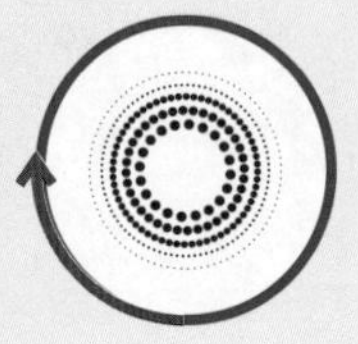

You · were · a · teacher.

2 她以前是一位護士。

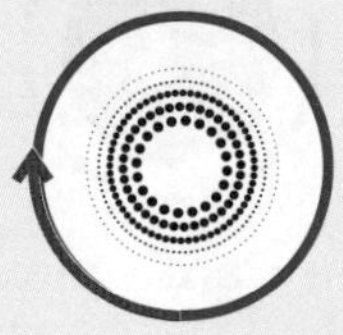

She · was · a · nurse.

3 我們昨天是生氣的。

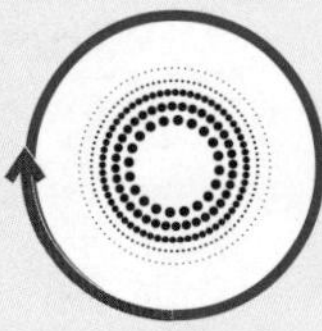

We · were · angry · yesterday.

4 他們以前是年輕的。

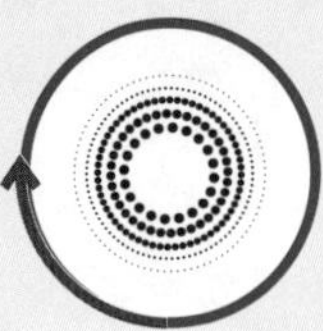

They · were · young · before.

Practice! 跟著說｜肯定句：過去進行式

★ 讓我們一起開口說說看吧！

1 我那時候正在走路。

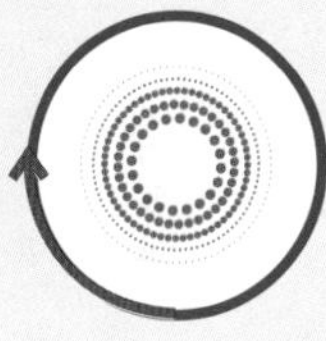

I・was・walking.

2 你那時候正在打電話。

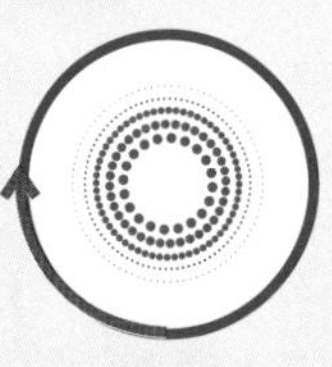

You・were・calling.

3 媽媽那時候正在寫信。

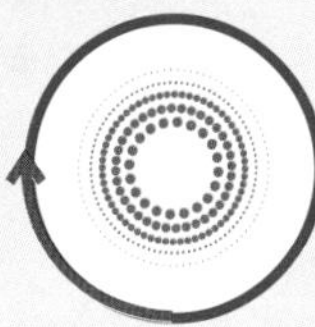
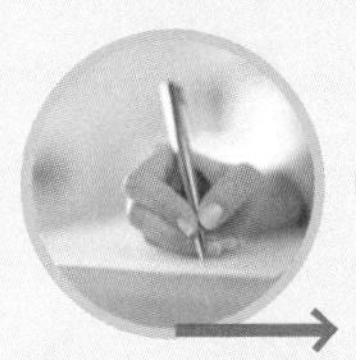

Mom・was・writing・a・letter.

4 他那時候正在看電視。

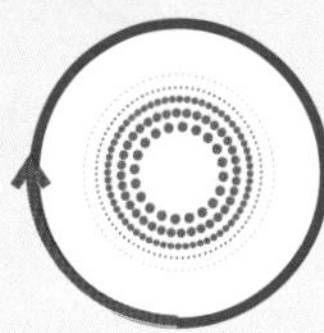

He・was・watching・TV.

5 你們那時候正在打棒球。

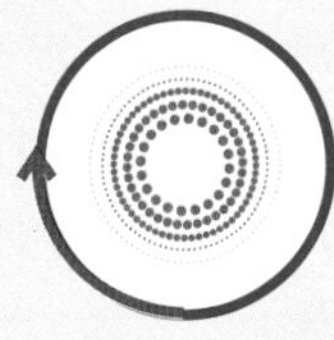

You・were・playing・baseball.

Practice！ 跟著說｜否定句：現在式 be 動詞

★ 讓我們一起開口說說看吧！

1 我不是老師。

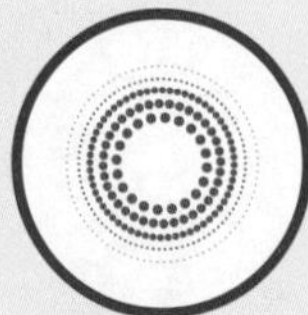

I · am · not · a · teacher.

2 你不是護士。

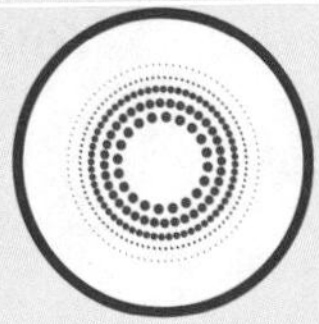

You · are · not · a · nurse.

3 這些柳橙不是紅色的。

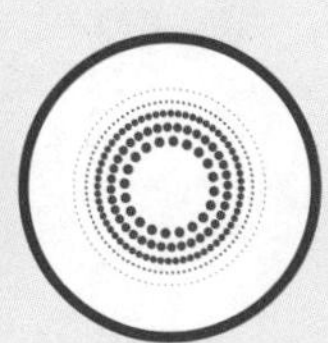

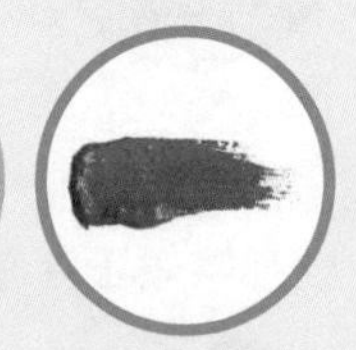

These · oranges · are · not · red.

4 這支錶不是我的。

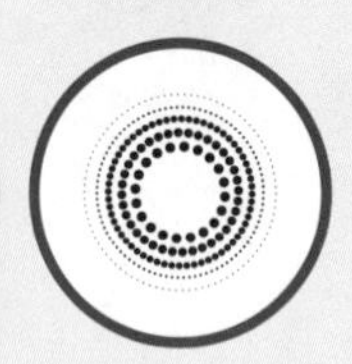

This · watch · is · not · mine.

5 小狗不在這裡。

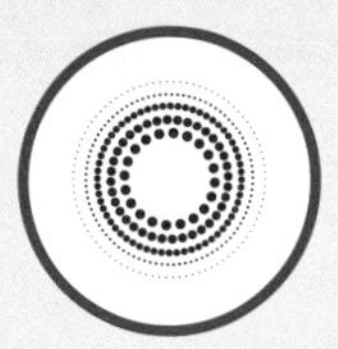

The · dog · is · not · here.

6 我們不是強壯的。

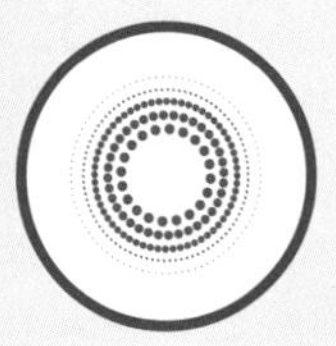

We · are · not · strong.

7 媽媽不是苗條的。

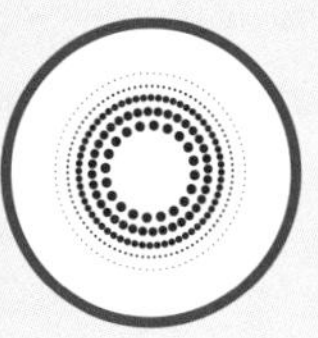

Mom · is · not · slender.

8 這本書不是你的。

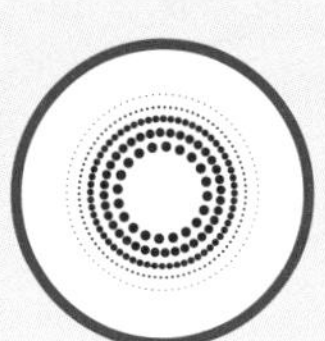

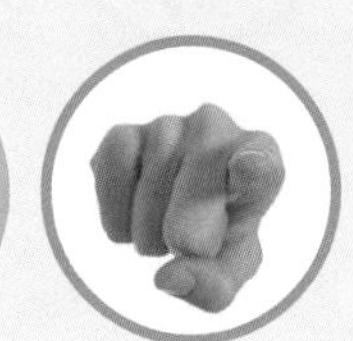

This · book · is · not · yours.

9 這枝鉛筆不是我的禮物。

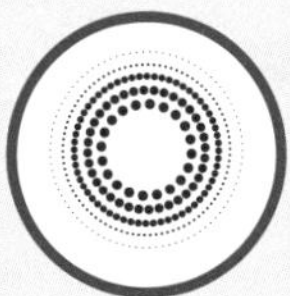

The · pencil · is · not · my · present.

Practice！ 跟著說｜否定句：現在進行式

★ 讓我們一起開口說說看吧！

1 我沒有正在跑步。

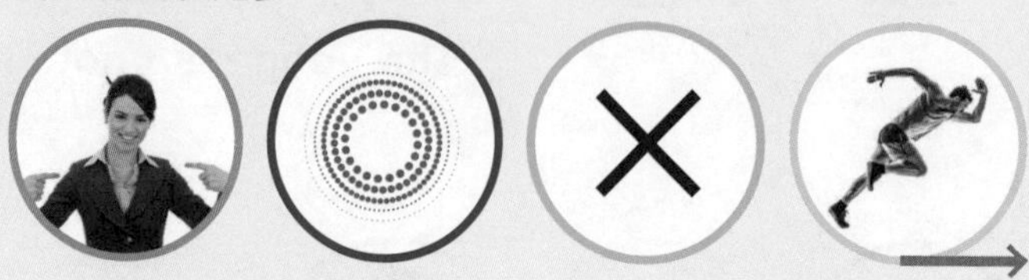

I · am · not · running.

2 你沒有正在洗碗。

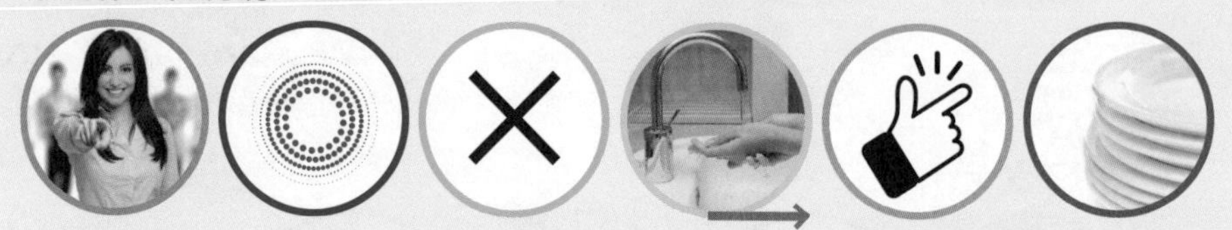

You · are · not · washing · the · dishes.

3 他們沒有正在讀英文。

They · are · not · studying · English.

4 媽媽沒有正在洗衣服。

Mom · is · not · doing · the · laundry.

Practice！ 跟著說｜否定句：過去式 be 動詞

★ 讓我們一起開口說說看吧！

1 我之前不是藝術家。

 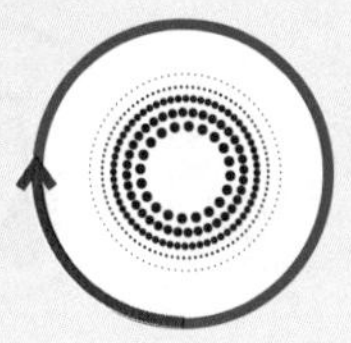   

I・was・not・an・artist.

2 你之前不是消防員。

 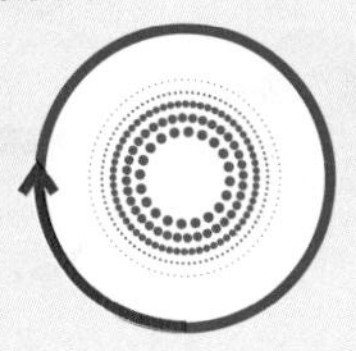   

You・were・not・a・firefighter.

3 我的朋友們之前不是學生。

  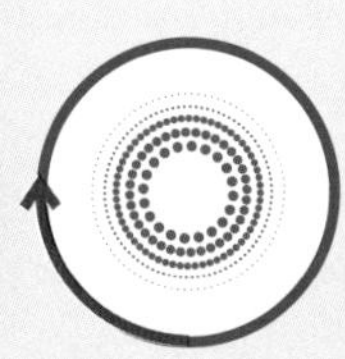  

My・friends・were・not・students.

4 爸爸昨天沒有在家。

 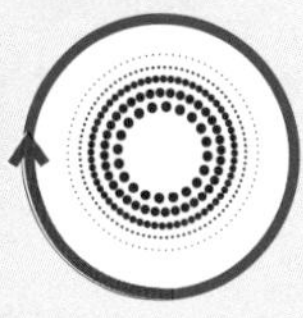    

Dad・was・not・at・home・yesterday.

Chapter 2 啟動你的英語語感

Practice! 跟著說｜否定句：過去進行式

★ 讓我們一起開口說說看吧！

1 我沒有在彈吉他。

I・was・not・playing・the・guitar.

2 你沒有在聽音樂。

You・were・not・listening・to・the・music.

3 他們沒有在看電視。

They・were・not・watching・TV.

4 媽媽沒有在洗碗。

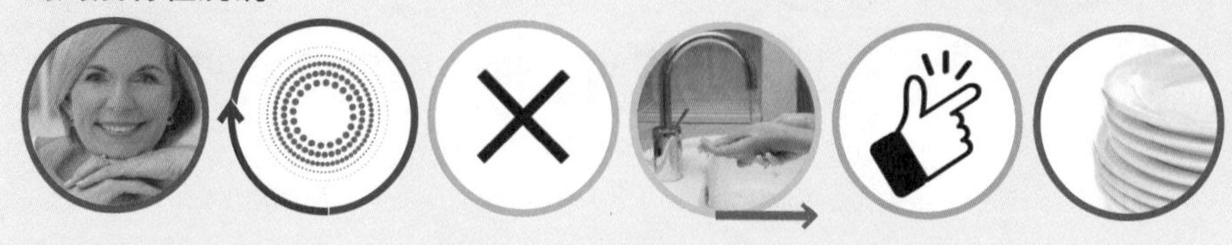

Mom・was・not・washing・the・dishes.

Practice！ 跟著說｜否定句：助動詞 do

★ 讓我們一起開口說說看吧！

1 我不喝咖啡。

I · do · not · drink · coffee.

2 我不是走路去上學。

I · do · not · walk · to · school.

3 你不吃胡蘿蔔。

You · do · not · eat · carrots.

4 你不喜歡鳳梨。

You · do · not · like · pineapples.

5 我們不踢足球。

We · do · not · play · soccer.

6 我們不彈鋼琴。

We · do · not · play · the · piano.

7 他們不讀英語。

They · do · not · study · English.

8 他們不看電視。

They · do · not · watch · TV.

Practice! 跟著說｜否定句：助動詞 does

★ 讓我們一起開口說說看吧！

1 他不喜歡番茄。

He・does・not・like・tomatoes.

2 牠不喜歡這顆球。

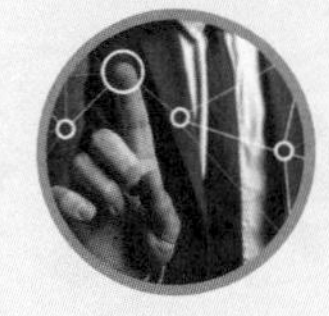     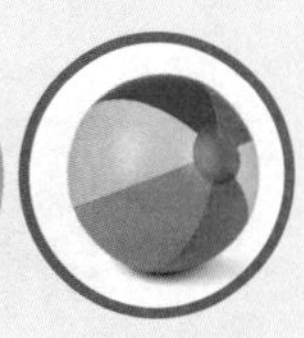

It・does・not・like・the・ball.

3 媽媽沒有修理這扇門。

   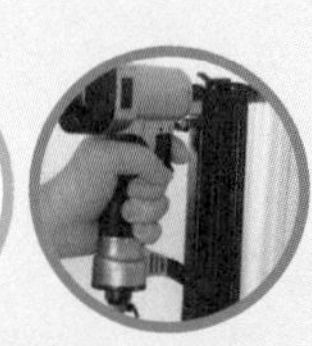  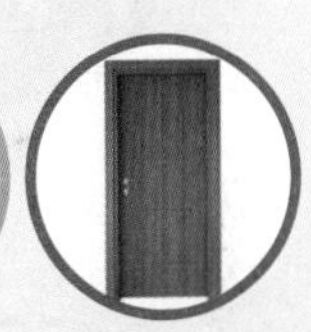

Mom・does・not・fix・the・door.

4 賈思敏（名字）不彈鋼琴。

Jasmine・does・not・play・the・piano.

Practice! 跟著說｜否定句：助動詞 did

★ 讓我們一起開口說說看吧！

1 我們不打籃球。

We・did・not・play・basketball.

2 他們沒有去派對。

They・did・not・go・to・the・party.

3 賈思敏（人名）沒有讀英語。

Jasmine・did・not・study・English.

4 爸爸沒有打開窗戶。

Dad・did・not・open・the・window.

GIVE IT A TRY

★ 請看以下的圖示，試著開口說出相對應的英語句。

1 It • does • not • like • the • ball. 牠不喜歡這顆球。

2 We • do • not • play • soccer. 我們不踢足球。

3 You • were • not • listening • to • the • music. 你沒有在聽音樂。

4 I • am • not • running. 我沒有正在跑步。

5 We • are • not • strong. 我們不是強壯的。

6 I • am • not • a • teacher. 我不是老師。

7 He • does • not • like • tomatoes. 他不喜歡番茄。

8 Dad • did • not • open • the • window. 爸爸沒有打開窗戶。

9 Mom • is • a • teacher. 媽媽是一位老師。

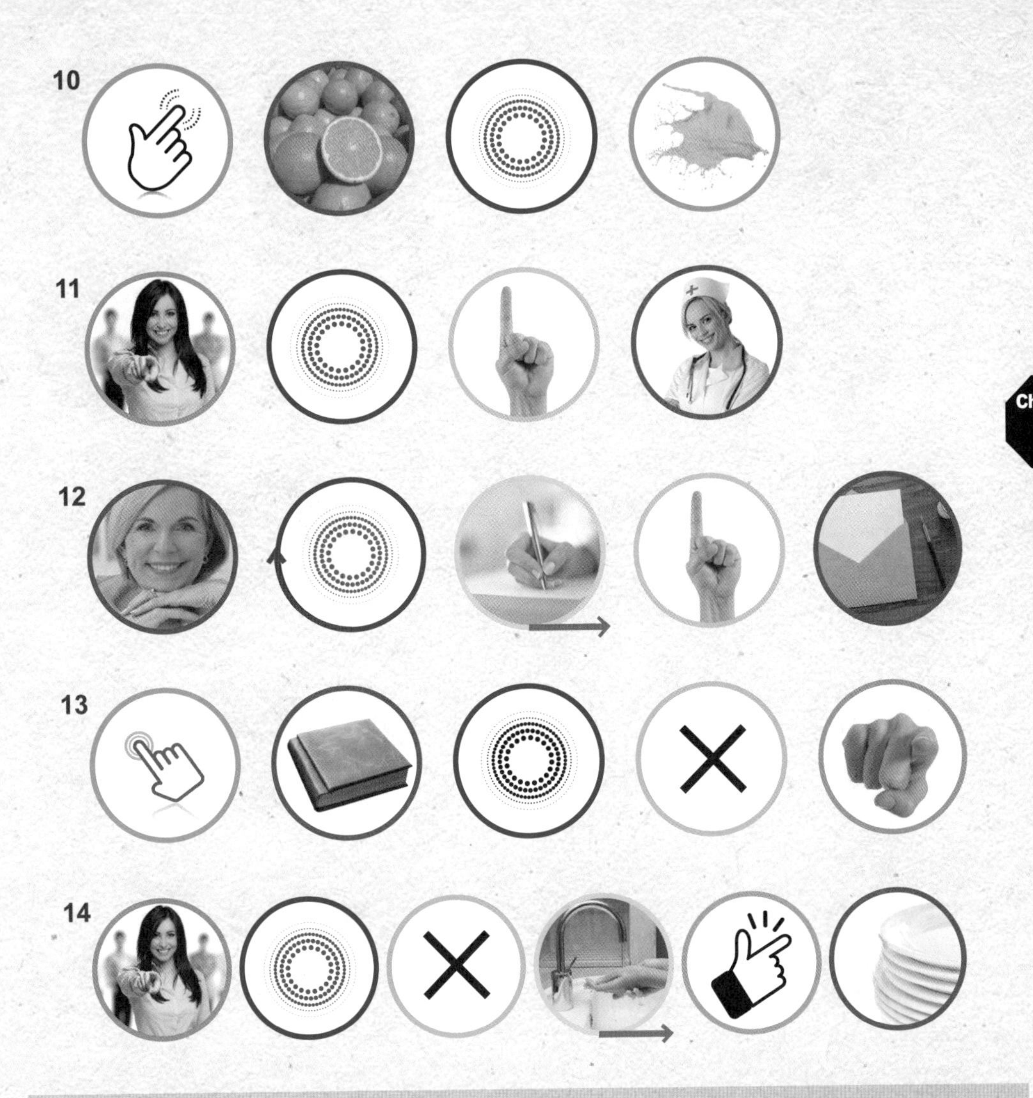

10 These • oranges • are • yellow. 這些柳橙是黃色的。

11 You • are • a • nurse. 你是一位護士。

12 Mom • was • writing • a • letter. 媽媽那時候正在寫信。

13 This • book • is • not • yours. 這本書不是你的。

14 You • are • not • washing • the • dishes. 你沒有正在洗碗。

15 Dad • was • not • at • home • yesterday.　爸爸昨天沒有在家。

16 You • do • not • eat • carrots.　你不吃胡蘿蔔。

17 Those • dogs • are • cute.　那些小狗是可愛的。

18 The • pencil • is • not • my • present.　這枝鉛筆不是我的禮物。

19 I • was • not • playing • the • guitar.　我沒有在彈吉他。

DAY 12

你還愛我「嗎」？

｜疑問句｜

表示詢問的「疑問句」

「疑問句」是指用來發問或詢問的問句，所以句尾一定會以「？（問號）」結尾，例如：「你今天開心嗎？」或「今天的天氣好嗎？」，這類的英語句都是「詢問語氣」，皆屬「疑問句」，而「疑問句」基本上分為兩大類，以下我們依序來介紹。

Chapter 2 啟動你的英語語感

Yes / No 問句

「疑問句」的第一類型是：問話者想要知道對方的回答是「Yes（同意）」或「No（不同意）」，故我們稱之為「Yes / No 問句」。「Yes / No 問句」會運用到我們之前學過的「be 動詞」和「助動詞」，並一律將「be 動詞」和「助動詞」置於句首。

1. 你是一名護士嗎？

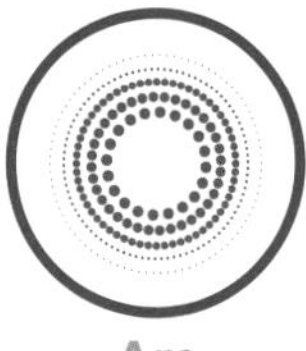
Are

you

a

nurse

?

2. 我是一名老師嗎？

Am

I

a

teacher

?

3. 她以前是一位醫生嗎？

4. 他們以前是朋友嗎？

5. 我要開車去上班嗎？

★此句由「do（助動詞）」為首，故後方的「drive（動詞）」使用「原形」。

6. 她要去公園嗎？

★此句由「does（助動詞）」為首，故後方的「go（動詞）」使用「原形」。

7. 他吃過早餐了嗎？

Did　he　eat　**breakfast**　?

★ 要詢問「過去式」的事情時，疑問句用「did（助動詞）」為首，後方的「eat（動詞）」使用「原形」。

Wh- 問句

第二類的問句是：問話者想要了解相關的人稱、內容、訊息、地點或位置……等詳細資訊，這類的問句通常以「疑問詞」：「Who（誰）」、「What（什麼）」、「Which（哪一個）」、「Where（哪裡）」、「When（何時）」、「Why（為什麼）」、「How（如何）」為首，故我們稱這一類的問句為「Wh- 問句」。記得若要詢問不同的資訊時，要用適當且正確的疑問詞來提問，回答時，也需要針對不同的「疑問詞」來回答，否則會發生文不對題的窘境喔！

1. 你是誰？

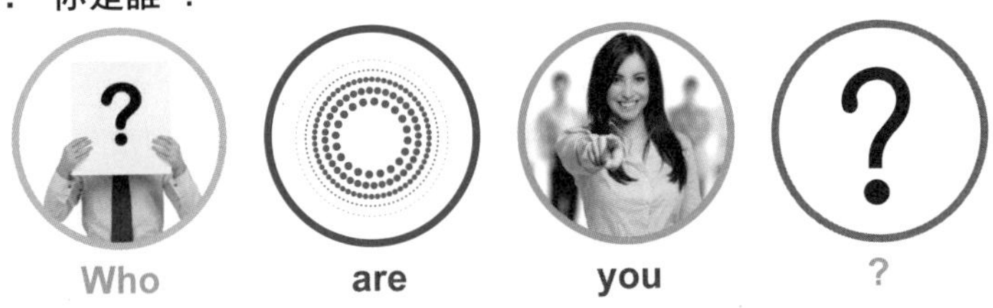

Who　**are**　**you**　?

此句用「who（疑問詞）」開頭，用以詢問「是誰，哪位」，通常要以「人名」或「人稱」來回答。其問句的句構為：「who（疑問詞）+ be 動詞 + 主詞」，記得要於句尾加上「？（問號）」。若是要詢問「地點」、「時間」或「原因」時，則不能用「who（疑問詞）」來詢問喔！應該要選擇合適的「疑問詞」來詢問相對應的問題，回答時，也切記要聽取對方詢問的「關鍵疑問詞」，來做相對應的回覆，否則對方會聽得一頭霧水，反而無法進行順暢的談話內容。

2. 你想要什麼？

3. 媽媽喜歡什麼？

此句使用「what（疑問詞）」開頭，用以詢問「什麼」，通常會以「事」或「物」來回答。其問句的句構為：「what（疑問詞）+ 助動詞 + 主詞 + 原形動詞」。

4. 你喜歡哪一個？

5. 賈思敏（人名）想要哪一個？

若詢問的事情有特定的範圍或某一對象時，則可以使用「which（疑問詞）」來開頭，通常會提供相關的選項供對方做選擇，「which」表示「哪一個」的意思，其問句的句構為：「which（疑問詞）+ 助動詞 + 主詞 + 原形動詞」。要特別留意，「which（疑問詞）」為首的問句必須針對句子中（或上下文中）所提及的選項做選擇。

6. 你在哪裡？

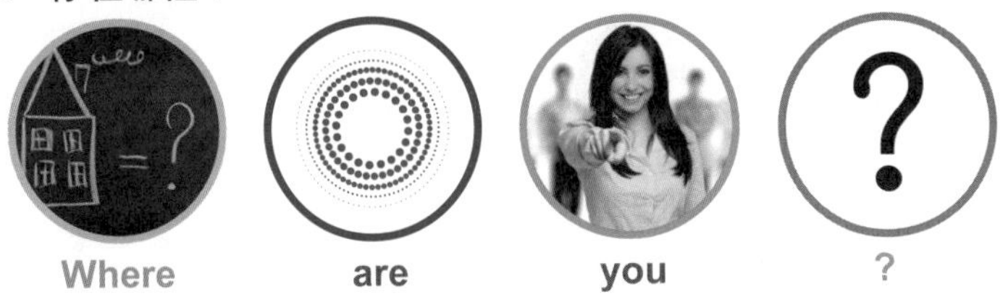

7. 狗在哪裡？

「where（疑問詞）」為首，用來表示「（往，從）哪裡」或「（在）什麼地方」，通常用以詢問「地點，場所」，其問句的句構為：「where（疑問詞）+ be 動詞 + 主詞」，最後於句尾加上「？（問號）」，形成「疑問句」。

8. 會議什麼時候開始？

9. 你的生日是什麼時候？

「when（疑問詞）」為首，表示「什麼時候，何時」的意思，通常用以詢問「時間」，其問句的句構為：「when（疑問詞）+ be 動詞 + 主詞」，回答時，記得要以「時間」來回覆，不可以回答「地點」或「人稱」喔！

10. 你為什麼在這裡？

11. 你為什麼遲到？

「why（疑問詞）」為首，用來表示「為何，為什麼」，用以詢問「原因」或「理由」，其問句的句構為：「why（疑問詞）+ be 動詞 + 主詞」。因為「why（疑問詞）」用以詢問「原因」，所以答句通常會出現「because（因為）」……等字眼。

12. 你最近如何？

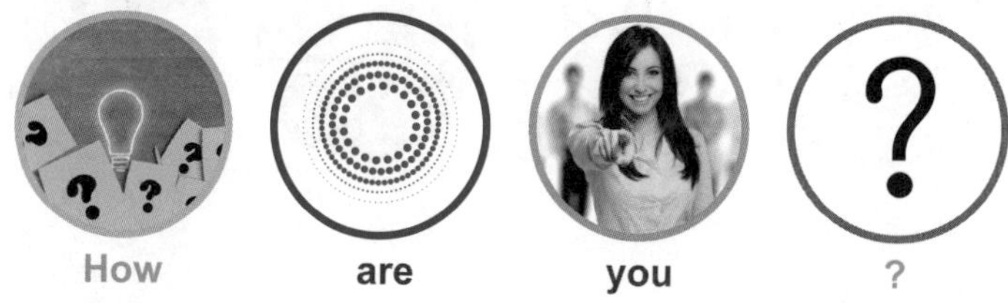

13. 你好嗎？

「how（疑問詞）」為首，用來表示「如何」，通常詢問「情況，方式，方法」，其問句的句構為：「how（疑問詞）+ be 動詞 + 主詞」，記得要於句尾打上「？（問號）」才算是一個完整的問句喔！

Practice！ 跟著說｜Yes / No 問句：現在式 be 動詞

★ 讓我們一起開口說說看吧！

1 他是警察嗎？

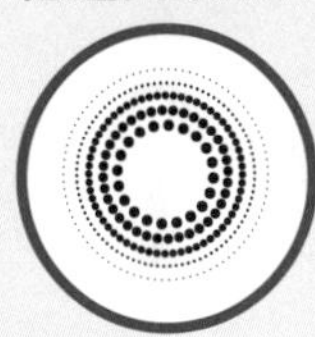    

Is · he · a · police officer · ?

2 爸爸是郵差嗎？

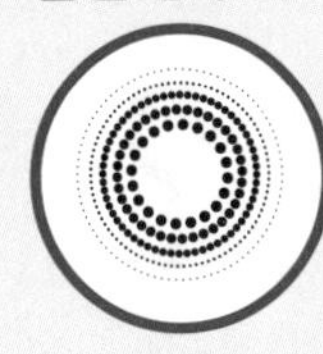    

Is · Dad · a · mailman · ?

3 你開心嗎？

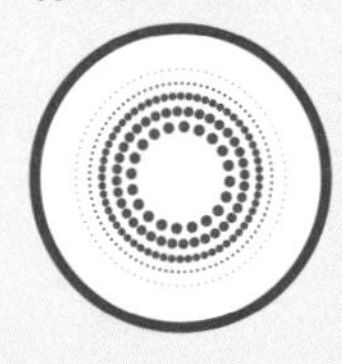   

Are · you · happy · ?

4 他們年輕嗎？

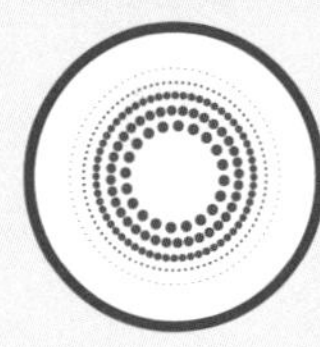   

Are · they · young · ?

Practice! 跟著說｜Yes / No 問句：過去式 be 動詞

★ 讓我們一起開口說說看吧！

1 我（以前）是老師嗎？

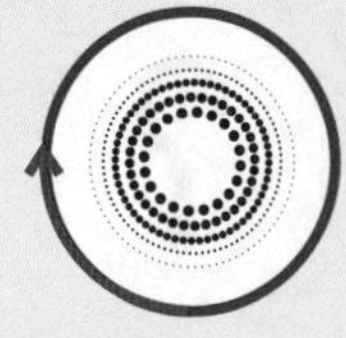    

Was・I・a・teacher・?

2 你（以前）是水手嗎？

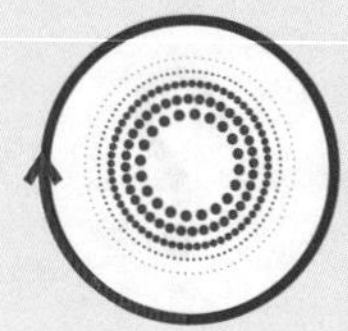    

Were・you・a・sailor・?

3 他（以前）是醫生嗎？

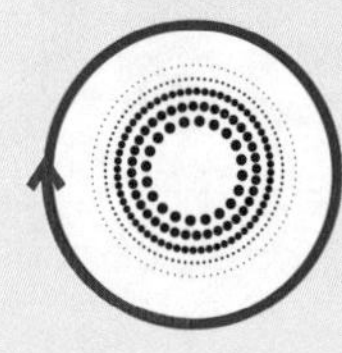    

Was・he・a・doctor・?

4 媽媽（以前）是會計師嗎？

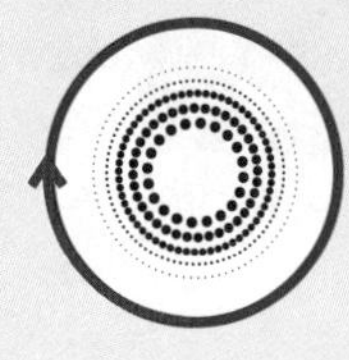    

Was・Mom・an・accountant・?

Practice！ 跟著說｜Yes / No 問句：助動詞 do

★ 讓我們一起開口說說看吧！

1 我有夢想嗎？

Do · I · have · a · dream · ?

2 你愛賈思敏（人名）嗎？

Do · you · love · Jasmine · ?

3 你早起嗎？

Do · you · get · up · early · ?

4 你喜歡小狗嗎？

Do · you · like · dogs · ?

5 他們有去工作嗎？

Do · they · go · to · work · ?

6 他們有讀英文嗎？

Do · they · study · English · ?

7 他們打棒球嗎？

Do · they · play · baseball · ?

8 你們很晚上床睡覺嗎？

Do · you · go · to · bed · late · ?

Practice！ 跟著說｜Yes / No 問句：助動詞 does

1 他吃牛肉嗎？

Does・he・eat・beef・?

2 她喝啤酒嗎？

Does・she・drink・beer・?

3 那女孩愛你嗎？

Does・the・girl・love・you・?

4 那男孩踢足球嗎？

Does・the・boy・play・soccer・?

5 媽媽吃早餐了嗎？

Does · Mom · eat · breakfast · ?

6 賈思敏（名字）教英文嗎？

Does · Jasmine · teach · English · ?

7 牠會接球嗎？

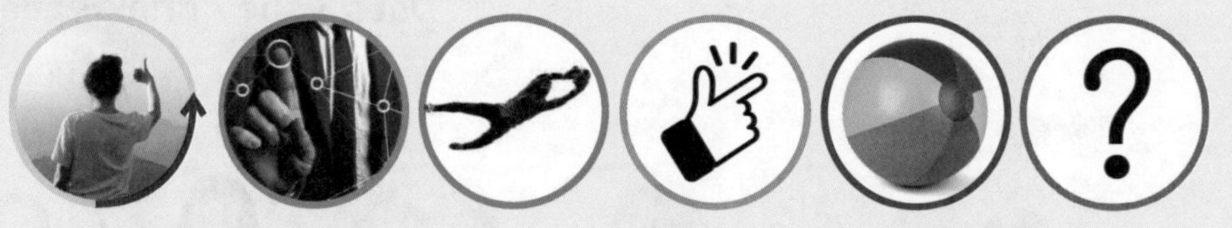

Does · it · catch · the · ball · ?

8 牠住在冰屋嗎？

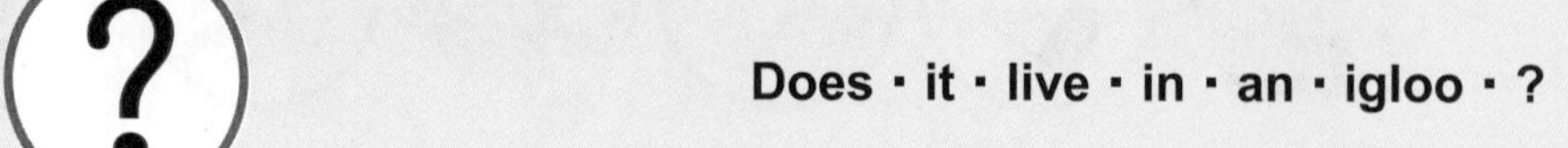

Does · it · live · in · an · igloo · ?

Practice! 跟著說｜Yes / No 問句：did

★ 讓我們一起開口說說看吧！

1 你吃過午餐了嗎？

Did・you・eat・lunch・?

2 你寫信了嗎？

  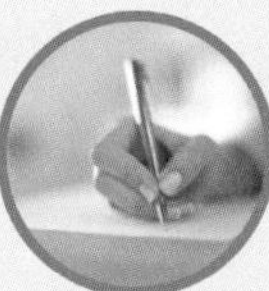   

Did・you・write・the・letter・?

3 我有關那扇門嗎？

Did・I・close・the・door・?

4 我有開那扇窗嗎？

Did・I・open・the・window・?

5 他愛過你嗎？

Did · he · love · you · ?

6 她有買那個包包嗎？

Did · she · buy · the · bag · ?

7 他們有聽音樂嗎？

Did · they · listen · to · the · music · ?

8 賈思敏（名字）都開車去上班嗎？

Did · Jasmine · drive · to · work · ?

Practice！ 跟著說｜Wh- 問句：who

★ 讓我們一起開口說說看吧！

1 你是誰？

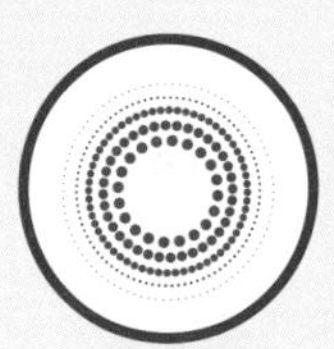

Who · are · you · ?

2 我是誰？

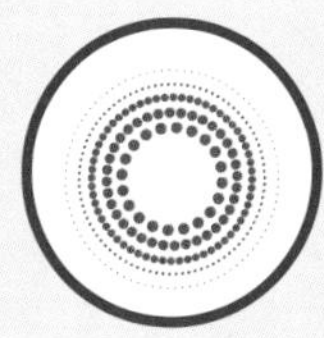

Who · am · I · ?

3 她是誰？

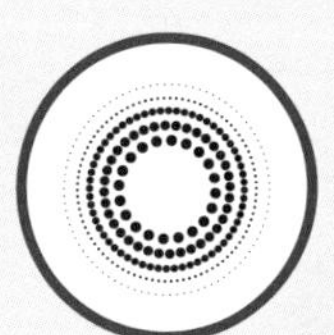

Who · is · she · ?

4 他是誰？

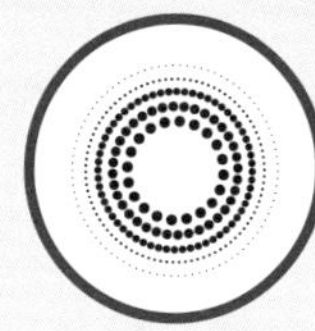

Who · is · he · ?

5 他們是誰？

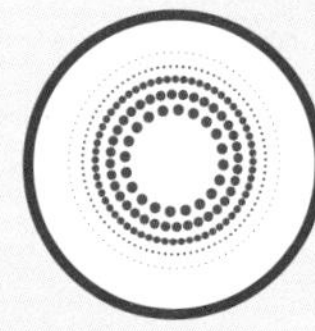

Who · are · they · ?

Practice！ 跟著說｜Wh- 問句：what

★ 讓我們一起開口說說看吧！

1 你在做什麼？

 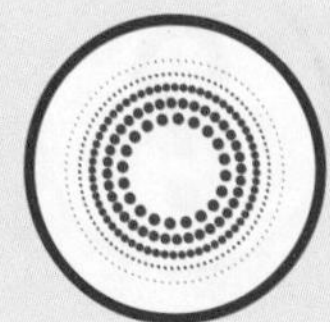   

What・are・you・doing・?

2 你喜歡什麼？

What・do・you・like・?

3 這個男孩想要什麼？

What・does・the・boy・want・?

4 他們在喝什麼？

 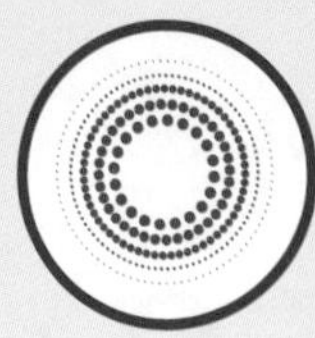   

What・are・they・drinking・?

Practice！ 跟著說 | Wh- 問句：which

★ 讓我們一起開口說說看吧！

1 你想要咖啡還是茶？

Which・do・you・want,・coffee・or・tea・?

2 他們喜歡棒球還是籃球？

Which・do・they・like,・baseball・or・basketball・?

3 他吃比薩還是義大利麵 ？

Which・does・he・eat,・pizza・or・pasta・?

Practice！跟著說 | Wh- 問句：where

★ 讓我們一起開口說說看吧！

1 你在哪裡？

 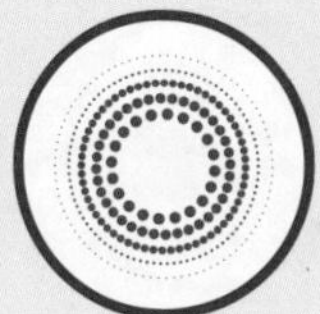  

Where · are · you · ?

2 他們要去哪裡？

 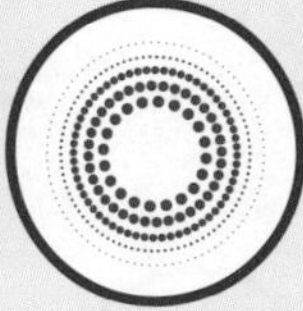   

Where · are · they · going · ?

3 小狗在哪裡？

 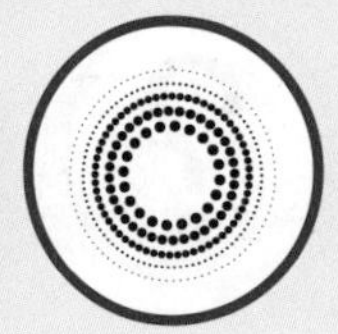   

Where · is · the · dog · ?

4 你住在哪裡？

   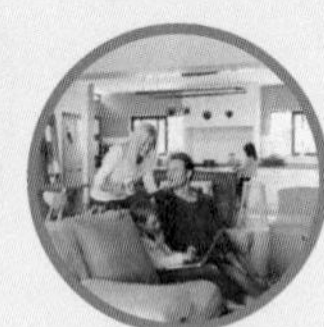 

Where · do · you · live · ?

Practice！ 跟著說｜Wh- 問句：when

★ 讓我們一起開口說說看吧！

1 你的生日是什麼時候？

 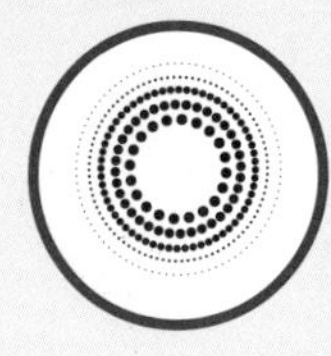   

When・is・your・birthday・?

2 會議是什麼時候？

 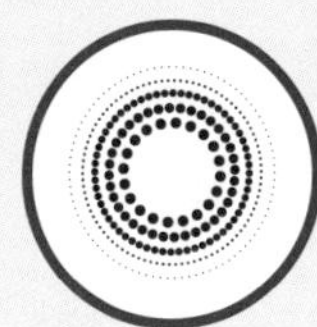   

When・is・the・meeting・?

3 聖誕節是什麼時候？

 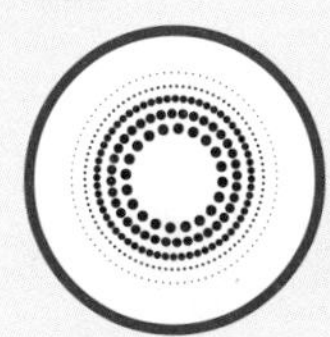  

When・is・Christmas・?

4 派對是什麼時候？

 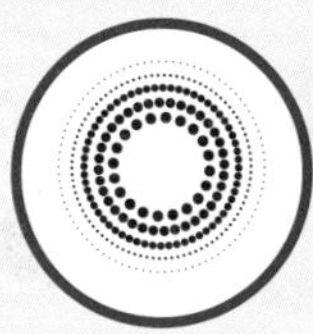   

When・is・the・party・?

Practice！ 跟著說 | Wh- 問句：why

★ 讓我們一起開口說說看吧！

1 你為什麼哭泣？

Why・did・you・cry・?

2 你為什麼會在這裡？

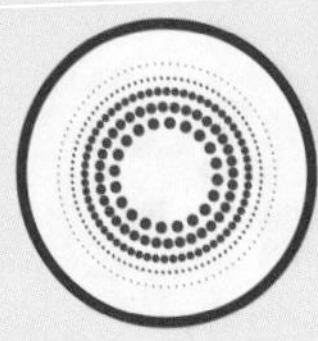

Why・are・you・here・?

3 他為什麼大笑？

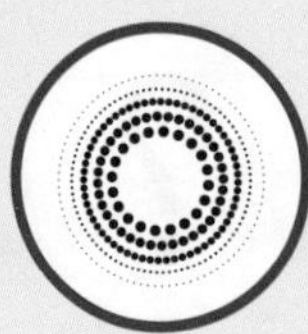

Why・is・he・laughing・?

4 她為什麼要買這個包包？

Why・did・she・buy・the・bag・?

Practice！ 跟著說｜Wh- 問句：how

★ 讓我們一起開口說說看吧！

1 你最近如何？

 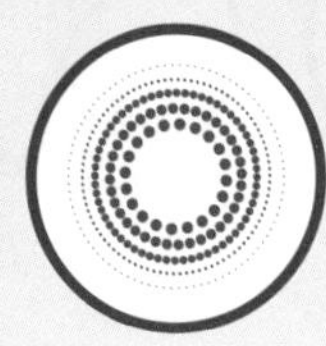  

How・are・you・?

2 這本書如何？

 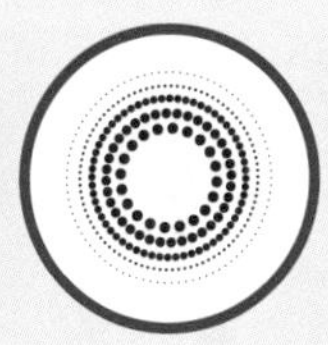   

How・is・the・book・?

3 你如何買到它的？

    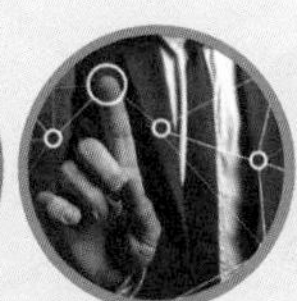 

How・did・you・buy・it・?

4 你幾歲呢？

  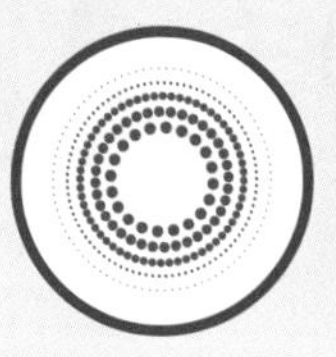  

How・old・are・you・?

GIVE IT A TRY

★ 請看以下的圖示，試著開口說出相對應的英語句。

1 Where・is・the・dog・? 小狗在哪裡？

2 Which・do・you・want,・coffee・or・tea・? 你想要咖啡還是茶？

3 What・are・you・doing・? 你在做什麼？

4 Who・am・I・? 我是誰？

5 Did • he • love • you • ? 他愛過你嗎？
6 Does • it • catch • the • ball • ? 牠會接球嗎？
7 Do • you • go • to • bed • late • ? 你們很晚上床睡覺嗎？
8 What • does • the • boy • want • ? 這個男孩想要什麼？

9 Why • did • she • buy • the • bag • ? 她為什麼要買這個包包？

10 Where • do • you • live • ? 你住在哪裡？

11 When • is • your • birthday • ? 你的生日是什麼時候？

12 How • did • you • buy • it • ? 你如何買到它的？

Chapter 3

零思考的對答如流

用英語分享你的大小事！

DAY 13

你好，很高與認識你！｜自我介紹｜

開啟會話的第一步：自我介紹

和外國的朋友見面時，該如何介紹自己呢？其實一點都不難，你可以先從禮貌性地問候對方開始，然後簡單介紹自己的職業和個性喜好，讓對方先了解你後，再反問對方，就能輕鬆了解彼此，讓彼此都留下好印象，以後想約對方出來就更簡單囉！要特別注意，以下都是在陳述事實，所以都用我們在 Day 3 學過的「現在簡單式」即可喔！用英文做自我介紹其實沒有你想像中的難，一起來開口練習以下的句子吧！

What is your name?
你叫什麼名字呢？

I'm Jasmine.
我是賈思敏。

I am a teacher.
我是一名老師。

Nice to meet you.
很高興認識你。

What do you do ?
你從事什麼職業呢？

1. 很高興認識你。

Nice　to　meet　you

初次認識時，這句是最簡單也是最常用的開頭招呼語，不論是對朋友、長輩或客戶都可以使用，沒有年齡級別之差。所以遇到新朋友時，第一句通常大家都會說：「Nice to meet you.」，也可以說：「Great to meet you.」或「So good to see you.」，這些都是表達很高興或很開心認識他人的意思喔！

2. 今天有什麼計劃呢？

What's　up　today　?

中國人最早是農業社會，比較貧困，所以一見了面喜歡用「吃飽了沒有？」、「吃過飯沒有？」來打招呼，只是打招呼用語，不一定是真的想知道你吃過了沒有。而在國外，通常見了面會說：「What's going on?（還好嗎？）」其實不一定是真正在問「有什麼事？」，只是在打招呼，還可以說「What's happening today? 」。

3. 你看起來很棒。

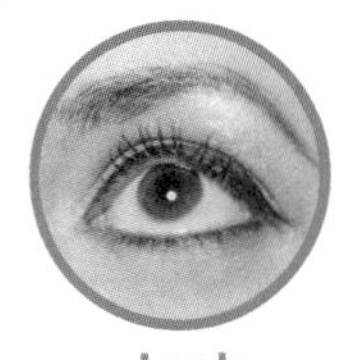

You　look　great

根據美國人的習慣，見到朋友時，他們會說：「You look + 形容詞」，而其中最常用的一句話，就是「You look great.」 也因為他們天天說，所以類似的說法就很多，像你也可以說：「You look cool.」、「You look marvelous.」或「You look fabulous.」。

4. 我的名字是賈斯敏。

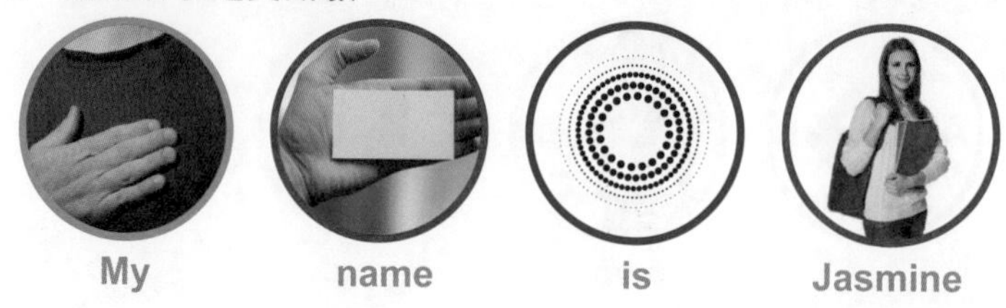

要介紹自己的名字時，這句話是最正式又常見的用法，也是書寫時最常用的語句。其中，最後「Jasmine（名字）」的部分可以代換為自己的英文名字來做練習，變成：「My name is + 自己的英文名字」，這樣對方就知道該如何稱呼你囉！

5. 我是賈斯敏。

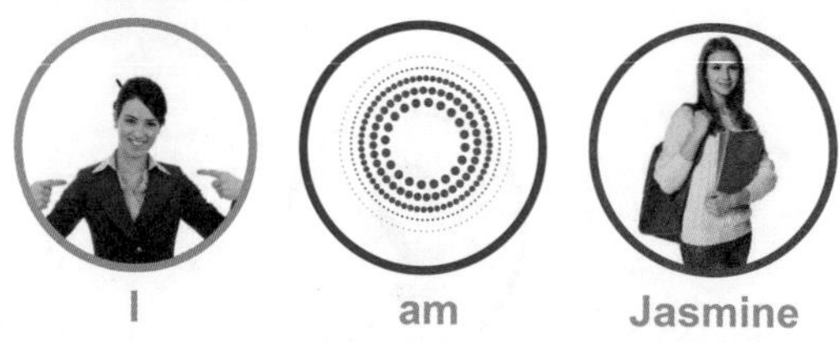

上一句是介紹自己名字時最正式的用法，但是英文口語中較少使用那麼嚴肅的口吻。與人交談時，較常用「I am + 名字」，也可以更輕鬆一點地說「I'm + 名字」，聽起來會較為自然不造作。要特別留意，自我介紹的時候，記得要把名字說得慢一點、清楚一些，這樣對方才會記得你的名字唷！

6. 我來自台灣的台北。

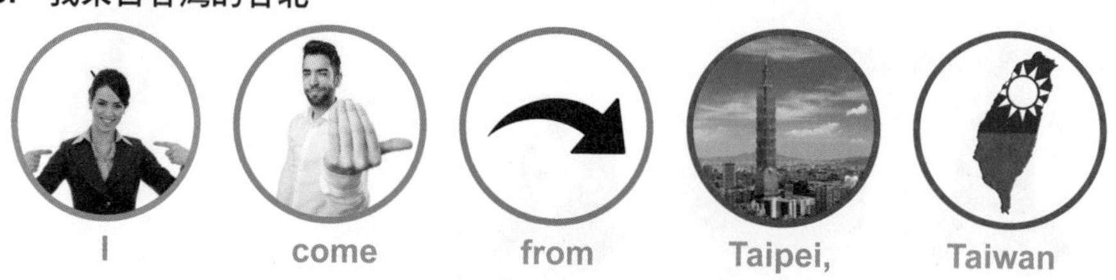

自我介紹時，很容易談到自己是來自哪裡，最正式的說法是：「I come from + 城市名／國名」，也可以像這句一樣，先說城市的名稱，再打逗號並加上國家的名稱，從地方範圍由小到大說明，會讓聽者更加清楚明瞭喔！這句地名的部分可以代換為「自己的故鄉」，讓對方知曉你的生長背景。

7. 我來自台灣的台北。

「I come from Taipei, Taiwan.」屬於正式書寫的用法，而在英語口說中，我們可以直接説：「I'm from + 城市名／國名」就可以囉！要特別注意，「地名和國家名稱」跟人名一樣很多人可能都是第一次接觸，不是很熟悉，所以自我介紹時，記得要把地名和國家名稱講得慢一點，並清楚些才較為有禮貌唷！

8. 我是一位老師。

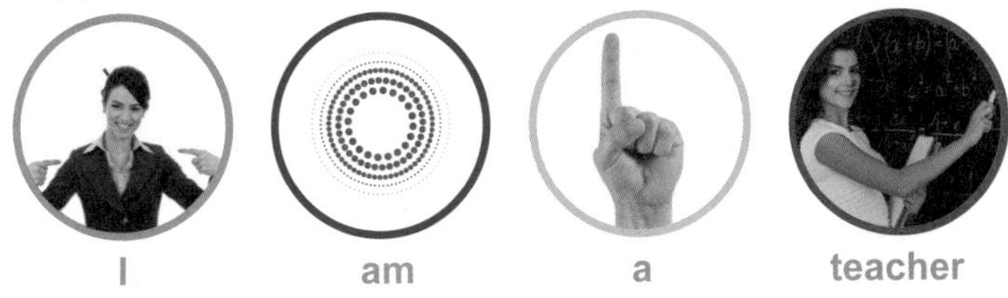

向對方自我介紹時，除了姓名和國籍，再來最重要的就是職業，能讓對方透過你的職業來加深對你的印象！運用我們在 Day 3 學的「現在簡單式」，直接說「I'm + a + 職業名稱」就可以囉！而此句的「teacher（職業）」可以代換為「自己的職業」，讓對方知曉你從事什麼工作，後方會列舉各行各業的説法喔！

9. 我喜愛教導學生們。

介紹完自己的職業後，可以根據你自己對於本身職業的感受，或是為何會從事這個職業來加以補充説明，不僅能讓對方更了解你，也能因此而加深對你的印象。而此句「teaching students」可以代換為「熱愛該職業的原因或理由」。要特別留意，「love（動詞）」後方，可以接動名詞或名詞。

10. 我的嗜好是游泳。

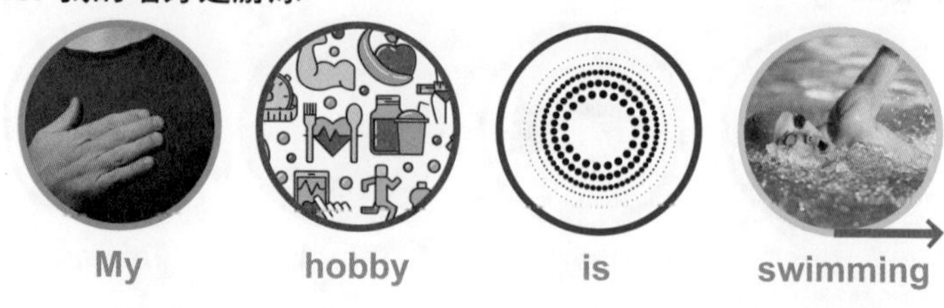

除了正式的職業和相關喜好，自己本身的休閒嗜好，也是彼此分享的好話題。此句的「swimming（游泳）」可以代換為「自己的嗜好」，可以是「動詞 -ing（動名詞）」或直接加上名詞。而「hobby（嗜好）」比較偏向有時間會從事的活動或者業餘愛好，像是喜歡做手工藝或園藝……等，這類的相關字眼就與「hobby」有關。

11. 我喜歡看電影。

想表達你的興趣是什麼很簡單！更輕鬆的口語表達方式，就直接說：「I like + 喜歡從事的活動」，而「like（喜歡）」後方可以接「to + 動詞（= 不定詞）」或「動詞 -ing（動名詞）」，不過在口語中「I like + 動詞 -ing」較為常見。你還可以說：「I like traveling.（我喜歡旅行）」。

12. 我喜歡吃蘋果和番茄。

除了表達喜歡從事的休閒活動，還能與對方分享你喜歡吃的食物、蔬菜或水果喔！直接用「I like + A (and B)」的句型就可以囉！其中，若喜歡的事物不只一樣的時候，可以用我們在 Day 10 學過的「and（連接詞）」來把名詞串聯起來喔！

13. 你叫什麼名字呢？

介紹完自己之後，想了解對方時，接下來就可以運用我們在 Day 12 學過的「疑問句」來提問。最為基本的便是詢問他人名字，此時要使用「what（疑問詞）」帶出來的句型：「What + be 動詞 + 所有格 + 名詞」。

14. 你從事什麼職業呢？

這句話可以用來詢問「對方的職業、工作」，要特別留意，不能直接說：「What's your job?」，因為如果你談話的對象才剛失業，如此直接的問法會讓對方有失面子，所以，最有禮貌的提問方式為：「Are you working at the moment?（目前你仍在上班嗎？）」，接下來再問：「What do you do?」或「Where are you working now?（您目前在哪裡工作呢？）」。後方會介紹各個行業的不同職稱。

Chapter 3 零思考的對答如流

15. 你的嗜好是什麼呢？

詢問完對方姓名和職業後，就可以把話題轉換到較為輕鬆的對話內容，像是可以試著了解對方的興趣與嗜好。用「What is your hobby?」來詢問，可以得知「對方的嗜好或業餘愛好」，也可以說：「What are your hobbies? 」。

16. 你喜歡做什麼呢？

若不想用「What is your hobby?」來詢問對方時，也可以換個方式來詢問。可以藉由詢問對方平常喜歡從事什麼活動，藉此拉近與對方的距離，此句也可以於句尾加上「in your free time（在你空閒的時候）」來詢問，其完整句為：「What do you like to do in your free time?」。無論是「What is your hobby?」或「What do you like to do in your free time?」都是打開彼此話匣子的會話句，下次若有初次見面的朋友，不妨用此會話句來詢問對方平時都從事什麼嗜好，藉此與對方展開更多的話題。

17. 很高興能認識你。

原則上，初次見面時說：「Nice to meet you.」或「It's nice to meet you.」意思是「很高興認識你」來當開頭的招呼語，而和對方聊完後，要結束對話、道別的時候，我們可以說：「Nice meeting you.（很高興能認識你）」，此句也是英語口說最常用的一句喔！除了「Nice meeting you.」以外，道別時還可以用哪些會話句呢？後方會介紹另外兩句會話句，也是很好用來道別時使用的喔！

18. 很高興能認識你。

結束對話，還可以用這句，以「It（虛主詞）」開頭的句子，但要特別留意，不可以說「It is nice meeting you.」，因為雙方已經認識，所以「be 動詞」不可以用現在式的「is」，須用過去式 be 動詞「was」。

19. 很高興能和你聊天。

「Nice meeting you.（很高興能認識你）」中的「meeting（認識，遇到）」可以代換成「talking（談話，聊天）」，所以口語也可以說「Nice talking to you.」，其中，「talk（談話）」也可以代換成「chat（聊天）」。此句和「It was nice meeting you.」皆屬以「It（虛主詞）」為首的句子，並較為正式。

與他人交談的 FYI

前面學習一些較為基礎的自我介紹開場白，最後要特別提醒讀者，西方國家很注重一件事：「當你在跟一個人講話的時候，請看著對方的眼睛。」台灣人很少會注意到這點，尤其是說英語的時候，如果我們緊張到不知道自己在說什麼，甚至眼神開始左右飄動，對方可能會覺得你是不是不想和他說話。其實「說英語」重要的是不要擔心是否說錯，要記得隨時面帶微笑地看著對方，即便你說錯了，也能留給對方好的印象，讓他人感覺到你的誠意。

「自我介紹」常用詞彙

前面彙整「自我介紹」時，能夠輕鬆使用的英語會話句。然而，關於「自我介紹」，每個人因為生長環境與背景的不同，皆有屬於自己獨特的性格與人格特質，所以接下來要幫讀者列舉些許能做代換的相關詞彙，快來學學自己的故鄉、職業或興趣、嗜好的英語該怎麼説，創造屬於自己獨特的一套「自我介紹」吧！

「國家、城市」名稱

「自我介紹」時，最常提到自己來自哪裡，也會被他人詢問自己所屬的出生地或所在地，以下幫讀者列舉較為常見的國家、城市名稱，除了學習自己的故鄉名稱，也可以順便學學那些你想去拜訪的國度名稱喔！當然，學習完這些國家或城市名稱後，不妨與前方學過的會話句做連結，可以套用不同的國家、城市名，創造屬於自己的會話句。下次遇到外國人自我介紹時，就不會尷尬的説不出話囉！

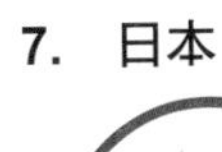

7. 日本

Japan

8. 東京

Tokyo

9. 韓國

Korea

10. 首爾

Seoul

11. 泰國

Thailand

12. 曼谷

Bangkok

13. 美國

U.S.A.

14. 紐約

New York

15. 法國

France

16. 巴黎

Paris

17. 德國

Germany

18. 柏林

Berlin

「職業」名稱

俗話説：「三百六十行，行行出狀元。」與他人第一次見面時，除了介紹自己的出生地或國家，向對方介紹自己的職業，也是很棒的話題。不僅能讓對方透過相關的職業介紹更了解自己，也可以進而分享平日的興趣和喜好。在還沒進入下方與「職業」相關的名稱時，先在腦海中想想有哪些你已經知道的職業名稱，若僅只有想到些許字彙時，沒關係，先不用擔心！劉婕老師已經為大家彙整了各行各業的相關「職業」名稱，學完這些詞彙後，別忘了要搭配前方的會話句，套用合適的字彙，並開口説説看！如此多的職業類別，常見的職業名稱一定要學會喔！

1. 會計（師）

accountant

2. 藝術家

artist

3. 男演員

actor

4. 女演員

actress

5. 太空人

astronaut

6. 運動員

athlete

7. 作家

writer

8. 麵包、糕點師傅

baker

9. 理髮師

barber

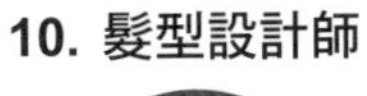

10. 髮型設計師

hairdresser

11. 空服員

flight attendants

12. 機長（船長）

captain

13. 廚師

chef

14. 教練

coach

15. 歌手

singer

16. 舞者

dancer

17. 牙醫

dentist

18. 偵探

detective

19. 設計師

designer

20. 司機

driver

21. 編輯

editor

22. 工程師

engineer

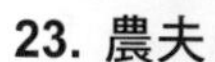

23. 農夫

farmer

24. 消防員

firefighter

25. 記者

reporter

26. 律師

lawyer

27. 圖書館館員

librarian

28. 救生員

lifeguard

29. 模特兒

model

30. 音樂家

musician

31. 護士

nurse

32. 畫家（油漆工）

painter

33. 飛行員

pilot

34. 警察

police officer

35. 郵差

mailman

36. 獵人

hunter

37. 水手

sailor

38. 祕書

secretary

39. 保全人員

security guard

40. 士兵

soldier

41. 學生

student

42. 老師

teacher

43. 科學家

scientist

44. 裁縫師

tailor

45. 男服務生

waiter

46. 女服務生

waitress

「嗜好、興趣」名稱

很多人常常會說，自己的「嗜好」是「看書」跟「聽音樂」，但事實上，「聽音樂」或「看書」只能稱為一個人的「interest（興趣）」，而不是「hobby（嗜好）」喔！「hobby（嗜好）」指的通常是必須花時間和心力去達成的某種目標，尤其強調一個人在工作之餘，會耗費許多時間積極從事的活動。而我們平時會做的「看書」、「看電視」、「聽音樂」……等活動，通常是為了打發時間，而不是將之當成「終身志業」在進行。了解「interest（興趣）」和「hobby（嗜好）」的差別後，來認識一下它們各別的說法及用法吧！

1. 騎腳踏車

go biking

2. 打籃球

playing basketball

3. 打棒球

playing baseball

4. 打網球

playing tennis

5. 打羽球

playing badminton

6. 踢足球

playing soccer

7. 打保齡球

bowling

8. 打排球

playing volleyball

9. 游泳

go swimming

10. 放風箏

flying a kite

11. 烹飪

cooking

12. 烘焙

baking

13. 慢跑

go jogging

14. 爬山

mountain climbing

15. 露營

go camping

16. 繪畫

drawing

17. 聽音樂

listening to music

18. 旅行

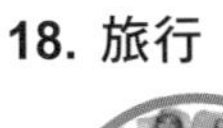

go traveling

19. 釣魚

go fishing

20. 看電影

watching movies

「蔬菜、水果」名稱

除了喜好的休閒活動，喜歡吃的食物、蔬菜和水果，也可以與對方分享，若是和對方有同樣喜歡的食物時，更能引起共鳴，讓談話間能增加一項共同的討論話題，以下列舉許多常見的蔬菜、水果名稱，可以搭配前方的會話句來做代換練習喔！

1. 番茄

tomato

2. 香蕉

banana

3. 蘋果

apple

4. 葡萄

grape

5. 馬鈴薯

potato

6. 地瓜

sweet potato

7. 紅蘿蔔

carrot

8. 小黃瓜

cucumber

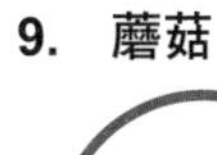

9. 蘑菇

mushroom

10. 檸檬

lemon

11. 柳橙

orange

12. 鳳梨

pineapple

13. 椰子

coconut

14. 西瓜

watermelon

15. 木瓜

papaya

16. 水梨

pear

17. 草莓

strawberry

18. 奇異果

kiwi

19. 櫻桃

cherry

20. 芭樂

guava

21. 芒果

mango

22. 水蜜桃

peach

23. 苦瓜

bitter gourd

24. 楊桃

star fruit

25. 花椰菜

broccoli

26. 金針菇

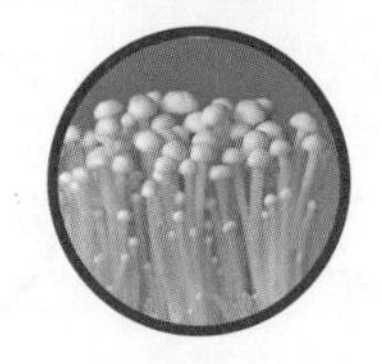

needle mushroom

27. 豌豆

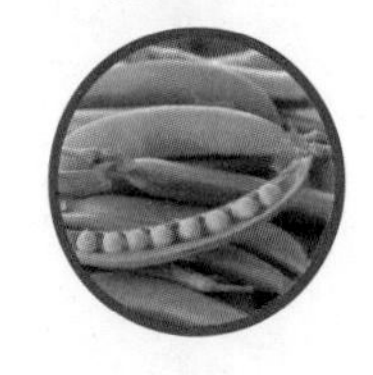

peas

28. 南瓜

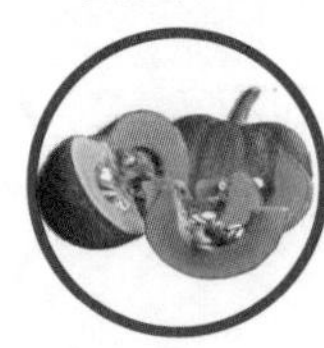

pumpkin

29. 茄子

eggplant

30. 玉米

sweet corn

31. 蓮霧

wax-apple

32. 哈密瓜

cantaloupe

DAY 14

一起去看場電影吧！｜電影院｜

進一步約出去吧！看電影去

學會了「自我介紹」，認識了許多朋友後，空閒時就能常常約出來。現代人每天忙於工作或課業，週末假日去電影院看部電影是許多人舒壓的方式。所以，我們這一天要來認識的，就是最普遍的休閒活動：「看電影」囉！讓你學習如何邀約朋友一起去看場電影，並認識與電影及電影院周邊相關的用語。看完電影該如何和對方聊聊電影情節、個人看法……等，都是這一天的學習重點喔！讓我們一起開口練習以下的會話句吧！

What do you want to do tonight ?
你今晚想要做什麼呢？

I like to see a movie.
我想要看場電影。

at time is the movie ?
幾點開始？

The movie is about to start.
電影快開始了。

How was the movie?
電影好看嗎？

1. 你今晚想做什麼呢？

對於已經認識的朋友，若要提出邀約，可以使用這句話，先禮貌性地詢問對方是否有想出去走走的意願，再接續後面的提問。本句使用「what（疑問詞）」開頭，帶出現在簡單式的句型：「What do you want to do tonight?」。從 Day 13 開始，學習內容的英語會話句皆有邀請美籍錄音員進行錄製 MP3，邊看書的同時，不妨也同時播放 MP3，熟悉外國人的語調、發音及語速。剛開始可能會有跟不上的情況，但反覆聆聽，並跟著說，相信不久之後，口語及聽力都能漸漸提升到一定的程度喔！

2. 我喜歡看電影。

若對方對於晚上要去哪裡沒有想法的話，你就可以先表達自己喜歡的休閒活動，帶出接下來的對話方向。「movies」是美國人用來表示「電影」的字彙，也可以用「motion picture」，但那是個比較正式的講法；英國人則是用「film（電影）」。此句的句型為：「主詞 + 動詞 + 受詞」，以現在簡單式來表達事實，要特別留意，「movies（電影）」一定要用複數名詞喔！

3. 我喜歡看電影。

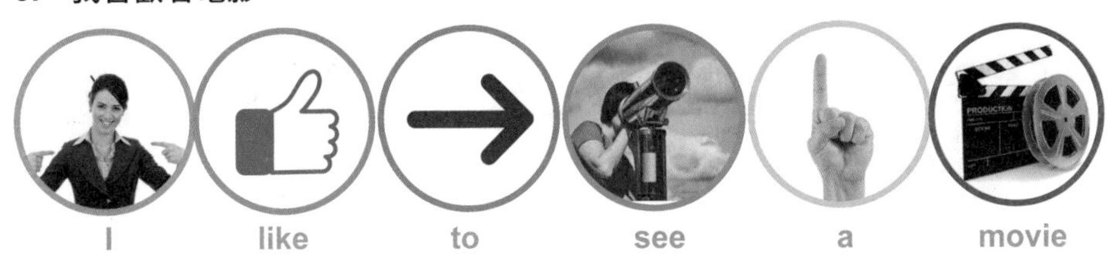

很多人會很疑惑，「看電影」到底要用「see」還是「watch」呢？其實，兩種用法都是正確的，其些微的差別在於：在家裡的電視上看電影，要使用「watch」；到電影院看電影，則使用「see」。所以當他人問你：「Did you see a movie?」或「When did you see a movie?」指的是到電影院去看電影的意思喔！

4. 你想去看電影嗎？

若要描述做了看電影這件事，要說「see a movie」或「go to a movie」來表達，至於是哪部電影，便是次要的事情。當我們聽到：「I saw a movie yesterday.（我昨天去看電影。）」或「I went to a movie yesterday.（我昨天去看電影。）」，使用「a（冠詞）」表達時，無法知道對方看了什麼電影，只知道有執行看電影這件事；但如果說：「I saw the movie yesterday.」或「I went to the movie yesterday.」使用「the（定冠詞）」表示有限定，則是在講對方知道的某部電影（好比兩人可能之前有談過的某一部電影）。最後，要提醒的是：千萬不要把「go」和「see」連用於同一個句子中，而說出「go to see a movie」，這是累贅且不合乎慣用語的說法喔！

5. 我想要去看電影。

把 「看電影」當成休閒活動時，最標準的說法是「go to the movies」，但很多人會感到疑惑的點在於：「the 不是要用在指定的東西嗎？」其實在這個用法中，「go to」後方要接的會是個地點，所以其實 「the movies」 在這裡指的是「放映電影的地方」，而不是指「影片」喔！此為英語口說的一種慣用法。例如外國人會說：「I was at the movies last night.（我昨晚去看電影。）」或「I saw Jasmine at the movies last night.（我昨晚在電影院看到賈思敏。）」，此兩句中的「the movies」都是指「在電影院」的意思。

6. 我聽說電影院現在正在上映《鋼鐵人》。

和對方在討論要看哪部電影時，可以先上網查看看最近上映中的電影，此會話句中的「play」表示「播放」或「上映」的意思，所以用「現在進行式」表示「正在上映中」。要特別留意，動詞的「聽說」要使用「heard（過去式動詞）」來表示喔！此句的最後方再加上「at the theater（在電影院）」，表示電影院現正上映中的電影。其中，「電影院」的英文可以用「movie theater」或直接說「theater」也可以。若是在英國，電影一般都是用「film」來表示，而「到電影院看電影」則是「go to the cinema」，英式和美式的用法有些微的不同。

7. 看《變形金剛》如何？

How about *Transformers* ?

要詢問對方「如何，怎樣」的英語會話句可以以「How about ...?」來詢問，其意思多含有邀約、提出建議的意味，後方接想要詢問的事物，例如：「How about some coffee?（來杯咖啡如何？）」。因為「about」為介係詞，後方要接「名詞」；若要改接動詞的話，須改成「動詞 -ing（動名詞）」喔！

8. 電影是幾點開始呢？

What time is the movie ?

「What time ...?」用以詢問「時間」，像是想詢問現在的時間，你可以說：「What time is it?（現在幾點？）」。而此會話句的句型為：「What time + be 動詞 + 名詞」則是詢問「某事件或活動開始的時間」，表示「～幾點開始呢？」。若你知道某事件或活動的名稱，也可以帶入此會話句：What time is Transformers?（《變形金剛》是幾點開演呢？）」。

9. 能給我兩張《變形金剛》的票嗎？

以「May I ...?」為首的問句，是禮貌性的問法，表示「我可以～嗎？」，此會話句的句型為：「May I have + 數字 + ticket(s) + for + 電影名稱」，到電影院售票處購票時，可以用此會話句來表達，讓售票員知道你想購買的電影票張數，只須更改句中的「張數」和「電影名稱」就可以輕鬆買到電影票囉！

10. 我挑了一部電影，並在線上購票。

此會話句運用我們在 Day 10 學過的「and（連接詞）」連接兩個動作：一個是「pick（挑選）」；一個是「buy（購買）」，兩者詞性皆為「動詞」。其中，「pick a movie」表示「挑選電影」；「buy tickets」表示「買（電影）票」。

11. 電影快開始了。

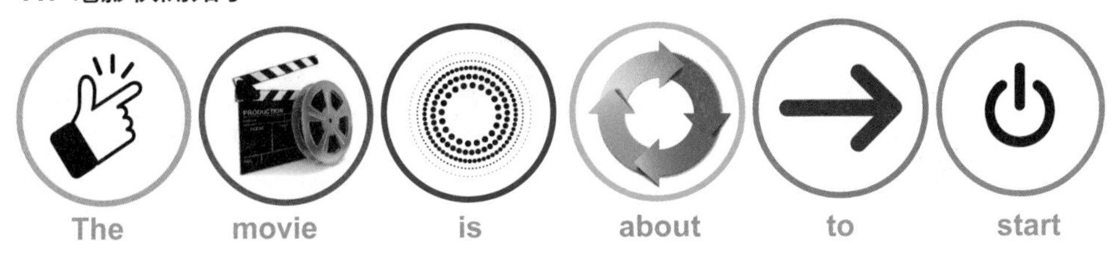

購買完電影票後，可以善用此會話句，提醒朋友們：「電影快開始囉！」。其中，「be 動詞 + about to + 原形動詞」用以表示「即將～，將要～」的意思。所以，用「the（定冠詞）」表示「這部電影」當「主詞」，後方加上動詞「start（開始）」，就能輕鬆説出這句英語句來提醒朋友囉！

12. 你想吃點東西嗎？

電影開演前，很多人都會有先吃些東西墊墊肚子的習慣，或是買些零食進電影院吃（但有些電影院禁止外食，要依電影院的規定為主），此時，你不妨用此會話句來詢問對方，是否有想要先吃些東西，再看電影。使用「do（助動詞）」為首帶出疑問句的句型，若想要加長會話句，可以用：「Do you want to get something to eat before the movie?（你想在開演前吃些東西嗎？）」來詢問。這些常見的英語會話句，不妨多多練習，並將它們都納於腦袋的長期記憶中，下次有需要使用時，一定能馬上想到須要的那一句會話。

13. 我去買點零食。

表示「我要去～」要使用：「I am going to + 原形動詞」的句型。若你買完電影票，想去買些吃的東西，可以使用此會話句來表達，也可以再加上：「Wait a moment.（等一下。）」或「Wait a minute.（等一下。）」向對方說明，先不要進入電影院內，先去買些零食或熱食來吃。

14. 你想要吃什麼？

若對方確定要先買些東西吃的話，你就可以說：「What would you like to eat?」來詢問對方想吃些什麼。其中，「would like to + 原形動詞」表示「想要～」，而此句是以「what（疑問詞）」引導的疑問句句型。

15. 我們可以吃些爆米花。

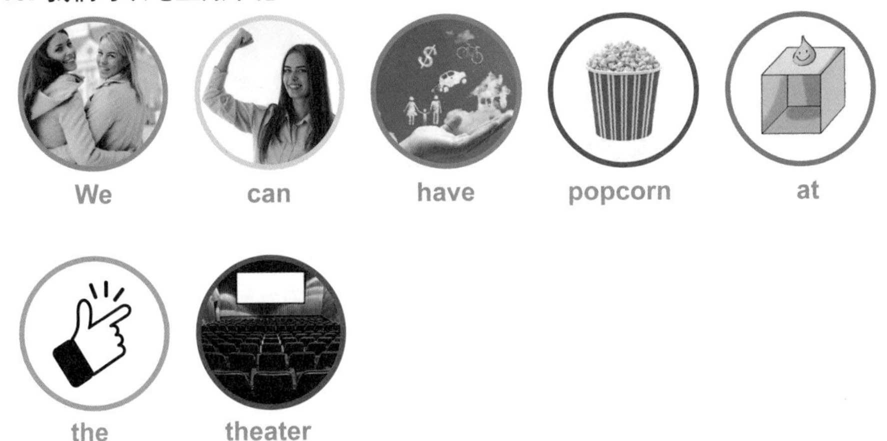

若對方詢問：「What would you like to eat?」時，你可以用此會話句來答覆，而「popcorn（爆米花）」可以替換成你想吃或喜歡的食物、點心……等。另外，如果不想説一長串的會話句，也可以直接回答想要吃的東西即可，也可以簡潔有力地回答：「Popcorn and cola.（爆米花和可樂。）」。當然，你也可以將此會話句中的「popcorn（爆米花）」換成自己喜歡或想吃的點心、零食，若想不到有哪些字彙可以替換，不妨翻閱至 Day 15，當天可以學習到許多道地美食的英語名稱，即可與此會話句做搭配，選擇喜歡的餐點或食物，套用至此會話句中。

16. 電影如何呢？

看完電影後，走出電影院，總會和朋友聊聊你對該部電影的看法，此時，你可以用此會話句來詢問對方，要留意「be 動詞」須使用「was（過去式 be 動詞）」，因為電影已經看完，是詢問「過去」的事情，故用「過去式 be 動詞」。當然，你也可以用：「How was it?（怎麼樣呢？）」或「How did you like it?（你覺得怎麼樣？）」來詢問喔！

17. 你認為如何呢？

此會話句和「How was the movie?」類似，皆是用以詢問對方看完電影的觀後感想。要留意的是，句中也要使用過去式助動詞「did」，因為電影已經看完，且是「過去」的事情。另外，若你是有任何建議，要問他人的看法時，只須使用現在式助動詞「do」即可，其會話句為：「What do you think?（你認為如何？）」。

18. 你喜歡嗎？

同樣地，因為電影已經看完，所以要使用過去式助動詞「did」來引導此疑問句，也因為由過去式助動詞為首，所以後方的動詞無須做任何變化，此會話句的意思為：「你喜歡嗎？」也可以將動詞「like」替換成：「Did you enjoy it?（你喜歡嗎？）」或「Did you think it was good?（你覺得好看嗎？）」……等不同的說法。

19. 我認為很棒。

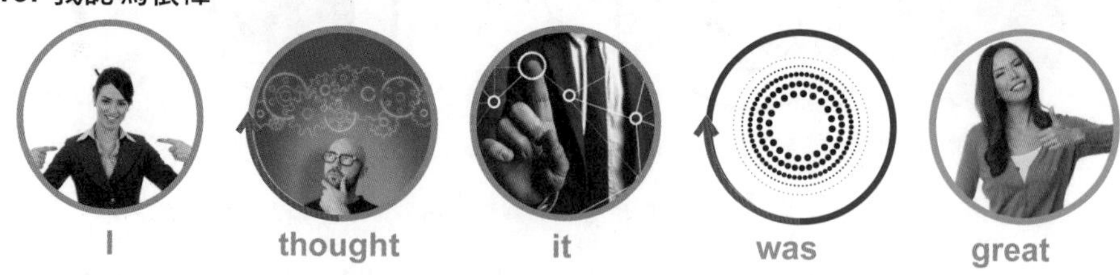

當他人詢問你前幾句會話句時，你便可以使用「I thought it was great.」來回答。其中，「thought」為「think」的過去式動詞，在此表示「認為」，用於表達個人想法或意見。此句的「great（形容詞）」表示「極好的」，可以根據自己對電影的評價來替換成不同的形容詞。

20. 我真的很喜歡。

I

really

enjoyed

it

若要表達真的很喜歡這部電影時，可以使用「really（副詞）」來加強語氣，用以修飾「enjoy（動詞）」。特別留意，須使用過去式動詞「enjoyed」，而此句的「it」為「代名詞」，代替「the movie（指剛看完的那部電影）」，也可以用：「I like it a lot.（我非常喜歡。）」來表達。

21. 我很開心。

I

have

a

good

time

今日的邀約進入尾聲時，你可以用這句話，來表達你對今日的行程及活動感到愉快。其中，「have a good time」是一慣用語，表示「玩得愉快」，也可以將「good（形容詞）」替換成「great」、「wonderful」或「excellent」，善用不同程度的形容詞，讓對方知曉你的開心程度。

「電影院」常用詞彙

相信有蠻多人都喜歡看電影，也有跟朋友們一起去看電影的經驗，或平常閒聊就會討論最近上映的電影。而跟比較不是那麼熟悉的新朋友要開始建立關係時，除了分享嗜好、談及天氣或美食之外，電影也是蠻好聊的入門話題喔！在 Day 14 的學習內容裡，替讀者們彙整聊電影時，能派上用場的相關字彙，並搭配前方的實用會話句開口練習，再也不用擔心與他人用英語聊天時會找不到話題，甚至不敢開口的窘境�’！

看懂「電影資訊」名稱

若有機會到國外看電影或上國外的網站查詢電影資訊時，會看到「now showing（目前上映中）」的電影，雖然各家電影院提供的資訊並不完全一致，不過幾乎都會出現某些固定的字彙，一起來學習一定要會的電影相關詞彙吧！

1. 電影院

(movie) theater

2. 普遍級：G

General Audiences

3. 保護級：PG

Parental Guidance Suggested

4. 輔導級：PG-13

Parents Strongly Cautioned

5. 限制級：R

Restricted

6. 情色或暴力電影：NC-17

No One 17 and Under Admitted

「電影種類」名稱

每個人喜歡的電影類型不盡相同，所以和朋友談及電影時，可以先詢問對方：「What kind of movie do you like？（你喜歡什麼類型的電影？）」再依照對方喜歡的電影類型來做進一步的討論，以下介紹各種常見的電影種類名稱。

1. 動作片

action movie

2. 恐怖片

horror movie

3. 劇情片

drama

4. 喜劇片

comedy

5. 驚悚片

thriller

6. 愛情文藝片

romance

7. 科幻片

science fiction
= sci-fi

8. 紀錄片

documentary

經典的「電影名稱」

回想一下，當你去看電影時，會不會特別留意電影的片名呢？有些電影的片名是直接由英翻中，而有些電影片名的翻譯則是根據電影劇情來命名的，所以偶爾會出現英文片名和中文片名完全不一樣的情況，下次看電影時，不妨花些時間留意一下每部片的名稱，相信可以從電影的片名學到不少好玩又有趣的英語用法喔！以下列舉幾部經典的電影、動畫片名：

1. 《鐵達尼號》

Titanic

2. 《星際大戰》

Star Wars

3. 《鋼鐵人》

Iron Man

4. 《變形金剛》

Transformers

5. 《蜘蛛人》

Spider Man

6. 《魔戒》

The Lord of the Rings

7. 《美國隊長》

Captain America

8. 《復仇者聯盟》

The Avengers

9. 《侏儸紀公園》

Jurassic Park

10. 《海底總動員》

Finding Nemo

以上介紹許多經典的電影片名，有沒有發現蠻多中文片名與其原本的片名並不相同，那是因為翻譯片名的人根據電影劇情而翻譯的，而產生這有趣的現象。劉婕老師在這一天中介紹了許多「go to the movies（看電影）」的必備英語會話句，以及和電影相關的英語字彙、用法。下次，若有機會邀請外國朋友一同欣賞電影時，別忘了此天的學習內容喔！

GIVE IT A TRY

★ 請看以下的圖示，試著開口說出相對應的英語句。

1

2

3

4

 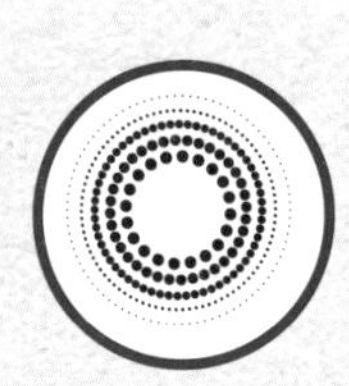   

1 I • come • from • Taipei, • Taiwan. 我來自台灣的台北。

2 I • love • teaching • students. 我喜愛教導學生們。

3 I • like • watching • movies. 我喜歡看電影。

4 What • is • your • hobby • ? 你的嗜好是什麼呢？

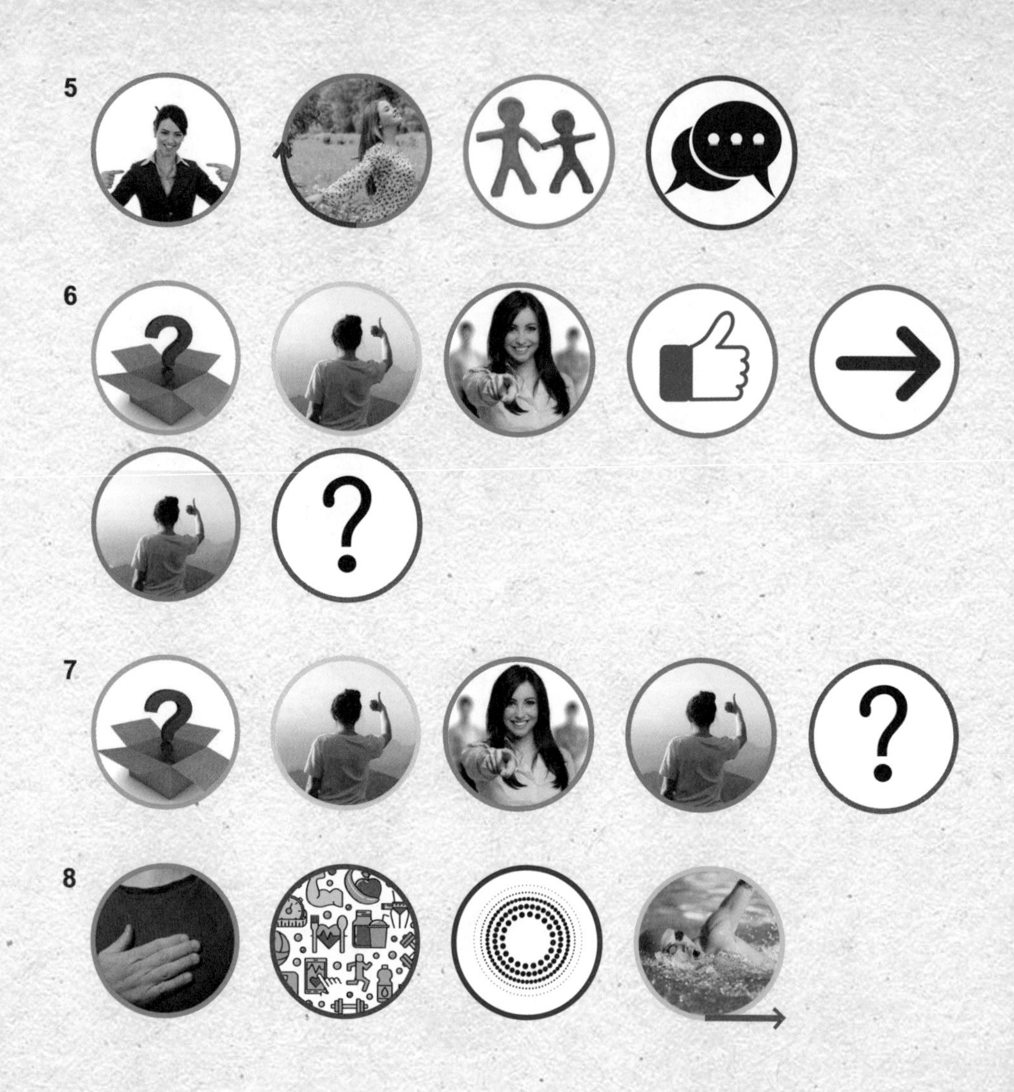

5 I • enjoyed • our • chat. 和你聊天很開心。

6 What • do • you • like • to • do • ? 你喜歡做什麼呢？

7 What • do • you • do • ? 你從事什麼職業呢？

8 My • hobby • is • swimming. 我的嗜好是游泳。

9 My • name • is • Jasmine. 我的名字是賈思敏。

10 What • is • your • name • ? 你叫什麼名字呢？

11 It • was • nice • talking • to • you. 很高興能和你聊天。

12 I • like • movies. 我喜歡看電影。

13 I • like • to • see • a • movie. 我喜歡看電影。

Chapter 3 零思考的對答如流

14 I • want • to • go • to • the • movies. 我想要去看電影。

15 How • about • *Transformers* • ? 看《變形金剛》如何？

16 What • time • is • the • movie • ? 電影是幾點開始呢？

17 The • movie • is • about • to • start. 電影快開始了。

DAY 15
吃大餐的時間到囉！｜美食／餐廳｜

來去餐廳吃飯吧！

俗話說：「民以食為天。」無論和家人或朋友，最常一起做的事情就是「吃飯」囉！若是遇到重要節日，例如：Christmas（聖誕節）、Thanksgiving（感恩節）或 Chinese New Year（中國農曆新年），都會有大夥兒聚在一起吃大餐的場合，無論是各個重要節日或餐點菜餚，它們分別該如何用英語表達呢？或許腦海中已經產生了些許詞彙，緊接著，跟著劉婕老師的腳步，一起來看看與美食、餐廳相關的字彙與英語會話句有哪些，並一起開口練習這些一定要會的英語會話句。

Chapter 3 零思考的對答如流

Let's eat out tonight!
我們今晚外食吧！

Can we order some pizza?
我們可以點些披薩嗎？

I am in the mood for hotpot.
我想吃火鍋。

1. 你吃晚餐了嗎？

若想邀請朋友一起吃晚餐，可以用此會話句來表達。先禮貌性詢問對方是否用過晚餐了，再接續後面的提問。本句使用「did（過去式助動詞）」為首，引導過去簡單式的疑問句型，其後方的動詞要使用原形「have」而非「had」喔！「吃晚餐」的英語用法為「have dinner」，也可以替換為「have lunch（吃午餐）」、「have breakfast（吃早餐）」或「have afternoon tea（吃下午茶）」……等相關字彙。

2. 我們今晚外食吧。

若對方還沒吃晚餐的話，便可以邀請一同外食。「外食」的英語說法為「eat out」；相反的，「在家吃」的英語則為「eat at home」。此句使用祈使句句型：「Let's + 動詞 + 時間副詞」，句中的「let」有「讓～」的意思，而「let's」為「let us」的縮寫，指「讓我們～」的意思。

3. 我們可以點些披薩嗎？

「order」有「外送」的意思，後方可直接加上想要叫外送的食物，無須加任何介係詞。句中的「some」於Day 6中有學過，用以描述「程度」的形容詞，本句以「can（助動詞）」引導疑問句句型：「Can + 主詞 + 動詞 + 程度形容詞 + 名詞」。

4. 有間西班牙餐廳。

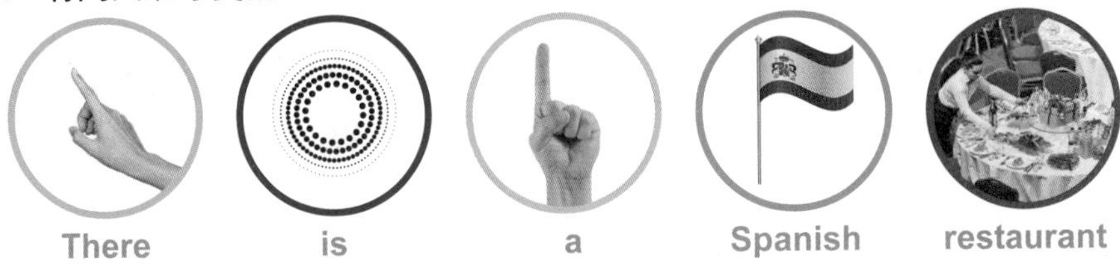

「Spanish restaurant」即為「西班牙餐廳」，其中，「Spanish」在此會話句中當「形容詞」，表示「西班牙的」，再加上名詞「restaurant（餐廳）」。若要表示其他類型的餐廳，可以將原本的形容詞「Spanish」換掉，像是台灣最常見的：「Chinese restaurant（中式餐廳）」或「American restaurant（美式餐廳）」……等。大夥聚在一塊時，一定要挑選大家都喜愛的餐廳，偶爾品嚐異國料理也是很不錯的選擇。學會了此會話句後，下次有邀約吃飯時，一定要派上用場喔！

5. 我們可以度過快樂的家庭時光。

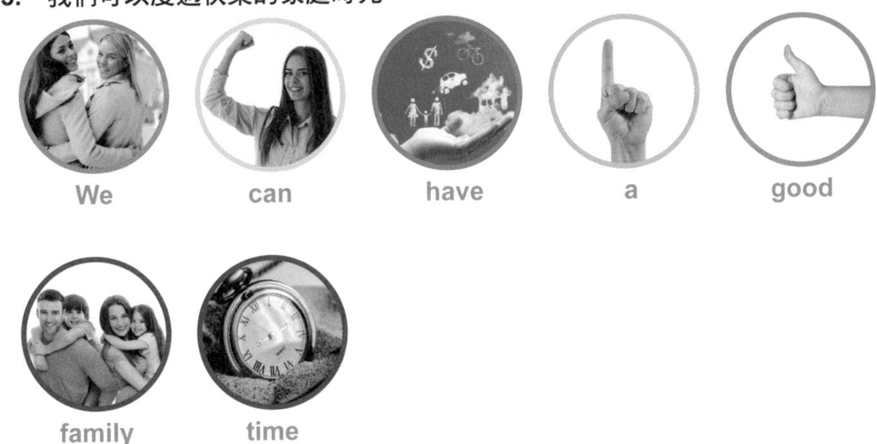

聚會吃大餐的目的，不外乎是和許久不見的老友聯繫感情，或家庭聚餐互相了解彼此的近況，增進家人間的感情……等。「have a good / great + 名詞 + time」為一片語，意思是「度過一個美好的～時光」。家庭聚餐時就可以運用此會話句；若是朋友間的餐敘，則可以將句子替換成「have a good time with my friends」即可，而非「have a good friend time」喔！

6. 我想要吃火鍋。

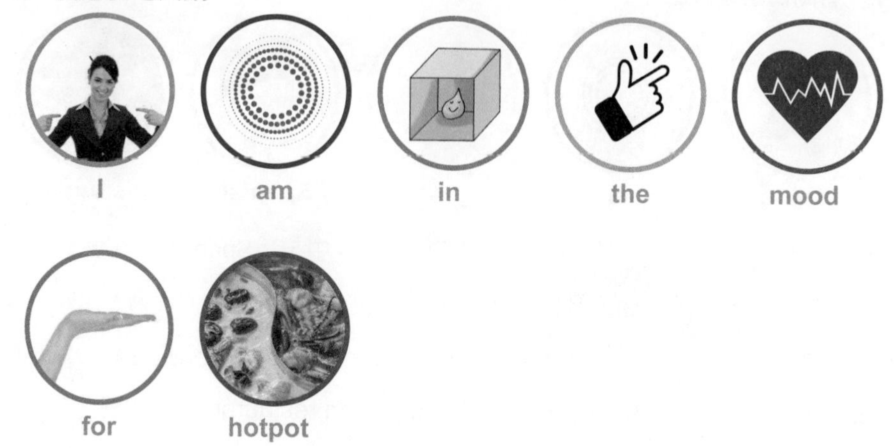

若有想吃的食物，可以使用此會話句來表達你的想法。本句的句型為：「I am in the mood for + 名詞」，其中，「mood」表示心情，此為慣用句型，用以表達「我想要（做）～」。若將「hotpot（名詞）」替換成「coke（可樂）」，那就要翻譯成「I am in the mood for coke.（我想要喝可樂）」。當然還可以替換成許多不同的相關詞彙，後方的學習內容中，劉婕老師為大家彙整了許多相關的英語字彙，不妨與此會話句做結合，套用合適的詞彙，並開口練習說說看喔！

7. 你喜歡吃臭豆腐嗎？

點餐時，尤其是和外國朋友們吃台灣道地小吃，像是句中的「臭豆腐」，通常會禮貌上詢問對方是否喜歡吃這道菜餚或小吃，此時就可以用句型：「Do you like + 食物名稱」。「stinky」為「（氣味）臭的」，而「tofu」則是「豆腐」的音譯，合併一起為「stinky tofu（臭豆腐）」，其他台灣道地美食像「pearl milk tea（珍珠奶茶）」……等，會補充於後方的常用字彙中喔！

8.　我想要預約訂位。

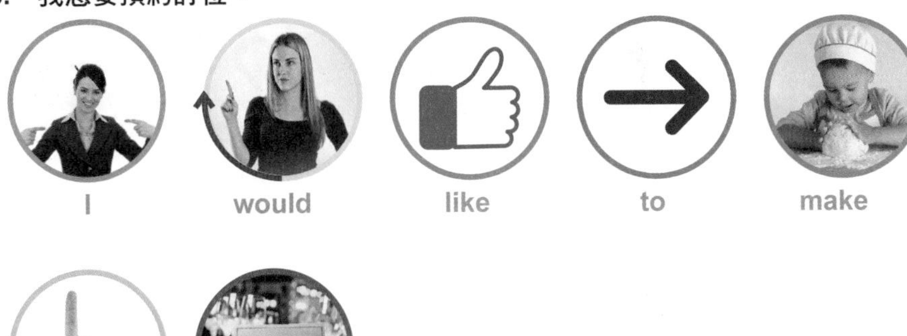

a　reservation

到餐廳訂位時，可以用「I would like to + 動詞」的句型來表達，其意思為「我想要～」，而「I would like to ...」相較於「I want to ...」是較為有禮貌的說法。「訂位」的慣用法為「make a reservation」。而於此句型後方加上「for + 數字」，可以表示要預約的人數，例如：「I would like to make a reservation for two.（我要預約兩人座位。）」。

9.　請給我菜單。

進到餐廳坐下時，可以使用此會話句請服務生遞上菜單。「Please ...」為首的句子是較有禮貌的說法，其中「please」也置於句尾，但置於句尾時，要記得於「please」前方加上「逗號」，其會話句為：「Bring me the menu, please.」。「please」是非常好用的單字，若遇到須要他人協助或幫忙時，於會話句中加上「please」，不僅顯得有禮貌，也較為親切。但若只有說：「Bring me the menu.」，則會讓他人覺得較為失禮且不是那麼容易親近，所以說話時，還是要留意一下用字遣詞喔！

10. 請問有想要喝東西嗎？

此會話句通常會是由服務生來詢問，但也可以詢問一同用餐的朋友或家人，可以將句中的「drink」替換成「eat」，其會話句為：「What would you like to eat?」，用以詢問對方想吃什麼。

11. 請問您的牛排要幾分熟呢？

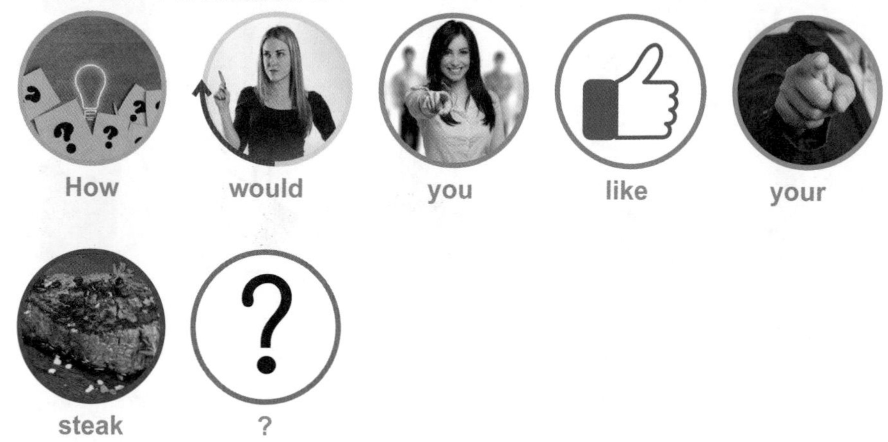

到餐廳點牛排時，一定會聽到服務生詢問此會話句，此句可以說：「How would you like your steak cooked / done?」，句子後方的「cooked / done」也可以省略不說。該如何回答此會話句呢？很簡單，無須說任何多餘的詞彙，直接說出「多少分熟」即可，例如：Well-done（全熟）……等，不同熟成度的說法會於後方的常用字彙一併介紹。

12. 你喜歡你的牛排嗎？

此會話句想要詢問，喜不喜歡剛剛的餐點，故要使用過去式助動詞「did」來引導疑問句，後方加上原形動詞。當然，也可以將句中的動詞「like（喜歡）」替換成「enjoy（享受）」，其會話句為：「Did you enjoy + 食物名稱」。

13. 這隻火雞吃起來有點焦。

用餐時，若遇到不滿意的餐點，可以替換不同的形容詞來形容食物或餐點的味道。此會話句中的「burnt」為「燒焦的」。還有許多用以形容食物、餐點的形容詞，會於後方的相關字彙做介紹喔！

14. 這湯很美味。

若是遇到好吃的餐點，想要稱讚時，便可使用此會話句，而「delicious（美味的）」和「yummy（好吃的）」為最常見的形容詞，其實還有許多字彙可以用來更確切的表達食物的美味，例如：「amazing（令人讚嘆的）」或「superb（一流的）」……。學會了這會話句後，以後遇到好吃的美食或餐點時，一定要開口讚嘆一下喔！

15. 買單，謝謝。

用餐完後，要結帳買單時，此會話句最為實用了。此句也可以將「please」放置句首，形成：「Please bring me the check.」，句中的「check」是「帳單」的意思，為美式用法；英國人則會以「bill」來表達。更口語的說法為：「Check, please.（美式）」或「Bill, please.（英式）」。

16. 我們可以分開結嗎？

此會話句用以表達「分開結帳」的意思。若決定要分開結帳，可以說：「Go Dutch.」指「各付各的」之意。此句中的「split」是「把～分開」與「check（帳單）」放一起時，可以清楚知道是「把帳單分開」，延伸為「分開買單」的意思。

17. 我可以付現嗎？

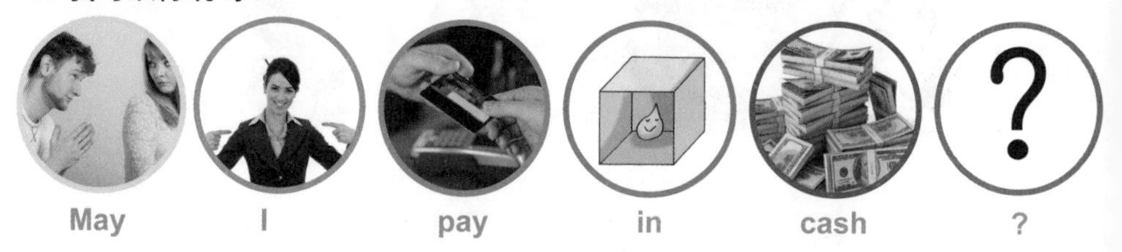

用「May I ...?」為首的句型，是較為禮貌的說法，表示「我可以～嗎？」。用完餐結帳時，可以用現金，也可以使用信用卡。使用現金可以說：「pay in cash」；用信用卡結帳，可以說：「pay by credit card」，介係詞有些微的不同，不要用錯囉！

18. 下次再約出來聚一聚。

Let's　get　together　next　time

此句的「get together」和「meet」的意思極為相似，不同之處在於：「get together」並非單純的「碰面、聚會」，而是「（有社交目的）聚會活動」。因此，當吃用餐完，道別時，便可使用此會話句來邀約大家下次的相聚。

關於「飲食，用餐」的常見字彙

常常逢年過節或和許久未見的朋友聚餐，相信許多人都選擇出去吃一頓大餐，又或是帶外國朋友品嚐台灣道地的美食、小吃。範圍小至餐廳預約訂位、點餐、享用美食，再到結帳，這些環節都會用到不同的詞彙。在此，彙整日常生活中較常見、較為實用的英語字彙，讓你與他人到餐廳或介紹美食時，能說出完美、零失誤的英語詞彙和會話句。

台灣道地小吃

若有機會介紹外國的朋友品嚐台灣美食，那你一定要知道這些美食的說法。其實，這些常見的道地小吃，我們都知道，但卻很難用英語一道一道地好好介紹，那麼，就趁這時候，好好把這些美食及道地小吃的名稱都一網打盡吧！

1. 豆漿

soybean milk

2. 米漿

rice and peanut milk

3. 蛋餅

egg pancake

4. 飯糰

rice ball

5. 燒餅

clay oven roll

6. 油條

fried bread stick

7. 珍珠奶茶

bubble / pearl milk tea

8. 小籠包

dumplings / xiaolongbao

9. 麻辣鍋

spicy hotpot

10. 羊肉爐

mutton hotpot

11. 臭豆腐

stinky tofu

12. 皮蛋豆腐

century egg tofu

13. 滷肉飯

braised pork over rice

14. 蚵仔煎

oyster omelet

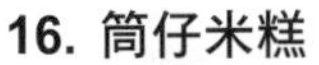

15. 豬血糕

pig's blood cake

16. 筒仔米糕

rice tube pudding

17. 肉圓

Taiwanese meatball

18. 刈包

steamed sandwich

西餐餐點、食物名稱

吃西餐時，菜單上的食物總是林林總總，例如：開胃菜、主菜或點心……等，若是在國外點菜時，看不懂菜單上的這些分類，點起餐來無法估計份量會令人十分頭痛。有些菜單上常會出現許多食物的專有名詞，像是義大利麵，就分為許多不同種類的麵條。接下來，讓我們一起瞧瞧西餐點餐時，會遇到哪些相關的字彙。

1. 開胃菜

appetizer

2. 湯品

soup

3. 沙拉

salad

4. 主菜

main course

5. 甜點

dessert

6. 飲品

beverage / drinks

7. 配菜

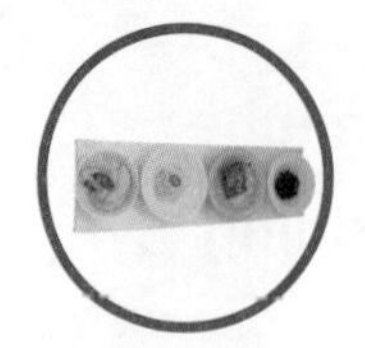

side dishes

8. 三明治

sandwich

9. 海鮮

seafood

10. 肉類

meat

11. （總稱）義大利麵

pasta

12. 千層麵

lasagna

13. 長條細義大利麵

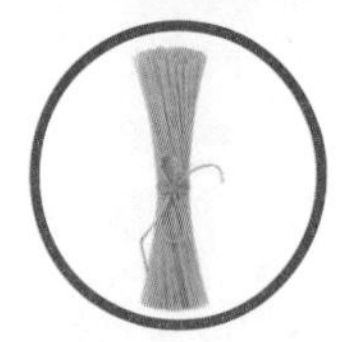

spaghetti

14. 義大利通心麵

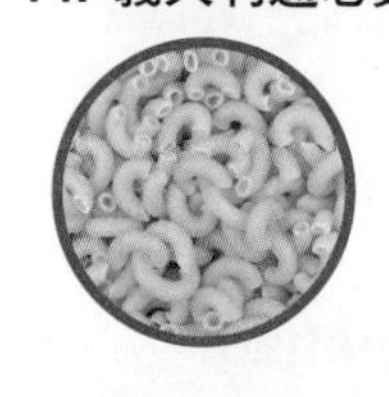

macaroni

15. 義大利螺旋麵

fusilli

16. 義大利扁麵條

linguine

17. 青醬

pesto sauce

18. 紅醬

tomato sauce

19. 白醬

cream sauce

20. 黑醬

squid-ink sauce

21. 龍蝦

lobster

22. 螃蟹

crab

23. 鮭魚

salmon

24. 羊肉

lamb

25. 牛排

steak

26. 豬肉

pork

27. 雞肉

chicken

28. 茶

tea

29. 果汁

juice

30. 酒類

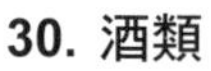

alcohol

31. 咖啡

coffee

32. 慕思蛋糕

mousse cake

33. 奶昔

milk shake

34. 冰淇淋

ice cream

35. 乳酪蛋糕

cheese cake

36. 提拉米蘇

tiramisu

37. （格狀）鬆餅

waffle

38. （蛋）塔

tart

牛排的熟成度

到西餐廳用餐，最常點的餐點應該就屬「牛排」了，但並不是每個人都喜歡吃全熟的牛排，點餐時，該怎麼告知服務生你想要幾分熟的牛排呢？下面就讓我們一起針對「牛排熟成度」的單字來做練習。

1. 全熟的

well-done

2. 七分熟的

medium-well

3. 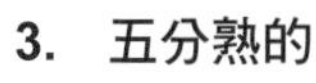五分熟的

medium

4. 三分熟的

medium-rare

5. 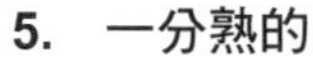一分熟的

rare

6. 生的

raw

形容「食物的味道」

用完餐或吃完美食後，要用哪些字彙才能準確地描述你想像中的味道或風味呢？以下將會介紹各種常用來形容食物味道與風味的形容詞。

1. 油膩的

oily / greasy

2. 噁心的，難吃的

gross

3. 過熟的

overripe

4. 多汁的

juicy

5. （肉）老的，柴的

tough

6. 嫩的

tender

7. 酥脆的

crispy

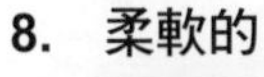

8. 柔軟的

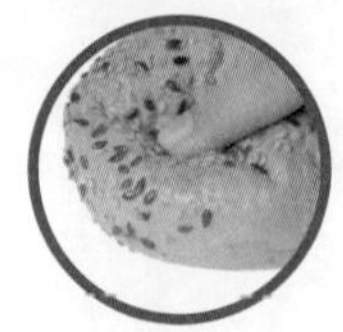

doughy

9. 燒焦的

burnt

10. 無味的

flavorless / tasteless

11. 酸的

sour

12. 甜的

sweet

13. 苦的

bitter

14. 辣的

spicy

「稱讚餐點、食物」的形容詞

品嚐到很棒的餐點或美食的時候，是不是想好好地稱讚或讚嘆一番呢？除了「delicious」和「yummy」之外，還有哪些好用的字彙？下方統整超實用的稱讚、讚嘆形容詞，讓我們一起來看看到底有哪些吧！

1. 開胃的

appetizing

2. 令人愉悅的

delightful

3. 一流的

superb

4. 美味的

tasty

5. 滿意的

satisfying

6. 令人驚嘆的

marvelous

7. 超凡的

extraordinary

8. 鮮美多汁的

luscious

9. 食指大動的

finger licking

10. 味道極佳的

lip smacking

11. 非常好的

terrific

12. 精美的

exquisite

重要節日

有哪些節日適合一起約朋友吃大餐，或家人聚一起享用美味的食物呢？接下來，將會介紹台灣常見的重要節日及國外的重要節日名稱，但僅只會介紹有可能會邀約朋友或親友聚餐、餐敘的節日（像清明節這類的節日雖然常見、重要，但並不符合我們這次的主題，因此沒有特別提及喔！）。

1. 新年

New Year

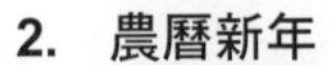

2. 農曆新年

Chinese / Lunar New Year

3. 中秋節

Mid-Autumn / Moon Festival

4. 端午節

Dragon Boat Festival

5. 元宵節

Lantern Festival

6. 聖誕節

Christmas

7. 父親節

Father's Day

8. 母親節

Mother's Day

9. 情人節

Valentine's Day

10. 萬聖節

Halloween

11. 教師節

Teacher's Day

12. 感恩節

Thanksgiving

DAY 16

換個髮型，換個心情｜髮廊｜

換個髮型，換個心情！剪頭髮去！

無論男生或女生，一定都有去髮廊剪頭髮或洗頭的經驗，尤其是女生，常常需要跑髮廊，如果不是剪頭髮，也有可能是要燙頭髮或染頭髮，像這樣日常生活經常會遇到的事情、活動，該如何用英文表達呢？讓我們一起來看看這些常見的英語會話句該如何使用。

There is a hair salon.
那裡有一間髮廊。

I would like a wash.
我想要洗髮。

I want to have a perm.
我想要燙頭髮。

How much do you charge?
收費多少呢？

I don't have a dye.
我沒有染髮。

1. 我要去剪頭髮。

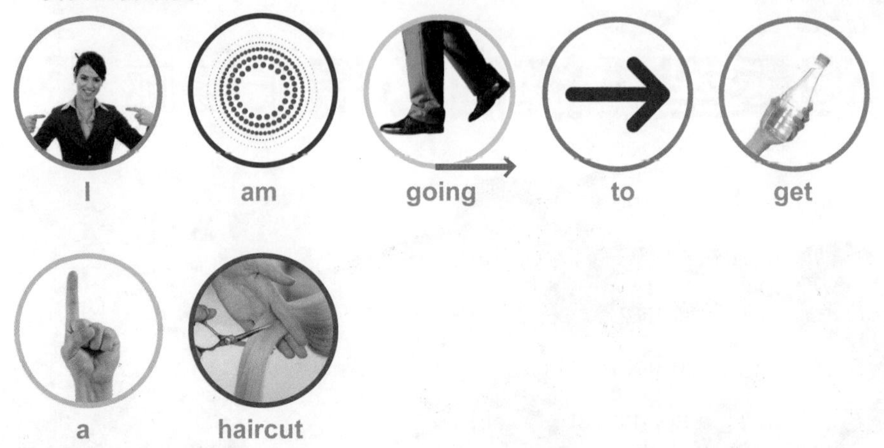

常聽到許多人將「我要去剪頭髮」這句話，直接翻譯成：「I want to cut my hair.」或「I'm going to cut my hair.」，這些都是錯誤的中式英語說法喔！這兩句都是指要「自己」剪頭髮，而不是到髮廊剪髮，除非本身是髮型設計師或美髮師，否則應該不會有人拿自己的頭髮開玩笑吧！所以，要記得用正確的會話句來表達「要去剪頭髮」的意思喔！

2. 我昨天去剪頭髮。

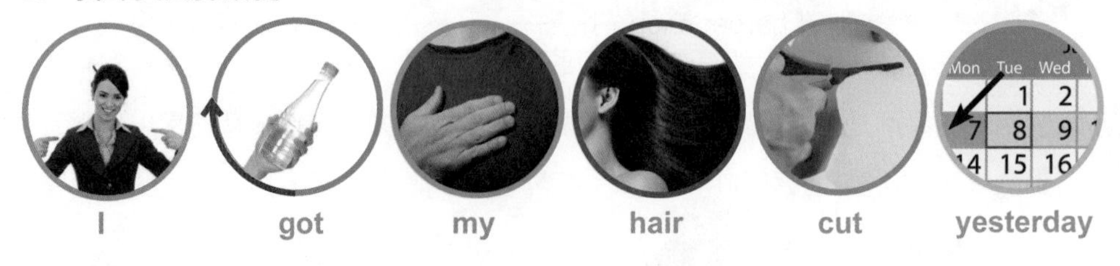

和朋友閒聊時，除了討論嗜好和美食外，還可以聊聊髮型。如果昨天剛好去剪頭髮，你可以使用此會話句，來開啟聊天的話題。在此會話句中，因為「時間點」為「yesterday（昨天）」，所以句中的「動詞」應該由原本的「get」變化成「got（過去式動詞）」，表示頭髮已經剪好，為過去的事情。而「剪頭髮」也可以用「get my hair cut」或「get a haircut」來表達，其會話句為：「I get my hair cut.」或「I get a haircut.」都是正確的說法喔！

3. 你剪頭髮了嗎？

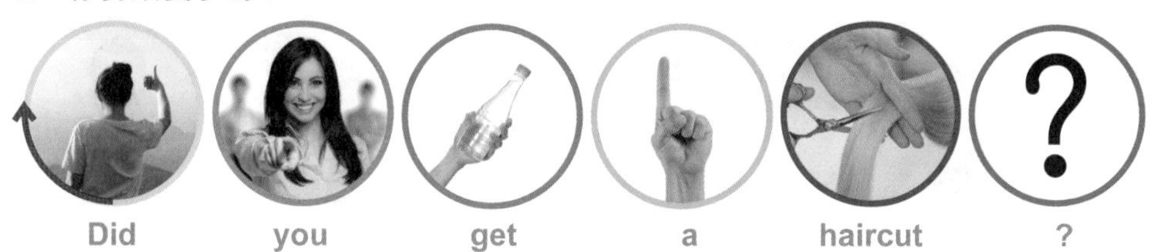

與外國朋友聊天時，發現對方剪了頭髮，我們通常下意識都會說：「Did you cut your hair?」，字面上翻譯起來好像沒有錯，但這其實是錯誤的說法！正確的說法應該為：「Did you get a haircut?」，而句中的動詞，可以用「get」或「have」來替換，形成「get a haircut」或「have a haircut」。

4. 那裡有一間髮廊。

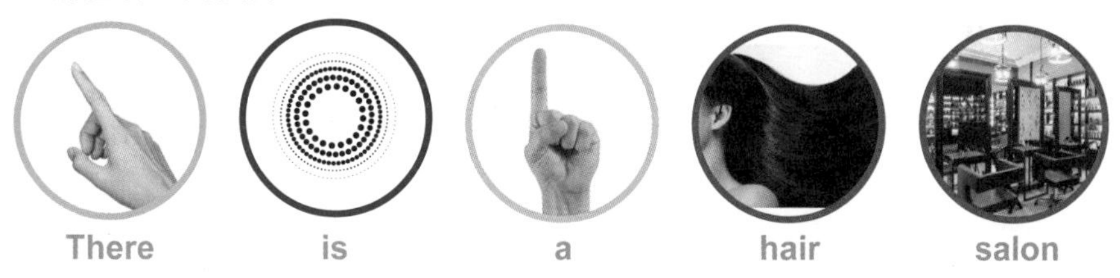

「There is ...」用以表示「那裡有～」，可以用「hair salon」或「beauty salon」來表示「髮廊」；「barber shop」則是指「理髮店」，單純只有剪頭髮，沒有染、燙髮的服務。

5. 我去了髮廊。

「hairdresser」指的是「髮型師」，但此會話句的用法於「hairdresser」前方加上「the（定冠詞）」，形成「the hairdresser」，所以可以用「go to the hairdresser」來表示「髮廊」喔！而此會話句的「go（動詞）」該使用過去式「went」，表示已經到髮廊整理完頭髮回來囉！

6. 我一個月剪一次頭髮。

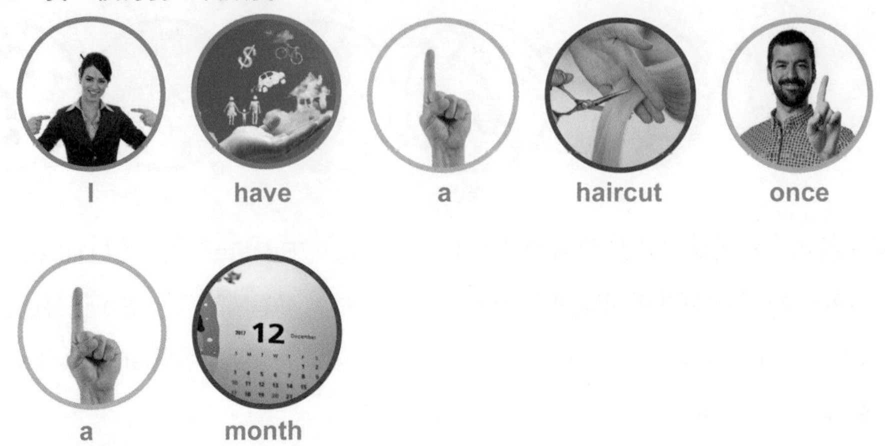

若有和朋友聊到剪髮的話題時，可以用此會話句來描述多久剪一次頭髮，於句尾加上「次數 + a month」表示「一個月～次」，次數的地方可以改為：「twice（兩次）」、「three times（三次）」……以此類推，不常上髮廊也可以將「month（月）」改為「year（年）」，像是：「twice a year（一年兩次）」。

7. 你有指定的設計師嗎？

到髮廊整理頭髮時，洗完頭後，服務人員會親切地用此會話句詢問你是否有指定的（髮型）設計師，此句的「designer」可以用「hairstylist（髮型設計師）」或「hairdresser（美髮師）」來替換；要留意，若使用「barber」這個字，指的是「理髮師」，僅只幫忙修剪頭髮而已喔！

8. 收費多少呢？

若是要詢問其他服務的價格，可以於句尾加上「for + 收費的服務項目」，例如：「How much do you charge for a haircut?」表示「剪髮需要多少錢？」

9. 我想要洗髮。

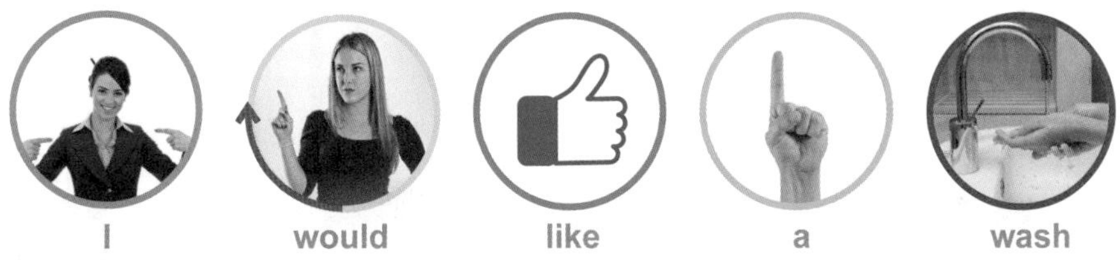

「would like」表示「想要」，意思與「want」相似，但較為委婉，後方再加上你想要被服務的項目，例如：「想要洗頭」可以說：「I would like a wash.」或「I would like a shampoo.」。若是要超過兩項以上的服務，可以運用前面學習過的「and（對等連接詞）」來搭起句子間的橋梁，如此一來，會話句會形成：「I would like a wash and a cut.（我要洗和剪。）」。

10. 你喜歡哪種髮型？

到髮廊後，設計師或美髮師會來和你討論，想要做什麼樣的造型，此時你或許有可能會聽到這句話。以「which（疑問詞）」為首的疑問句，句型為：「疑問詞 + 名詞 + 助動詞 + 主詞 + 動詞」，其中「髮型」的英語字彙可以用「hairstyle」或「hairdo」。

11. 我喜歡短髮。

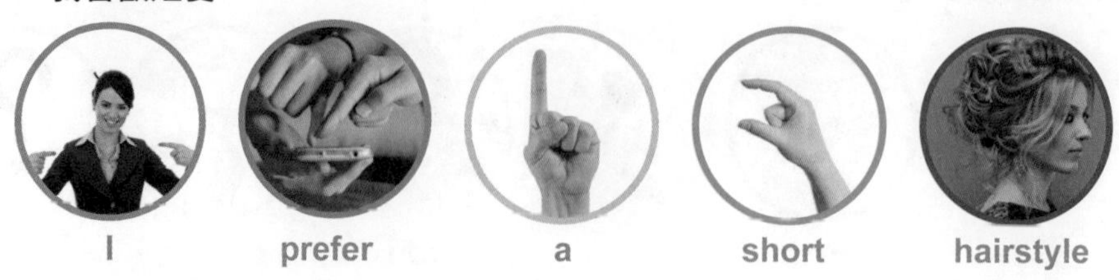

當設計師或美髮師詢問完前一句會話句時，你可以用：「I prefer a + 髮型」的句型來回答。其中「prefer」表示「比較喜歡，偏好」。而不同的髮型該如何表達呢？最簡單的就是用長度來劃分：「 short / medium / long hairstyle」，分別表示「短髮／中長髮／長髮」，其他更多變化的髮型字彙將於後方一一介紹。

12. 我想要燙頭髮。

和設計師或美髮師討論要如何做造型時，可以說：「I would like a + 名詞」或是「I want to get / have a + 名詞」，會話句中的「名詞」可以用「a haircut（剪髮）」、「a wash（洗髮）」或「a perm（燙髮）」。

13. 他們吹乾我的頭髮。

此會話句的「dry」為動詞，表示「把～弄乾」，也可以當「形容詞」表示「乾的」。而吹頭髮可以用「blow dry one's hair」來表示，若為非正式口語的用法也可以說：「dry one's hair」。

14. 我花了八百元剪頭髮。

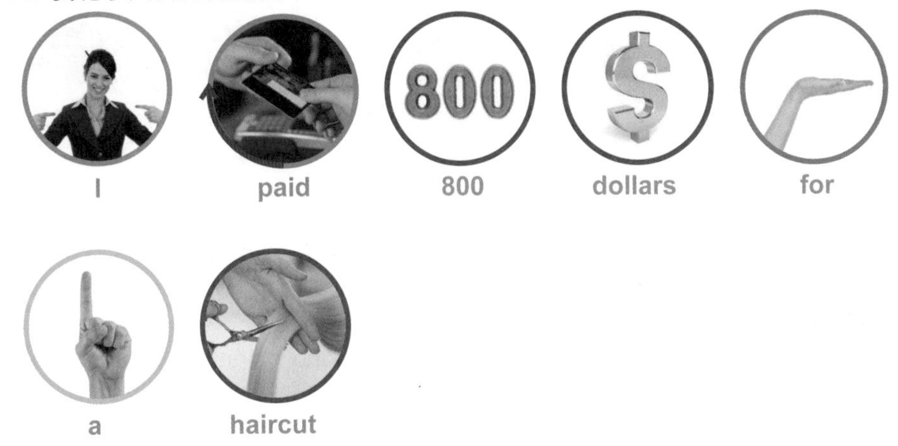

若主詞為人，表示「花費金錢」的「動詞」可以用「pay」或「spend」，而此會話句使用「pay + 金錢 + for …」的句型，動詞「paid」為「pay」的過去式，後方的「for」可接上被服務的項目，例如：「I paid 800 dollars for a haircut/ a wash / a perm.（我花了八百元剪髮／洗髮／燙髮。）」。

15. 我不染頭髮的。

和朋友討論剪髮或髮型時，也可以運用到之前學過的「否定句型」：「don't / doesn't + 原形動詞」，來和朋友表明你自己對於造型的想法。此會話句的「dye」為「動詞」表示「染髮」；「dye」當「名詞」時，其會話句為：「I don't have a dye.（我沒有染髮。）」。若要再談論深一點的話，還可以說：「I would like some brown highlights.（我想要棕色挑染。）」。學會了這些實用的會話句後，除了記在腦海中，遇到臨時須要派上用場的時候，一定要試著開口說說看，相信其他人都會聽的懂，敢開口後，再學著如何慢慢修飾自己說出口的會話句，這樣英語口說就跨出了一大步囉！

16. 你覺得我的新髮型如何呢？

前往髮廊換個新髮型後，想要詢問他人的意見，你可以說：「What do you think …?」，以「what（疑問詞）」為首的句型，動詞「think」表示「認為」；「髮型」可以用「hairstyle」或「hairdo」來表示。若是對方換了新髮型，你可以問對方：「What do you think your new hairstyle?（你覺得你的新髮型如何呢？）」。

17. 您要不要看看鏡子呢？

設計師或美髮師整理好髮型後，會拿一面鏡子來讓你確認是否滿意此造型，此時你會聽到：「Do you want to use a mirror?」，你可以回答說：「Yes, please.」。那麼，你就能利用設計師或美髮師幫你拿的鏡子，看看後面的髮型是否滿意。

18. 你剪髮後很好看。

和朋友聊天時，若發現對方剛剪了頭髮或換了造型，可以用此會話句來稱讚對方。此會話句的句型為：「You look + 形容詞 + after + 名詞」，句中的「形容詞」可以替換為：「great（棒的）」、「wonderful（完美的）」或「fantastic（極佳的）」。

19. 誰幫你整理頭髮的？

與朋友討論新髮型時，若覺得對方的新造型很好看，你可以大方地詢問：「Who did your hair?」，不能直接將此會話句翻譯成：「誰做了你的頭髮？」，而是「誰幫你整理或吹整頭髮？」。而口語表達上，若要表示「整理頭髮」或「弄頭髮」，也可以用「 fix one's hair」喔！

20. 我喜歡你的新髮型。

外國人總喜歡以稱讚對方來作為開啟一段對話的開場白，不僅能搭起談天的橋梁，也會令對方感到開心。因此，當你留意到對方有了新造型時，不妨用此會話句來稱讚：「I love your new hairstyle / hairdo.」，如此一來，便能聊聊關於髮型或造型的話題。

關於「髮廊」

無論男性或女性，髮型通常對一個人的造型來說是蠻重要的，而「hair salon（髮廊）」便是固定時間要去拜訪的地方。然而，各式各樣的髮型或造型，到了國外的美髮院，想要和設計師表達自己需要剪髮、染髮或燙髮的服務，該如何用英語來表達呢？以下是劉婕老師為大家彙整髮廊必備的相關英語詞彙，只要將其納入記憶中，再搭配前方學習過的的必備英語會話句後，下次就算到國外想和造型師溝通也不怕囉！

「髮廊」的常見字彙

每每到髮廊時，環顧一下四周，一定會看到的髮型設計師、吹風機、染髮、燙髮、剪髮、洗髮、護髮以及許多不同髮型，而這些關鍵字彙的英語名稱各是什麼？讓我們一起來學習吧！

1. 髮廊

hair salon

2. （髮型）設計師

hairdresser

3. 吹風機

(hair) dryer

4. （平）梳子

comb

5. 洗髮精

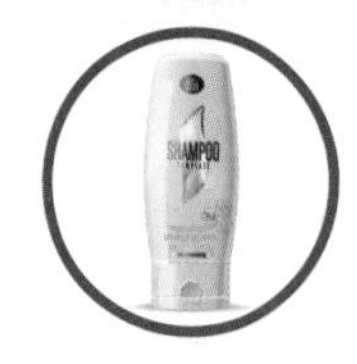

shampoo

6. 圓梳

round brush

7. 染髮劑

hair color

8. 剪刀

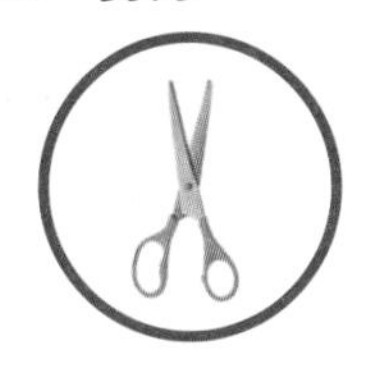

scissors

9. 橡皮筋

rubber band

10. 洗髮槽

shampoo sink

11. 假髮

wig

12. 髮膠

gel

13. 鏡子

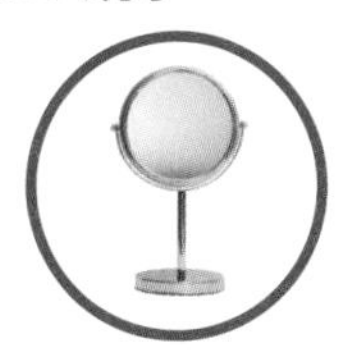

mirror

14. 毛巾

towel

15. 髮夾

hair clip

16. 假人頭

manikin head

17. 雜誌

magazine

18. 報紙

newspaper

「整理髮型」的關鍵字彙

到髮廊時，會先和設計師或美髮師溝通，此時你可以說：「I would like a haircut.（我想要剪髮。）」，句中的「haircut」可以隨意替換成下方的詞彙，而「動詞」可以使用「get」或「have」，像你也可以說：「I'm going to get a perm this weekend.（我這週末要去燙髮。）」。

1. 剪髮

a haircut

2. 洗髮

a wash

3. 燙髮

a perm

4. 染髮

a dye / hair coloring

5. 挑染

highlights

6. 吹髮

blow-drying

常見的「髮型」名稱

每個人都想要有適合自己的髮型，無論從簡單的洗髮、剪髮到進階的染髮、燙髮，都需要事先與設計師或美髮師溝通。我們常聽到的中分、旁分、公主頭又該如何用英語表達？風靡韓美的鮑伯頭英語名稱又是什麼？不用擔心，以下彙整常見的髮型，讓大家在國外也能流利、暢通地與設計師或美髮師溝通，換個自己喜歡又時尚的髮型回家！

short hairstyle 短髮

指長度約在耳下三公分內的髮型。英語的表達方式為：直接用「short（短的）」搭配名詞「hairstyle（髮型）」即可，短髮讓人有種較為陽剛、英氣與俐落的造型。

medium hairstyle 中長髮

「medium hairstyle」是近年較為流行的頭髮長度，長度約在耳下五公分到肩膀左右。英語的表達方式為：「medium（中等的）」來表示，無須再多加「long」，此種長度的髮型俐落又不失女人味。

long hairstyle 長髮

「long hairstyle」指頭髮長度超過肩膀以下五公分的髮型。英語的表達方式為：「long（長的）」再接上名詞「hairstyle（髮型）」即可。此款髮型適合喜歡留一頭飄逸長髮增添女人味的女性。

straight hair 直髮

「straight hair」指不帶一絲捲翹，柔順美好的髮型，是一種十分常見，且易於整理的髮型。自然捲的人可以透過離子燙，將自己的頭髮變成直髮，這個髮型不僅容易搭配各種造型，單純的長直髮也經常給人很有氣質的印象。

curly hair 捲髮

「curly hair」指的是捲曲度較大，但「捲」的數量較多的髮型，現在流行的玉米鬚頭或泡麵頭等都算在此列，蓬鬆可愛的捲髮不論老少都很適合，不僅能夠增添年輕感，搭配衣服和首飾時也能更加得心應手。

wavy hair 波浪捲髮

「wavy hair」的捲曲度沒有「curly hair」來的捲，其形狀像波浪，因此用英語「wavy（波浪狀的）」來表達。浪漫的波浪捲髮是許多少女們所追求的夢幻髮型，出門前，只要用手輕輕一撥，就能夠輕鬆展現出頭髮的輕盈魅力。

colored hair 染色的頭髮

「colored hair」意思為「有顏色的」頭髮，故英語用「colored」來表示。染髮是能輕鬆改變自己形象的方式之一，不同顏色的染髮能展現出不同的樣貌，但要注意的是，染髮同時也可能會傷害髮質，因此要搭配護髮比較好喔！

flattop 平頭

「flattop」指長度大約在 3 到 5 公分，英語用「flat（平坦的）」接上字尾「top（頭頂）」來表示。是許多人對平頭的印象可能是學生時代的男生髮禁規定或是當兵時的造型，但歐美甚至也有女生嘗試平頭造型，詮釋出不一樣的俐落、帥氣！

side parting 旁分

常聽到的「旁分」，其英語為「side（旁邊的）」，再加上名詞「parting（分線）」。髮型的分線也是一門學問，除了修飾臉型，也能帶給人不同的形象，但是時常分同一邊的話會讓頭髮變少分線愈來愈明顯，因此還是要適時的換邊分比較好。

central parting 中分

相對於「side parting」，就是「central parting」囉！比起旁分的甜美或是齊頭式劉海的俏麗，許多女性也開始嘗試中分的造型，露出額頭的中分造型雖然比較挑臉型，但卻能將某些人塑造出清新空靈的形象！

風靡全球的髮型

有幾種髮型堪稱最為經典、不敗，深受女性歡迎，以下整理近幾年風靡全球的時尚、經典髮型，這些類型頗受世界各地的女明星喜愛，若想嘗試新的髮型，不妨可以參考這些既時尚又新穎的流行髮型喔！

pixie cut 精靈短髮

最早流行於 1950 年代的美國，是一種女性專屬的俏麗短髮。甜姐兒安海瑟威在拍攝《悲慘世界》時剪去秀髮，但卻也因為精靈短髮的造型而帶動了女性短髮的潮流，這是種桀傲不遜卻又充滿女性嫵媚氣質的短髮！

bob 鮑伯頭

鮑伯頭的髮型是：髮尖略齊於下巴，且向臉的方向微彎，適用於修飾臉型、藏起厚厚的臉頰。許多美國知名的女星都相當喜愛的一款髮型，喜歡變換髮型的你，不妨可以試試此款髮型喔！

LOB 長鮑伯頭

「LOB」是「 long bob」 的縮寫，指長度較長的鮑伯頭，長度大約齊肩甚至是到胸口。此款髮型能修飾臉型，更能凸顯氣質。韓國也蠻流行 LOB 的髮型，許多知名藝人都相當崇尚此髮型。但想要留 LOB 髮型的你要有早起的打算，因為早上都要花蠻多時間整理才能美美出門。

pony tail 馬尾

馬尾是最經典的髮型，簡單好看，早上可以迅速整理好，更能兼顧時尚與美感，想要打造幹練、氣勢的髮型，不妨試試 pony tail 喔！

half-up 公主頭

「公主頭」也是蠻受女生歡迎的髮型，不僅常見也很經典，其名稱可以用「half-up」或「half-up / half-down」來表示，用以強調一半的頭髮綁起，而另一半放下的綁法。

braid 辮子

若想要嘗試端莊典雅的髮型，非 braid 莫屬！將髮束層層綁疊起來的造型，稱之為「French braid（法式綁辮）」；也可以搭配直髮或捲髮，形成「French braid straight hair（法式綁辮 + 直髮）」或「French braid curly hair（法式綁辮 + 捲髮）」，打造慵懶愜意的歐式路線。

髮廊的其他服務

對於愛美的女性，或是想節省時間的男人，挑選髮廊的種類很重要。有些時尚的髮廊其主要客群為女性，所以除了設計髮型，還有一些其他貼心服務，像是修指甲、塗指甲油或修眉……等，而這些髮廊的其他服務該怎麼用英語表達呢？

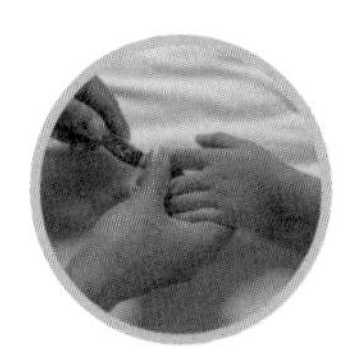

manicure 修指甲

髮廊裡除了修剪或燙染頭髮外，還會有受過專業訓練的人員，能讓你一邊在整理髮型的同時，順便有專人幫你做其他的美容服務。而「修指甲」就是最常見的美容服務，無論你是男性還是女性，一定都希望自己擁有一手好看的指甲，但是自己在家修剪又不甚滿意，這時你就可以到髮廊請專業的人士來幫你修剪指甲。

apply nail polish 塗指甲油

愛美的女性，一定都有自己在家塗指甲油失敗的經驗吧！所以髮廊當然除了修指甲外，也有幫客人塗指甲油的服務囉！用英語表達為：「apply（塗，塗抹）」，再加上名詞「nail polish（指甲油）」，其中，「nail」是指甲的意思，而「polish」是「打亮或上亮光」的意思。

pedicure 修腳甲

修腳角時，首先你的腳會被浸泡在一個溫暖的鹽水浴中，讓你的腳部死皮細胞放鬆，使腳指甲和周圍的皮膚軟化，使得後續的修剪更為容易。所以「pedicure（修腳甲）」和「manicure（修指甲）」的英語表達方式非常相似，字彙的字尾都有「cure」，其意思為「護理」或「修復」的意思。

nail care 指甲保養

除了剛剛介紹的基本修整指甲外，手部是人類最常使用的部位，所以愛美的女性對於指甲的保養一定不能忽略。而「nail care（指甲保養）」是針對指甲本身和周圍的皮膚進行保養修護，其英語的表達方式非常簡單，即「nail（指甲）」，再加上「care（照顧，保養）」。

massage 按摩

髮廊為了忙碌的都市上班族，還會在客人做造型整理時，另外提供肩頸按摩的服務或是大型的髮廊，會直接把「massage（按摩）」這項服務區獨立出來，需要額外收費。我們中文常聽到的「馬殺雞」，其實就是「按摩」的意思，因為「馬殺雞」和「massage」的發音類似，才會延生此說法。

make up 化妝

如果有去參加重要的場合，例如：出席「wedding（婚宴）」、「ceremony（典禮）」、「year-end party（尾牙）」或「year-open party（春酒）」時，造型都會特別正式且隆重，所以許多人在出席的當天，會到髮廊整理造型，髮廊會提供專人的「make up（化妝）」服務，除了讓你有漂亮的頭髮外，也能有完美的妝容出席宴會喔！

放膽地開口說

經過十六天的課程學習，從基礎的文法概念學起，由淺入深的連串式架構練習，透過實景圖，腦中就能聯想到相對應的語句，讓你能任何場合，當下立即「神問」、「神回」。現在的你，必定對於英語口說不再畏懼，而且面對外國朋友能更有信心，敞開心胸輕鬆開口說英語。別忘了要時常複習本書內容，跟著劉婕老師的引導，反覆開口大聲說。當然，偶爾也不妨聆聽由專業美籍教師錄製的MP3，跟著開口說，學習正確的發音、語調及語速，如此一來，不僅能提升英語口說能力，發音技巧也一定會有所進步喔！《神問、神回、零思考一秒開口說英語》，絕對是你通勤或進修英語的好夥伴！

GIVE IT A TRY

★ 請看以下的圖示，試著開口說出相對應的英語句。

1 May • I • pay • in • cash • ? 我可以付現嗎？

2 The • soup • is • delicious. 這湯很美味。

3 Please • bring • me • the • menu. 請給我菜單。

4 Do • you • like • stinky • tofu • ? 你喜歡吃臭豆腐嗎？

5 There • is • a • Spanish • restaurant.　有間西班牙餐廳。
6 Let's • eat • out • tonight.　我們今晚外食吧。
7 Did • you • have • dinner • ?　你吃晚餐了嗎？
8 How • would • you • like • your • steak • ?　請問您的牛排要幾分熟呢？

9 Did • you • like • your • steak • ? 你喜歡你的牛排嗎？
10 Bring • me • the • check, • please. 買單，謝謝。
11 Can • we • split • the • check • ? 我們可以分開買單嗎？
12 Let's • get • together • next • time. 下次再約出來聚一聚。

13 Would • you • like • something • to • drink • ?　請問有想要喝東西嗎？

14 I • love • your • new • hairstyle.　我喜歡你的新髮型。

15 They • blow • dry • my • hair.　他們吹乾我的頭髮。

16 I • want • to • have • a • perm.　我想要燙頭髮。

17 I • prefer • a • short • hairstyle.　我喜歡短髮。

18 How • much • do • you • charge • ? 收費多少呢？

19 I • went • to • the • hairdresser. 我去了髮廊。

20 Did • you • get • a • haircut • ? 你剪頭髮了嗎？。

21 I • get • my • haircut • yesterday. 我昨天去剪頭髮。

22 I • would • like • a • wash. 我想要洗髮。

國家圖書館出版品預行編目(CIP)資料

用老外的方式說英文：神問、神回、零思考
打造英語腦! / 劉婕著. -- 初版. -- 臺北市
: 我識, 2020.07
面； 公分
ISBN 978-986-98946-4-7(平裝附光碟片)
1.英語 2.會話
805.188 109007528

用老外的方式說英文 神問、神回、零思考打造英語腦！

書名 / 用老外的方式說英文：神問、神回、零思考打造英語腦！
作者 / 劉婕
發行人 / 蔣敬祖
出版事業群總經理 / 廖晏婕
銷售暨流通事業群總經理 / 施宏
總編輯 / 劉俐伶
視覺指導 / 姜孟傑、鍾維恩
排版 / 健呈電腦排版股份有限公司
法律顧問 / 北辰著作權事務所蕭雄淋律師
印製 / 皇甫彩藝印刷股份有限公司
初版 / 2020年7月
出版 / 我識出版教育集團──我識出版社有限公司
電話 / (02) 2345-7222
傳真 / (02) 2345-5758
地址 / 台北市忠孝東路五段372巷27弄78之1號1樓
網址 / www.17buy.com.tw
E-mail / iam.group@17buy.com.tw
facebook 網址 / www.facebook.com/ImPublishing
定價 / 新台幣379元 / 港幣126元

總經銷 / 我識出版社有限公司出版發行部
地址 / 新北市汐止區新台五路一段114號12樓
電話 / (02) 2696-1357 傳真 / (02) 2696-1359

地區經銷 / 易可數位行銷股份有限公司
地址 / 新北市新店區寶橋路235巷6弄3號5樓

港澳總經銷 / 和平圖書有限公司
地址 / 香港柴灣嘉業街12號百樂門大廈17樓
電話 / (852) 2804-6687 傳真 / (852) 2804-6409

2011 不求人文化

2009 懶鬼子英日語

2005 意識文化

2005 易富文化

2003 我識地球村

2001 我識出版社